Cora Carmack

Une si parfaite comédie

Traduit de l'anglais (États-Unis)
par Sophie Passant

La Martinière
FICTION

Déjà paru aux éditions de La Martinière :
Ce si joli trouble
2014

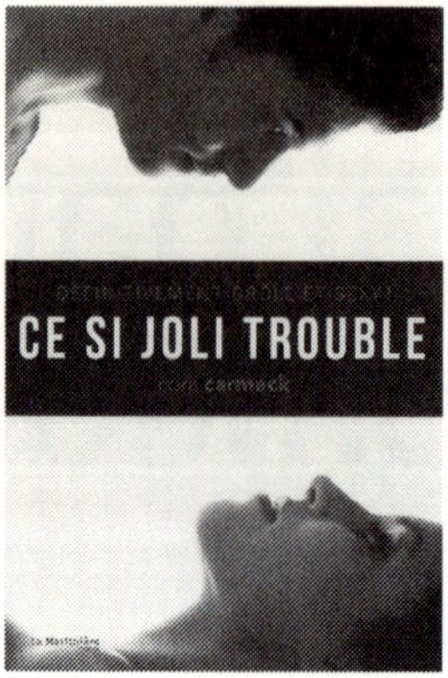

Photographie de couverture : © Serg Zastavkin/Shutterstock
Édition originale publiée en 2013 sous le titre *Faking It*
par HarperCollins Publishers, New York.

Pour la traduction française :

une marque de La Martinière Groupe, Paris.
ISBN : 978-2-7324-6060-4

www.lamartinieregroupe.com

1

Cade

Celle que j'aimais sortait avec un autre.

On aurait pu penser qu'avec le temps je m'y serais habitué. Que je n'aurais plus l'impression de me sentir laminé chaque fois que je les voyais.

Ou que j'aurais cessé de m'infliger cette torture en coupant les ponts.

On aurait eu tout faux.

Parce que tout ça, c'est de la théorie, et j'avais, une fois de plus, rendez-vous avec eux.

Ensemble.

Un vent glacial soufflait dans les rues de Philadelphie, et le bruit de mes pas, curieusement sonore sur la neige, me donnait l'impression d'aller à l'échafaud. Pas au café où des amis m'attendaient.

Des amis !

Un rire amer m'a échappé, créant un nuage de buée blanche dans l'air piquant. Ils étaient au coin de la rue. Ils, c'est-à-dire Bliss et celui qu'elle m'avait préféré, Garrick.

Serrés l'un contre l'autre, emmitouflés dans leurs manteaux et dans leurs écharpes, ils offraient l'image parfaite du couple idéal. Ils en étaient même l'incarnation *vivante*, comme s'ils sortaient d'une pub ou d'un roman à l'eau de rose.

Je détestais ce genre de clichés.

Je n'étais pas jaloux.

J'allais m'y faire. Ce n'était qu'une question de temps, parce que tout ce que je voulais, c'était le bonheur de Bliss. Et, à la voir, les mains glissées dans les poches de Garrick, son visage rayonnant levé vers le sien, elle avait l'air vraiment heureux.

C'était hélas ! une partie de mon problème. À force de volonté, je pourrais peut-être oublier les sentiments qu'elle m'inspirait, mais leur bonheur… C'était lui qui me rendait jaloux.

J'étais malheureux.

J'avais beau m'être intégré à Philadelphie, avoir quelques amis, sortir et me changer les idées, je ramais.

Nouveau départ ? Tu parles !

Mon appartement – deux pièces sur le campus – était minable, mes relations avec celle qui avait été – qui était encore – ma meilleure amie restaient laborieuses, et je croulais sous les dettes. J'avais cru, en poursuivant mes études, réussir au moins sur un plan.

Erreur.

J'étais le plus jeune étudiant de ma promo. Alors que tous les autres avaient des années d'expérience professionnelle à leur actif *et* une vie bien remplie, la mienne était aussi passionnante que celle d'une huître vissée à son rocher. J'étais à Philadelphie depuis presque trois mois, et le seul rôle que j'avais décroché était celui d'un sans-abri dans une publicité pour une association caritative. Un rôle de figurant.

Tu parles d'un succès.

À la seconde où elle m'a vu, Bliss a retiré les mains des poches de Garrick et s'est écartée de lui.

— Cade ! m'a-t-elle lancé.

J'ai souri. Comme si je n'avais pas eu, comme chaque fois que je la voyais, le cœur en morceaux.

Je tenais peut-être un rôle, après tout.

Quand je les ai rejoints, elle m'a serré dans ses bras, très vite, avec gêne, et Garrick m'a tendu la main. Il avait beau m'agacer, je n'arrivais pas à le détester. Il n'empêchait jamais Bliss de me voir, et il avait apparemment glissé une lettre de recommandation dithyrambique dans mon dossier de candidature à l'université Temple. Nous nous sommes serré la main, et c'est d'un ton sincère qu'il m'a dit en souriant :

— Content de te voir, Cade.

— Moi aussi, ai-je répondu.

Le silence allait devenir gênant quand Bliss, frissonnant de façon exagérée, a déclaré :

— Je ne sais pas vous, mais moi, je me gèle. Allons à l'intérieur.

Le *Mugshot* était surtout connu pour ses cocktails, le soir, mais je n'y étais jamais venu. Il se trouvait loin du campus et je ne buvais jamais de café, contrairement à Bliss. Pourtant, comme j'aimais lui faire plaisir, j'avais accepté de les retrouver ici.

Renonçant au verre de tequila qui m'aurait fait le plus grand bien – même à neuf heures du matin –, j'allais opter pour un smoothie quand j'ai repéré une table libre.

Laissant Garrick passer commande au comptoir, je suis allé m'installer.

— Alors, m'a demandé Bliss en me rejoignant, comment vas-tu ?

Je l'ai regardée ôter ses gants, s'asseoir et se réchauffer les mains. Ses joues étaient toutes roses de froid, mais l'hiver lui allait bien. Son foulard rehaussait le bleu de ses yeux, et les boucles de ses cheveux, ébouriffées par le vent, flottaient sur ses épaules. Elle était vraiment…

« Arrête », me suis-je dit en serrant les poings sous la table.

— Très bien, ai-je répondu. Les cours sont super. J'adore l'université, et la ville est géniale. Je vais très bien.

— Vraiment ?

Je me doutais que lui mentir était absurde. Nous avions longtemps partagé tous nos secrets, et elle avait toujours su ce que j'éprouvais. Sauf… mes sentiments pour elle. De toutes mes faiblesses, c'était la seule qui lui avait échappé. Il m'arrivait de penser qu'elle n'avait rien deviné parce qu'elle ne voulait pas savoir.

— Oui, vraiment, ai-je affirmé.

Elle ne me croyait pas davantage, mais elle me connaissait suffisamment pour savoir que j'avais besoin de m'accrocher à ce mensonge. Je ne pouvais pas lui raconter mes déboires, surtout maintenant. De toute façon, nous n'étions plus aussi proches qu'avant.

Garrick est venu nous rejoindre. Étonné de découvrir le smoothie que je n'avais pas commandé, je l'ai remercié.

— De rien. Alors, a-t-il repris en s'asseyant à côté de Bliss, de quoi parliez-vous ?

J'ai plongé le nez dans mon verre.

— Cade me parlait de ses cours, a répliqué Bliss à ma place. Apparemment, il s'éclate !

Certaines choses, au moins, n'avaient pas changé. Elle savait encore quand j'avais besoin d'être tiré d'affaire.

Garrick lui a tendu son café et l'a regardée, en souriant

béatement, boire une longue et bienfaisante gorgée, avant de revenir à moi.

— Ça fait plaisir à entendre, Cade. Tu sais que j'ai toujours d'excellentes relations avec les professeurs de Temple, alors si tu as besoin de quoi que ce soit, n'hésite pas.

Pourquoi devait-il être aussi sympa ? J'aurais pu coller mon poing dans la figure d'un crétin, ça m'aurait soulagé et certainement coûté moins cher que le replâtrage des murs de ma chambre.

— Merci, Garrick, j'y penserai.

Nous avons discuté de choses et d'autres jusqu'au moment où Bliss a parlé d'*Orgueil et Préjugés,* la pièce qu'ils étaient en train de jouer. Son enthousiasme m'a rappelé à quel point, sur ce plan, sa rencontre avec Garrick l'avait transformée. De toute la bande que nous étions l'an dernier, elle était la seule à être montée sur les planches directement après le diplôme. Je ne l'aurais jamais cru. Ce n'était pas une question de talent – elle en avait beaucoup –, mais elle n'avait aucune confiance en elle. J'avais pensé qu'elle choisirait une voie moins risquée, la mise en scène ou la régie, et j'aimais croire que j'aurais pu, moi aussi, la révéler à elle-même. Mais je n'en étais, hélas ! plus si sûr.

Elle a parlé ensuite de leur appartement dans Gayborhood. J'avais réussi, jusqu'ici, à décliner ses invitations, mais j'allais finir par être à court d'excuses et obligé d'accepter.

Ils habitaient dans un quartier branché, juste en face d'un bar très fréquenté.

— Bliss a le sommeil si léger, m'a expliqué Garrick en riant, qu'elle se réveille presque toujours à l'heure de la fermeture. Regarder le spectacle qui se déroule sous nos fenêtres est même devenu une habitude !

Elle avait le sommeil léger ? Et alors ? Je ne voulais pas le savoir ! Je détestais qu'il connaisse ce genre de détails que j'ignorais – je n'en avais pas besoin pour me rappeler avec qui elle passait ses nuits. Et je détestais ma réaction plus encore.

Ils se sont mis à évoquer une de ces nuits mémorables. C'était à peine si, riant de leurs souvenirs, ils me regardaient. J'étais le spectateur de leur idylle.

Un rôle dont je commençais à me lasser.

Mais que j'étais le seul à m'infliger.

Je ne pouvais pas continuer comme ça.

Alors, j'ai décidé de ne plus les voir. Au moins tant que mes problèmes ne seraient pas réglés.

Satisfait de ma décision, j'ai écouté le reste de l'histoire en souriant et accueilli avec soulagement la sonnerie du téléphone de Bliss.

Elle a regardé l'écran et pris l'appel tout de suite.

— Kelsey ? s'est-elle exclamée. Ça alors ! Cela fait des semaines que j'attends de tes nouvelles !

Son diplôme en poche, Kelsey avait fait exactement ce qu'elle avait dit. À la fin de l'été, tandis que les autres s'éparpillaient un peu partout pour chercher du boulot ou continuer leurs études, elle était partie faire le tour du monde. Chaque fois que je me connectais sur sa page Facebook, c'était pour découvrir le nouveau pays qu'elle traversait.

— Je reviens, nous a soufflé Bliss, un doigt sur ses lèvres tout en se levant. Ne quitte pas, Kelsey, je t'entends mal. Je sors.

Je l'ai regardée partir en me rappelant toutes les fois

où elle m'avait offert ce visage radieux. La vie, et cette image avait quelque chose de déprimant, me faisait penser à un arbre. Les branches poussent systématiquement loin des racines, et on aura beau faire, pas moyen de revenir en arrière. J'étais un de ces rameaux. J'avais passé quatre ans merveilleux avec une bande d'amis formidables. Soudés hier comme les cinq doigts de la main, nous étions maintenant dispersés aux quatre coins du monde. Et nous ne nous reverrions probablement jamais.

J'en étais là de mes réflexions quand Garrick m'a interrompu :

— Cade, m'a-t-il dit – et j'ai tout de suite compris, au son de sa voix, que ça allait craindre –, je voudrais profiter de l'absence de Bliss pour te parler de quelque chose…

La dernière fois qu'il m'avait pris à part, c'était pour me dire d'oublier Bliss, et que je ne pouvais construire ma vie en fonction d'elle. Il n'avait pas eu tort, et ça restait malheureusement valable.

— Je t'écoute.

— Je ne sais pas trop comment te le dire…

C'était ça le pire. Depuis que ma meilleure amie m'avait brisé le cœur, tout le monde me prenait avec des pincettes. À croire que j'étais en permanence au bord du suicide. J'en avais marre de ces précautions.

— Vas-y.

Il a pris une bonne inspiration, puis son hésitation a fait place à un sourire rayonnant.

— Je vais demander à Bliss de m'épouser.

Tout s'est figé, comme dans un film juste avant l'explosion. J'entendais même le tic-tac de l'horloge au-dessus de nous, aussi précis que le minuteur d'une bombe. Ce qui ne manquait pas d'ironie, parce qu'elle avait *déjà* explosé. Ils allaient *se marier*.

J'étais fracassé.

Alors j'ai fait comme au théâtre : une pause. Suspendre l'action n'est qu'un truc de mise en scène, une façon d'accompagner le glissement d'une scène ou le changement d'un personnage, mais c'était plus facile de me croire au milieu d'une fiction que dans la vraie vie. C'était quand même un sacré glissement.

Et une sacrée fichue pause.

— Cade...

Avant qu'il puisse dire quoi que ce soit, ou pire : qu'il me réconforte, j'ai endossé mon personnage et affiché, avec un grand sourire, ce que j'espérais être un air ravi.

— Félicitations, mon vieux !

Je jouais la comédie. De façon pitoyable. Comme quand je récitais mon texte au lieu de le vivre, parce que j'étais obnubilé par les réactions du public. Garrick, en l'occurrence.

— Alors, ça ne te gêne pas ?

Enchaîner, je devais enchaîner.

— Bien sûr que non ! Bliss est ma meilleure amie, et je ne l'ai jamais vue aussi heureuse, alors je suis ravi. La page est tournée !

Il s'est penché pour me donner une tape sur l'épaule, comme si j'étais son fils, son petit frère ou son chien.

— Tu es un chic type, Cade.

C'est ce qu'on disait. Cade, l'éternel chic type. Autrement dit, l'éternel second rôle. Mon smoothie avait un goût amer.

— Alors, a-t-il repris, il paraît que tu as passé des auditions, cette semaine. Comment c'était ?

« Oh ! non, me suis-je dit, je ne vais pas, après avoir entendu ses projets de mariage, enchaîner sur le récit de mon lamentable échec. » Autant me pendre sous ses yeux.

Le retour de Bliss m'a heureusement sauvé. Enfin, si on veut, parce que l'immense sourire avec lequel elle a posé la main sur l'épaule de Garrick m'a aussitôt inspiré la certitude – tragique – qu'elle allait dire oui.

Une évidence.

Qui m'achevait.

Pause.

Re-pause.

J'aurais dû dire quelque chose, seulement j'étais paralysé. On n'était pas dans une fiction. Nous n'étions pas des personnages. C'était *ma* vie, et le changement venait de me poignarder dans le dos.

Ignorant tout de mes souffrances, Bliss s'est penchée sur Garrick.

— On doit partir, chéri. On nous attend à l'autre bout de la ville dans moins de trente minutes.

Elle s'est tournée vers moi.

— Je suis désolée, Cade, mais on joue pour des étudiants ce matin. Et depuis le temps que j'attendais des nouvelles de Kelsey, je ne pouvais pas lui raccrocher au nez. Je te jure de me rattraper la prochaine fois. À ce propos, tu viens fêter Thanksgiving à l'orphelinat avec nous, demain ?

Je n'avais toujours pas donné ma réponse, j'étais d'ailleurs pratiquement sûr que c'était pour ça qu'elle avait voulu me voir. Je m'étais préparé à accepter. Cinq minutes plus tôt, je l'aurais fait, mais, maintenant, je m'en sentais incapable. C'était même hors de question. Garrick allait lui faire sa demande, et je ne voulais pas me trouver dans le coin à ce moment-là – ni après. J'avais besoin d'air, besoin de m'éloigner d'eux, de Bliss, du rôle de figurant que je jouais dans leur histoire. Alors je lui ai menti.

— Non, j'ai oublié de te prévenir, mais je rentre chez moi. Ma grand-mère ne va pas très bien, je dois aller la voir.

Son visage s'est aussitôt rembruni, et elle a tendu la main vers moi. Feignant de ne pas remarquer son geste, je me suis levé pour jeter mon gobelet à la poubelle.

— Qu'est-ce qu'elle a ? m'a-t-elle demandé.

— Oh ! sans doute rien, mais à son âge, on ne sait jamais.

Me servir de ma grand-mère, la femme qui m'avait élevé, n'était déjà pas très glorieux. Je préférais rester vague.

— Embrasse-la de ma part, et… bon voyage, alors.

Cette fois, quand elle m'a embrassé, je lui ai rendu son étreinte. Je n'avais pas l'intention de la revoir tout de suite – pas tant que je serais incapable d'affirmer sans mentir que je l'avais oubliée. Et vu la façon dont je réagissais, ça risquait de prendre un certain temps.

Pendant qu'ils ramassaient leurs affaires, j'ai repris ma place en prétendant que j'allais travailler. J'ai même sorti le texte d'une pièce que j'étais censé apprendre, mais, en réalité, je n'avais aucune envie de rentrer chez moi. Je n'en pouvais plus de me retrouver seul et de ruminer mes idées noires. Le café était heureusement assez plein et assez animé pour me rappeler qu'il existait une vie en dehors de Bliss.

De l'autre côté de la devanture, elle m'a fait un petit signe de la main. Je lui ai répondu en me demandant si elle avait conscience du côté définitif de cet au revoir.

2

Max

Mon téléphone a sonné à l'instant où Mace, profitant de ma distraction, glissait la main dans la poche arrière de mon jean. Je lui ai laissé exactement les deux secondes qu'il me fallait pour attraper mon appareil, avant de l'écarter d'un coup de coude.

C'était la troisième fois qu'il m'obligeait à le repousser. À croire qu'il avait une mémoire de poisson rouge.

L'écran de mon téléphone affichait la photo de ma mère que j'avais prise pendant qu'elle épluchait des légumes, avec son air de serial killer.

Je suis entrée au *Mugshot* avant de décrocher.

— Salut, maman.

J'entendais, en fond sonore, des chants de Noël. On n'avait même pas fêté Thanksgiving qu'elle écoutait déjà des chants de Noël !

Une *vraie* maniaque.

— Bonjour, chéééééériiiiie !

Elle étirait tellement le mot « chérie », et d'une voix si aiguë, que j'ai cru qu'elle allait exploser. Mais non, elle a continué :

— Qu'est-ce que tu fais de beau ?

— Rien de spécial, maman. Je viens d'entrer au *Mugshot*. Tu sais, le café où je vous avais emmenés, papa et toi, quand vous m'avez aidée à emménager ?

— Oui, bien sûr ! Un endroit charmant, dommage qu'ils servent de l'alcool.

Cette réflexion, à elle seule, définissait ma mère.

Mace a choisi ce moment, malheureusement silencieux, pour la ramener.

— Qu'est-ce que tu prends, Max ? Comme d'habitude ?

Je l'ai repoussé avant de m'éloigner.

Ma mère avait dû mettre son téléphone sur haut-parleur, parce que j'ai entendu mon père demander :

— Qui est-ce, Mackenzie ?

Mackenzie… Mes parents refusaient obstinément de m'appeler par mon diminutif, ce qui m'agaçait au plus haut point. Et s'ils détestaient « Max » pour leur petite chérie, ils apprécieraient encore moins de savoir que mon petit copain s'appelait Mace. Ç'avait beau être le prénom de Mace Windu, le maître Jedi, ils retiendraient surtout le nom de la célèbre marque de bombes lacrymogènes…

Et mon père en ferait une attaque.

— Un ami, ai-je répondu.

Mace m'a donné un petit coup de coude avant de frotter son pouce et son index sous mon nez. « Ah ! oui, me suis-je rappelé, il vient de se faire virer de son job. » Je lui ai tendu mon sac pour qu'il prenne mon porte-monnaie.

— Un ami ? a repris ma mère, curieuse. Ou un… *petit* ami ?

J'ai soupiré, puis je me suis dit que je pouvais lui dire la vérité, tant que j'omettais quelques détails.

Tous les détails, en fait.

— Oui, maman, un petit copain. On sort ensemble depuis trois semaines.

Trois mois, pour être exacte.

— Vraiment ? s'est étonné mon père. Comment se fait-il que tu ne nous en aies pas parlé ?

— Parce que c'est tout récent, papa. Il est très bien.

Je n'étais pas certaine qu'il ait passé le bac, mais il était super-beau et jouait de la batterie comme un dieu. Rien à voir avec le genre chic et bien élevé – parfaitement déprimant – que ma mère aurait voulu pour moi.

— Où vous êtes-vous rencontrés ? m'a-t-elle demandé.

Oh ! tu sais, dans la boîte de nuit où je danse en latex et talons aiguilles tous les soirs pour arrondir mes fins de mois.

— À la bibliothèque, ai-je répondu.

Mace à la bibliothèque, c'était risible. Le tatouage sur son épaule, si je n'avais pas été là, se serait écrit « rebèle ».

— Vraiment ? a repris ma mère, sceptique.

Je ne pouvais pas lui en vouloir. Rencontrer des mecs bien, à la bibliothèque ou ailleurs, n'était pas vraiment mon style. Les rares fois que je m'étais hasardée à leur présenter mes conquêtes s'étaient terminées en désastre. Mes parents, convaincus que leur fille était aux mains d'un gang, menaçaient de prévenir la police, et le petit copain concerné préférait prendre la tangente plutôt que sortir avec une fille flanquée de géniteurs pareils.

Les miens s'appelaient Betty et Mick, portaient des chemisiers à pois et des vestes polaires, et jouaient au bridge chaque semaine. J'avais du mal à croire que j'étais leur fille. La première fois que j'avais teint mes cheveux en rose, le jour de mes seize ans, ma mère avait éclaté en sanglots, comme si je lui avais annoncé que j'étais enceinte. Et ce n'était qu'une teinture éphémère.

Depuis, je préférais les ménager, surtout qu'ils continuaient de m'aider financièrement, grâce à quoi je pouvais me consacrer à ma passion : la musique. Attention ! je les aimais. Ce que je n'aimais pas, en revanche, et pas du tout, c'était la fille qu'ils voulaient que je sois.

Alors, pour ne pas les blesser, je faisais de petits sacrifices. Je ne leur présentais plus mes petits copains et chaque fois que j'allais les voir, j'appliquais une coloration relativement normale sur mes teintures, j'ôtais tous mes piercings visibles et je portais des manches longues et des cols roulés pour cacher mes tatouages. Ils croyaient que j'étais hôtesse d'accueil à mi-temps dans une banque, pas dans un salon de tatouage, et je ne parlais jamais de mon deuxième job : serveuse-danseuse dans une boîte de nuit.

Je jouais un rôle, le temps de mon séjour, et je les quittais avant qu'ils n'aient l'occasion de me présenter un brave et sinistre comptable.

— Oui, maman, à la bibliothèque.

Quand j'irai les voir, à Noël, je n'aurais qu'à leur dire que ça n'avait pas duré, ou que l'étudiant-très-bien-sous-tous-rapports s'était révélé être un vieux pervers accro aux sites pornos. Comme ça, j'aurais une bonne excuse pour ne plus jamais sortir avec un garçon présentable.

— Formidable ! s'est exclamée ma mère. Nous avons hâte de le rencontrer.

Mace est revenu avec mon sac et nos cafés. « Curieux, me suis-je dit en le regardant sortir une flasque de sa poche, comme il a les moyens de s'offrir de l'alcool, mais pas un café. » Il a versé une rasade dans son gobelet, puis m'en a proposé. J'ai refusé. La caféine me suffisait.

— Bien sûr, maman.

Après avoir rangé sa fiole, Mace a glissé la main sous mon manteau et j'ai frissonné de plaisir.

— Je suis sûre qu'il vous plaira, ai-je continué.

Il m'a embrassée dans le cou et ça m'a fait chavirer. Aucun comptable ne me ferait jamais cet effet-là.

— Il est très doué.

— Nous n'allons pas tarder à le constater, a répliqué mon père.

S'il croyait que j'allais leur présenter Mace à Noël, il se faisait des illusions.

— Bien sûr, papa, ai-je répondu distraitement.

Les lèvres de Mace me donnaient envie d'annuler la répétition de ce matin, mais c'était notre dernière occasion de jouer ensemble avant le concert de la semaine prochaine.

— Tant mieux, chérie, parce que nous arrivons dans cinq minutes.

— Hein ? Vous n'êtes pas à la maison ?

J'en ai lâché mon café.

— Nom de Dieu, Max ! a grogné Mace en reculant.

Je me fichais bien de l'éclabousser, j'avais des problèmes beaucoup plus graves.

— Ne te fâche pas, chérie, a repris ma mère. Nous étions tellement déçus quand tu nous as dit que tu ne venais pas pour Thanksgiving. Alors, comme Michael et Bethany ont décidé d'aller chez ses parents à elle, nous nous sommes dit que nous pouvions venir te voir. J'ai même commandé une dinde ! Oh, mais tu dois inviter ton nouveau petit ami, celui de la bibliothèque.

Merde, merde et triple merde.

— Désolée, maman, mais il est pris pour Thanksgiving.

— Pas du tout, a répliqué Mace, je suis libre !

Je ne savais pas si c'était la musique qui l'avait rendu sourd, ou s'il lui manquait des neurones, mais il n'avait pas pu s'empêcher de *hurler* !

— Magnifique ! s'est exclamée ma mère. On arrive, chérie. Je t'aime, mon petit sucre adoré.

Si elle m'appelait comme ça devant Mace, j'allais mourir de honte.

— Maman, attends…

Trop tard, elle avait raccroché.

Ils arrivaient. Et il me restait deux secondes et demie pour trouver une idée.

Je devais réfléchir. Vite.

Mace, qui nous avait éloignés du café renversé, a encore essayé de passer la main sous mon manteau. Je l'ai repoussé.

Et je l'ai regardé ; lui, ses cheveux noirs en bataille, ses magnifiques yeux sombres, les grands trous cerclés de métal qui étiraient le lobe de ses oreilles, et son tatouage – une tête de mort – dessiné sur le côté de son cou. J'adorais sa manière d'afficher ce qu'il était.

Mes parents, en revanche, allaient détester.

Ils détestaient tout ce qui sort de l'ordinaire. Ils n'avaient pas toujours été comme ça. Avant, ils étaient ouverts, curieux, et ne jugeaient pas les gens sur leur allure. Mais cette époque était révolue depuis longtemps, et ils seraient là d'un instant à l'autre.

— Il faut que tu partes, lui ai-je dit.

— Pourquoi ?

Il a glissé les doigts dans ma ceinture et m'a attirée vers lui.

— On vient juste d'arriver…

J'aurais voulu croire qu'il puisse plaire à mes parents. Après tout, il m'avait bien charmée, moi, ce qui relevait en soi d'un exploit. Il n'était peut-être pas malin, ni très cultivé, mais il était passionné. Passionné par la musique, par la vie, et par moi. C'était chaud bouillant entre nous. Je n'avais aucune envie de renoncer à ce brasier parce que mes parents, incapables de surmonter ce qui était arrivé à Alex, vivaient dans le passé.

Je devais pourtant quand même les ménager.

— Je suis désolée, ai-je répondu, mais mes parents vont débarquer ici d'une seconde à l'autre. Alors soit tu pars, soit tu fais comme si on ne se connaissait pas.

J'allais m'excuser, lui dire que je n'avais pas honte de lui, que je n'étais seulement pas prête à cette rencontre, quand il s'est écarté en levant les mains.

— Ok, pas de problème, je me tire. Appelle-moi quand tu les auras virés.

Puis il a fait demi-tour. Comme ça. Sans se défendre ni me poser de questions. Sans me proposer non plus d'affronter vaillamment la rencontre.

La porte franchie, il s'est allumé une cigarette, puis il a disparu. Partagée entre l'envie de partir avec lui et celle de le rattraper pour lui dire ce que je pensais de sa conduite, j'ai hésité.

Mais je ne pouvais pas fuir.

Et maintenant, je devais trouver une excuse pour expliquer à mes parents l'absence du merveilleux-petit-copain-studieux à mon côté.

Je n'aurais qu'à leur dire qu'il avait cours, qu'il devait travailler, ou… accomplir des miracles. J'ai scruté la salle à la recherche d'une table. Mes parents ne seraient pas dupes, ils allaient tout de suite comprendre qu'il n'y avait pas de prince Charmant. Mais je n'avais pas le choix.

Le café était bondé et il n'y avait, évidemment, aucune table disponible.

Sauf une, assez grande pour quatre, occupée par un client solitaire.

Il avait l'air sur le point de partir. D'à peu près mon âge, châtain, les cheveux courts et bouclés, il était canon. Il avait également tout de l'étudiant modèle. Un livre était ouvert devant lui. Avec ses belles mains posées dessus, son air pensif et son écharpe négligemment nouée autour du cou, il aurait convaincu un analphabète de s'inscrire à la bibliothèque.

Je n'aurais jamais dû m'attarder sur lui, parce que les types comme lui ne sont pas faits pour les filles comme moi, mais il avait levé les yeux et me fixait du même regard que Mace, sombre et pénétrant, mais en plus doux.

Et tout à coup, c'était comme si le ciel s'était ouvert pour me venir en aide. Il ne manquait que le panneau au-dessus de sa tête, proclamant, en lettres d'or : « Ici, la solution de tous vos problèmes. »

3

Cade

J'observais la salle – imaginer la vie des autres m'aidait à oublier la misère de la mienne – quand elle a croisé mon regard.

Je l'avais vue entrer avec son petit copain. Ils respiraient l'assurance et, malgré leur allure un peu trop ouvertement provocante, la désinvolture. Lui était tout en noir, yeux, cheveux, vêtements, tatouages. Tous les motifs que je pouvais voir – une collection de têtes de mort, de pistolets et de coups-de-poing américains – étaient morbides ou agressifs. Elle, en revanche, était lumineuse. Du rouge vif de ses cheveux à la teinte de son rouge à lèvres, en passant par la couleur des dessins sur sa peau. De petits oiseaux volaient le long de son cou, et ce qui ressemblait à la cime d'un arbre émergeait du décolleté en cœur de sa robe années 1950.

Il avait beau l'embrasser et la toucher, je ne sentais pas de réelle complicité entre eux. Elle ne l'avait pas regardé une seule fois pendant qu'elle répondait au téléphone, et lui l'avait ignorée. Ils étaient comme deux astres issus de deux galaxies différentes, dont les trajectoires se seraient croisées par hasard. Un couple éphémère.

Il ne s'était même pas baissé pour ramasser le gobelet de café qu'elle avait fait tomber. Il l'avait entraînée avec lui, et une serveuse était venue nettoyer.

Puis il était parti, et maintenant, elle me regardait, comme si j'avais un trésor à lui offrir.

Elle est venue vers moi, sa jupe ample flottant au rythme de ses pas. Elle était belle, avec une bouche pulpeuse, des traits réguliers, un joli nez. La fleur blanche glissée dans ses boucles rouge vif lui donnait l'allure joyeuse d'une pin-up éclatante. Elle était aux antipodes de toutes les filles avec lesquelles j'étais sorti, ou avec lesquelles j'avais envisagé de sortir. Rien à voir avec Bliss, en tout cas. C'était peut-être pour ça que je n'arrivais pas à la quitter des yeux.

Le tatouage qui dépassait de son décolleté représentait effectivement la cime d'un arbre. Les dernières branches s'étiraient vers ses clavicules, et, quand elle s'est penchée pour poser les mains bien à plat devant moi, j'ai clairement vu, entre ses seins, le tronc finement dessiné.

Il m'a fallu un certain temps pour remonter les yeux vers son visage.

— Je vais te demander quelque chose, m'a-t-elle annoncé sans préambule. Je te préviens, ça va te paraître bizarre.

Sans doute pas plus que les idées farfelues que j'avais en tête.

— J'écoute.

Elle s'est assise en face de moi. Son parfum, léger, aérien, me rappelait l'arbre que j'étais très curieux de découvrir. Je pensais à l'endroit où il devait prendre racine quand elle a continué :

— Mes parents vont débarquer d'une seconde à l'autre et ils s'attendent à rencontrer mon petit copain.

Elle s'est penchée un peu plus en faisant pianoter ses ongles vernis sur la table.

— Et alors ?

— Alors je suis censée leur présenter un charmant garçon que j'ai rencontré à la bibliothèque, mais qui n'est pas celui avec lequel je sors.

— Et tu me trouves charmant ?

Elle a hésité un instant, puis sa bouche rouge cerise a fait une moue délicieuse, et elle a haussé les épaules.

— Oui.

— Qu'est-ce que je dois faire ?

— Je reconnais que c'est un peu tordu, mais si tu pouvais te faire passer pour lui, le temps que j'arrive à me débarrasser d'eux, j'apprécierais.

C'était tordu, en effet. Mais elle me proposait aussi ce que je désespérais d'obtenir depuis des semaines : un rôle. Que ce soit celui de l'Éternel Chic Type ne me dérangeait pas. Une partie de moi – celle qui trouvait que passer un peu de temps avec cette fille était une bonne idée – était plus que disposée à l'endosser.

— S'il te plaît, a-t-elle repris. Tu n'auras rien à faire, je me charge de la conversation, et ce sera vite fini. Je peux même te payer, si tu veux.

Je l'ai regardée d'un air dubitatif.

— D'accord, s'est-elle ravisée, je n'ai pas les moyens, mais je te revaudrai ça. Demande-moi ce que tu veux en échange.

Elle devait vraiment me trouver charmant pour me proposer *ce que je voulais*. En vérité, j'avais une assez bonne idée de ce que je désirais en retour. Et le charme n'avait rien à y voir.

— D'accord, ai-je accepté.

Elle s'est brusquement détendue, et un sourire sublime s'est dessiné sur son visage.

— En échange d'un rendez-vous, ai-je ajouté.

Elle a reculé, visiblement surprise.

— Tu veux un rendez-vous avec moi ?

— Oui.

Elle avait l'air vraiment troublé.

— Alors, l'ai-je relancée, marché conclu ?

Elle a regardé l'horloge, étouffé un juron, puis soupiré.

— D'accord. Marché conclu. Maintenant, donne-moi ton écharpe.

Elle me l'a prise – ou plus exactement arrachée du cou.

— Tu me déshabilles déjà ? ai-je plaisanté.

Une ébauche de sourire s'est dessinée sur ses lèvres, puis elle m'a regardé, de nouveau déconcertée, avant de secouer la tête et d'enrouler mon écharpe autour de son cou.

Une fois dissimulés les fines branches et les oiseaux délicats qui soulignaient la porcelaine de sa peau, elle a pris une serviette en papier et s'est appliquée à essuyer le rouge de ses lèvres.

— Mes parents savent seulement qu'on s'est rencontrés à la bibliothèque, que tu es gentil, sérieux et doué. Comme ils sont ultra-vieux jeu, évite le genre de blague que tu viens de faire. On sort ensemble depuis trois semaines. Rien de compliqué. Ça ne devrait pas être difficile à jouer.

Après avoir habilement supprimé un peu du noir qui ourlait ses yeux, elle a ramené ses cheveux sur ses oreilles pour cacher ses piercings.

— Et toi ? m'a-t-elle demandé. Qu'est-ce que tu fais dans la vie ?

— Je suis comédien.

Elle a écarquillé les yeux.

— Ils ne supportent déjà pas que je fasse de la musique, alors ils ne vont pas apprécier… Tant pis.

Elle a continué à arranger ses cheveux, en regardant nerveusement autour d'elle.

— Tu es très belle, lui ai-je dit en posant la main sur son épaule, ne t'inquiète pas.

Elle s'est figée en me regardant comme si je m'étais mis à lui parler chinois, puis elle a pincé les lèvres dans une espèce de sourire.

J'avais toujours la main sur son épaule quand une femme s'est exclamée depuis l'entrée :

— Oh ! Mackenzie ! Mackenzie chérie !

Mackenzie…

Elle n'avait rien d'une Mackenzie.

Elle a soupiré et je me suis levé avec elle pour accueillir, sans la lâcher, celle qui, visiblement, était sa mère. Son changement d'expression m'a surpris. Alors qu'elle m'avait paru si pleine de vie et d'assurance, elle semblait tout à coup accablée.

Elle venait tout de même d'aborder un parfait inconnu pour lui demander, de but en blanc, de jouer le rôle de son petit copain. Son culot m'avait impressionné, mais elle avait de toute évidence son talon d'Achille : le couple d'une cinquantaine d'années qui avançait vers nous.

Son père était chauve et portait de petites lunettes cerclées de métal ; sa mère avait les tempes grisonnantes. Ils marchaient en se tenant par la main, leur bras libre tendu vers leur fille, prêts à se lancer dans une étreinte collective.

Mackenzie, de son côté, semblait aussi pressée de les embrasser que de se pendre.

J'ai souri.

Cette scène était à ma portée.

— Tout va bien se passer, lui ai-je soufflé en lui serrant la main.

— Mon petit sucre adoré ! s'est exclamée sa mère avant de se renfrogner. Oh ! chérie, quel supplice as-tu encore infligé à tes cheveux ? Je t'ai déjà dit de ne plus acheter ces horribles teintures.

Mackenzie serrait si bien les lèvres, quand sa mère l'a attirée contre elle, que j'ai cru qu'elle allait se mordre. Son père, en l'étreignant à son tour, m'a obligé à la lâcher. Je me suis écarté pour tendre la main à sa mère.

— Enchanté de vous rencontrer, madame…

Je me suis alors rendu compte que je ne connaissais pas son nom de famille. Je venais tout juste d'apprendre son prénom.

Sa mère m'a serré la main en me regardant, curieuse d'entendre la suite.

— C'est bête, ai-je enchaîné avec mon plus charmant sourire, mais Mackenzie m'a tellement parlé de vous que je n'arrive pas à vous appeler par votre nom de famille !

Et je l'ai serrée dans mes bras.

4
Max

Il se jetait dans les bras de ma mère !

Un parfait inconnu.

Alors que je ne supportais ces effusions qu'en frémissant et m'efforçais toujours de les réduire au minimum, lui s'y livrait sans se méfier des anneaux de boa constrictor qui se refermaient sur lui !

Et ça durait ! Quatre, cinq, six secondes.

Une bonne, franche et solide étreinte ; pas le genre d'accolade que je venais de donner à mon père.

Elle nichait même la tête sous son menton. Son menton !

Vu la façon dont elle le tenait, elle n'était pas près de le lâcher. Il devait s'en rendre compte. Son regard désemparé m'a d'ailleurs fait penser à ces histoires malheureuses de pauvres petits chatons morts d'étouffement dans les bras d'enfants trop aimants.

Il lui a tapoté le dos en riant. Il n'avait même pas l'air de se forcer.

Au bout d'une éternité, elle a fini par le libérer.

À sa place, j'aurais suffoqué. Parce que ma mère semblait convaincue qu'il suffisait de me serrer assez fort et assez longtemps contre elle pour chasser le démon qui m'habitait. Ses embrassades étaient comme un exorcisme.

Il est resté devant elle, à sa portée, et lui a dit :

— Quelle bonne idée de venir à l'improviste. Mackenzie ne vous l'avouera jamais, mais vous lui manquez terriblement.

Tandis que mon prénom m'arrachait une grimace, ma mère, elle, était aux anges. Je ne savais pas si elle détestait mon diminutif parce que c'était celui d'un prénom masculin, ou simplement parce qu'il lui rappelait celui d'Alexandria, autrement dit Alex.

Elle a tourné vers moi un regard larmoyant de bonheur.

Quinze malheureuses secondes avaient suffi à mon soi-disant petit copain pour arracher des larmes de joie à ma mère. Mes ex étaient-ils aussi désespérants ?

D'accord, j'avais commis l'erreur de leur présenter Jake, qui avait tenu à ce qu'ils l'appellent par son surnom… Knife. Mais c'était une blague ! Pour les provoquer. Tous n'avaient pas été aussi lourds.

Mon petit copain du jour, ou considéré comme tel, s'est tourné vers mon père.

— Bonjour, monsieur. Je m'appelle Cade Winston. Permettez-moi de vous dire que vous avez une fille exceptionnelle.

— Vraiment ?

Il n'avait pas dit « Merci », modestement, ou « C'est bien vrai », avec fierté, seulement « Vraiment ? », d'un ton dubitatif, avant de se décider à sourire, comme si c'était *à lui* que s'adressait le compliment.

— Ravi de faire ta connaissance, fiston.

« Fiston » ! Ils ne voulaient pas publier les bans, tant qu'ils y étaient ?

J'avais tout à coup besoin de m'asseoir.

Mon petit copain de service, Cade, donc, devait avoir un sixième sens, parce qu'à l'instant où je me tournais pour prendre ma chaise, il me l'a présentée. Mes parents nous regardaient, comme s'ils avaient voulu graver l'image dans leur mémoire. Et comme si cela ne suffisait pas, Cade m'a pris la main et a enlacé nos doigts.

La décharge que j'ai ressentie alors a chassé toute l'exaspération que cette situation m'inspirait. Je me suis assise en le regardant, un peu désorientée, tandis que mes parents, debout, continuaient de nous contempler. Ma mère a sorti un mouchoir. « Un jour, me suis-je dit, un jour, je serais capable – peut-être – d'éclater de rire au souvenir de cette scène parfaitement ridicule. Un jour, je finirais peut-être aussi par vivre de ma musique... » Qui peut dire ce que l'avenir nous réserve ?

Mon père a fini par se tourner vers ma mère.

— Allons chercher des cafés, Betty. Cade, Mackenzie, nous revenons tout de suite.

J'ai attendu qu'ils soient au bar pour me tourner vers Cade. J'avais des envies de meurtre.

— C'est quoi, cette comédie ?

Il a plissé le front, et je me suis rendu compte qu'il me tenait toujours la main.

— Ben... je rencontrais tes parents.

J'essayais de nourrir ma colère, mais il avait des yeux superbes et des cils d'une longueur incroyable. Une vague de chaleur m'a envahie, et j'ai compris que je rougissais.

Pour le coup, j'étais sidérée. Ce n'était pas *du tout* mon genre.

J'ai détourné les yeux et dégagé ma main.

— Tu ruines surtout toutes mes chances de leur faire jamais apprécier n'importe lequel de mes *vrais* petits copains.

J'avais beau me forcer, ma voix manquait de tranchant.

— Tu n'étais pas obligé de te jeter dans les bras de ma mère, ai-je continué. Les embrassades, c'est comme une drogue, pour elle.

J'avais moins de mal à être cassante quand je ne le regardais pas. J'avais aussi la tête plus froide.

— Excuse-moi, mais comme tu ne m'avais pas dit ton nom de famille, j'ai dû improviser.

J'ai croisé les bras. Je devais reconnaître qu'il s'en était très bien sorti – mes parents n'y avaient vu que du feu. Il avait, clairement, beaucoup de talent. Mais, curieusement, au lieu de me détendre, ce constat m'agaçait.

— Eh bien… ne recommence plus.

Il n'aurait plus manqué que ma mère me demande de prendre exemple sur lui.

— Contente-toi de les rassurer. On n'est pas aux Oscar. Et je m'appelle Miller.

— Pas de problème, Mackenzie.

J'ai encore grimacé. Plus personne ne m'appelait comme ça, sauf ma famille, ce qui me rendait ce prénom encore plus insupportable.

— Et ne m'appelle pas Mackenzie, l'ai-je prévenu les dents serrées. C'est Max.

Il n'a pas bronché. Au contraire.

— Max, a-t-il répété en souriant. Ça te va beaucoup mieux.

Sa façon de me désarmer avait quelque chose d'exaspérant. Pourtant, même mon irritation, tandis qu'il posait un bras sur le dossier de ma chaise et l'autre sur la table, n'arrivait pas à lui résister. Ses yeux noisette étaient posés sur moi, et son parfum me chatouillait les narines. J'aurais dû reculer, ne plus regarder ses longs cils. Surtout quand il s'est approché, et que j'ai senti son menton m'effleurer.

— Ta mère arrive, m'a-t-il murmuré à l'oreille. Excuse-moi. Je ne la prendrai plus dans mes bras, promis.

Je sentais encore ses lèvres sur ma joue quand elle est revenue.

« Il ne cherche pas à me draguer, me suis-je dit. Il fait seulement semblant. » J'étais quand même un peu fébrile.

Profitant du fait qu'il se levait pour aider ma mère à s'asseoir, pendant que mon père attendait leurs cafés, j'ai fermé les yeux en essayant de reprendre mes esprits.

— Alors, Cade, a commencé ma mère, il paraît que vous vous êtes rencontrés à la bibliothèque ?

J'allais répondre, mais il m'a devancée.

— Oui, c'est exact. *Max* – il m'a adressé un petit sourire – m'a aidé à trouver le livre que je cherchais. Je n'étais pas du tout dans la bonne section.

Ma mère a dressé les sourcils.

— Vraiment ? Je ne savais pas qu'elle connaissait la bibliothèque aussi bien. Quand elle était petite, elle ne lisait que les livrets des CD. Les enfants normaux font leurs devoirs si on leur promet des bonbons. Pas notre Mackenzie. Une vraie tête de mule !

J'ai serré les dents pour éviter de lui rappeler *qui* était l'enfant normal de notre famille.

— C'était un livre sur la musique, a enchaîné Cade le plus naturellement du monde. J'en avais besoin pour mes recherches. J'ai eu la chance de tomber sur une experte. Elle est arrivée dans ma vie comme un miracle.

Il m'a jeté un regard et j'ai senti son bras glisser sur mes épaules.

— J'en suis encore ébloui.

Ce type me faisait le plus étrange des effets. D'un côté, cette déclaration ringarde me donnait envie de vomir, de l'autre, elle me faisait complètement fondre. Ce qui était d'autant plus ridicule qu'elle était factice.

Mais tout à fait acceptable pour ma mère, qui a poussé un énorme soupir et oublié du même coup de se plaindre de ma passion pour la musique.

— Des recherches ? a-t-elle repris.

— Oui, madame. Je suis en master à l'université Temple.

Temple ? Ben tiens ! Et pourquoi pas Harvard, tant qu'on y était ? Je lui avais pourtant demandé de ne pas exagérer.

— En master ? s'est exclamée ma mère, radieuse, avant de se rembrunir un peu. En musique ?

— Non, madame. En art dramatique. Je devais rendre un devoir sur le rôle de la musique au théâtre.

— Du théâtre ? Comme c'est intéressant.

Son sourire, à l'inverse du mien, s'était crispé. Enfin quelque chose de contrariant à propos de ce garçon.

— Oui, madame. Le théâtre est ma passion. Je suis comédien, mais également intéressé par l'enseignement universitaire.

— Professeur ! C'est magnifique !

Cette fois, j'ai renoncé. Dans la conquête de l'approbation de mes parents, le premier round revenait à un parfait inconnu.

— De quoi parlez-vous ? a demandé mon père en revenant avec deux cafés.

— Cade passe un master pour devenir professeur d'université, s'est empressée de répondre ma mère. N'est-ce pas merveilleux ?

Elle était médaille d'or pour entendre ce qu'elle voulait entendre.

— Félicitations, fiston.

— Merci, monsieur Miller.

Mon père a arrêté de souffler sur son café pour lui dire :

— Oh ! s'il te plaît, appelle-moi Mick.

Mick ?

Je rêvais. Non, *je faisais un cauchemar.*

Cade, de son côté, souriait tranquillement. Il avait l'air si détendu en s'adossant à sa chaise qu'il me donnait l'impression de s'amuser.

— Avec plaisir, Mick. Merci. Alors, comment s'est passé votre voyage ?

— Atroce, a répliqué mon père. Les aéroports sont les pires endroits du monde. On nous a fait subir une fouille en règle et passés aux rayons X, comme si nous étions des terroristes ! De quoi attraper le cancer, oui. Je leur ai dit que c'était fini, qu'on ne prendrait plus jamais l'avion, mais le train. C'est plus long, mais certainement plus agréable.

— Je n'ai pris le train qu'une fois, a enchaîné Cade, mais j'en garde un excellent souvenir. Je devrais recommencer.

Cet échange était d'une banalité affligeante, mais au moins avait-il lieu. C'était toujours mieux que le désastre qui aurait pu se produire avec Mace.

— Assez parlé de nous, a coupé ma mère. J'aimerais en savoir plus sur vous et surtout, pourquoi notre petite fille chérie nous a caché si longtemps le charmant jeune homme que vous êtes.

Cade m'a regardée, et je suis restée… muette.

Il a éclaté de rire en me serrant contre lui.

— Je ne veux pas parler à la place de Max, a-t-il répondu sans me lâcher, mais disons que nous voulions garder le secret, ne pas brûler les étapes.

Il venait, sans le savoir, de prononcer les mots magiques. Je passais mon temps à « brûler les étapes ». La vie est trop courte pour perdre son temps à réfléchir. Mes trois mois avec Mace étaient d'ailleurs un record, et nous parlions déjà de nous installer ensemble. Heureusement que ce n'était pas encore fait. Je ne savais pas ce que j'aurais dit à mes parents.

Eux, évidemment, détestaient ce qu'ils appelaient mon « manque de réflexion ». Et le commentaire de Cade, évidemment, avait de quoi les ravir. J'étais sûre qu'avant la fin de leur café ils lui proposeraient de l'adopter.

— Et côté passe-temps ? a demandé mon père, certainement dans l'espoir de trouver un partenaire de golf ou de tennis.

— Je consacre le plus clair de mon temps à mes études, mais je suis bénévole dans une association d'aide aux jeunes en difficulté.

Alors là, c'était le pompon. Tandis que Mace ne comprenait même pas le sens d'une phrase aussi simple que « Arrête de ne penser qu'à toi et de me tripoter en public », ce type ne disait probablement jamais « Dégage ! ».

J'ai voulu le pincer sous la table, mais la fermeté de sa cuisse m'en a empêchée. J'allais recommencer quand sa main s'est aplatie sur la mienne, m'obligeant à écarter les doigts pour écraser complètement ma paume sur son jean. Je n'ai pas pu me dégager. C'était à moi, maintenant, d'avoir besoin d'être pincée. Parce que je ne pensais plus qu'à sa jambe, musclée, sous ma main. J'avais même oublié pourquoi je m'étais énervée.

Je me suis secouée et me suis tournée, tout sourire, vers mes parents.

— On doit y aller, ai-je prétendu les dents serrées. Si j'avais su que vous veniez, je me serais débrouillée autrement, mais…

Mon père s'est levé en rajustant son pantalon, comme s'il était à la maison.

— Pas de problème, ma chérie. Nous sommes descendus dans un hôtel un peu loin de chez toi, dans le plus joli quartier de la ville.

Autrement dit, j'habitais un coin pourri. Ce qui n'était pas le cas, mais la plupart des enseignes y étaient écrites en chinois, et mon père ne se sentait pas à l'aise quand il ne maîtrisait pas son environnement.

— De toute façon, a renchéri ma mère en se levant à son tour, on se voit demain pour Thanksgiving !

— Oh ! maman, je ne crois pas que Cade…

— Tss-tss, chérie, je l'ai entendu dire qu'il était libre quand je t'ai parlé au téléphone. Un refus serait vexant. Et maintenant que nous avons fait connaissance, je t'interdis de nous cacher ce délicieux jeune homme. Il est clair que vous vous adorez, tous les deux, et tôt ou tard, il faudra bien franchir quelques étapes.

« On ne s'adore pas, me suis-je dit en m'obligeant à le quitter des yeux. Pas du tout. »

Il avait beau être canon, et sa cuisse sous ma main m'inspirer toutes les sensations du monde, ça ne changeait rien à l'histoire.

— Maman…

— Ça suffit, Mackenzie, a-t-elle coupé avant de se tourner vers Cade. Dites-moi que je vous verrai demain, jeune homme, et ensuite, faites entendre raison à ma fille.

J'ai compris, au regard qu'il m'a lancé, ce qu'il allait dire. Et je n'avais aucun moyen de l'en empêcher, à moins de le plaquer au sol ; ce qui aurait été, au choix, une excellente ou une très mauvaise idée.

— Bien sûr, madame Miller. Je serai là, vous pouvez compter sur moi.

— Parfait.

Elle s'est penchée pour l'embrasser sur la joue.

— Et si vous m'appeliez Betty ?

5

Cade

Le flottement qui a suivi le départ des parents de Max ressemblait aux quelques secondes qui précèdent un accident : on sait ce qui va se passer, et on voudrait anticiper, mais on n'a pas le réflexe d'écraser le frein à temps.

Un sourire plein de fourberie s'étirait sur les lèvres de Max.

Et la gifle est partie d'un coup.

Elle ne m'a pas fait mal. Pas vraiment.

La sensation était d'ailleurs étrangement surréaliste. Comme si j'avais été projeté à travers un pare-brise. C'était la première fois qu'une fille me giflait. Et j'étais certainement le seul prétendant au monde, fictif ou pas, à être giflé par sa promise pour avoir plu à ses parents.

Je n'ai pas pu m'empêcher d'éclater de rire.

Le rouge lui est monté aux joues, et elle a levé la main pour recommencer.

— Du calme, ai-je dit en l'interceptant.

Une main serrée sur son poignet, l'autre bloquant celle

qu'elle avait mise sur ma cuisse, je la tenais prisonnière. Elle a dressé le menton.

Le regard flamboyant et le corps tendu comme un arc, elle était sexy en diable.

— Pourquoi veux-tu me faire mal ?

— Parce que ça me fait du bien !

Sa main sur ma cuisse ne m'aidait pas à prendre sa colère au sérieux. Elle était toute rouge, et j'avais très envie de lui enlever mon écharpe pour voir son pouls palpiter.

— Je ne voulais pas dire oui, me suis-je défendu, mais ta mère ne m'a pas vraiment laissé le choix.

Elle s'est mise à gigoter, et j'ai dû, pour la retenir autant que pour me protéger, la tirer un peu plus vers moi. Ses cheveux, aussi rouges que ses joues, sentaient divinement bon.

— Tu aurais quand même pu m'épargner ta petite histoire ridicule, a-t-elle sifflé, les dents serrées. Bénévole pour les jeunes défavorisés ! Temple ! Et puis quoi encore ? Je t'avais demandé de ne pas exagérer !

— Je n'ai rien inventé, Max. C'est la vérité, et arrête de te débattre. On nous regarde.

Elle s'est aussitôt immobilisée avant de repousser d'un air crâne la mèche tombée devant ses yeux.

— La vérité, hein ?

J'ai attendu quelques secondes, puis, quand j'ai été certain qu'elle n'allait pas relancer les hostilités, je l'ai prudemment relâchée avant de lui tendre la main.

— Je me présente, Cade Winston, étudiant en art dramatique, animateur bénévole, grand ami des mères poules et ton petit copain pour les prochaines vingt-quatre heures. Enchanté de faire ta connaissance, Max.

Elle a hésité, puis son front s'est plissé. Elle ne faisait que réfléchir, mais sa concentration était adorable.

— Tu aides *vraiment* les jeunes ?

Elle me regardait comme si j'étais volontaire dans les favelas et digne du prix Nobel de la paix, alors que je ne faisais que m'occuper de gamins qui n'avaient besoin que d'un peu d'attention et d'un endroit où souffler.

— Oui, vraiment.

Elle m'a dévisagé, puis m'a serré la main.

— Max Miller, m'a-t-elle dit, sourcils froncés. Musicienne et... pit-bull. Je suis désolée de t'avoir giflé.

— Et pincé, ai-je ajouté alors que je n'en avais aucun regret.

Ça m'avait donné une bonne raison de coincer sa main.

— Et pincé, a-t-elle admis. Bon, j'imagine que je dois te remercier pour aujourd'hui. Et pour demain. Je suis désolée de t'obliger à fêter Thanksgiving avec mes parents.

J'ai souri. Je comprenais, à son air chiffonné, que ces excuses lui coûtaient. On ne devait pas lui en arracher souvent. J'ai haussé les épaules.

— Pas de souci, j'avais l'intention de passer la journée seul chez moi. Je suis sûr que la dinde de ta mère sera meilleure qu'un hot dog.

Elle a souri :

— C'est vrai. Elle cuisine super bien. C'est une dingue des fourneaux.

— À propos de dingue, pour la gifle...

Elle a levé les yeux au ciel.

— Je t'ai dit que j'étais désolée !

— Quoi ? Je n'ai même pas droit à un bisou ?

Elle a reculé, et, en voyant ses yeux papillonner sur mes lèvres, j'ai songé à l'embrasser, comme ça, en oubliant qu'on ne se connaissait pas et sans me soucier du fait qu'elle avait déjà un petit copain. Elle ne m'en a pas laissé le temps.

— Je dois partir, m'a-t-elle dit en se levant. Je suis déjà en retard pour ma répétition. Tu peux venir avant mes parents, demain ? On pourra peaufiner les détails et éviter les improvisations, du genre les embrassades avec ma mère.

Elle a sorti un stylo et noté son adresse et son numéro de téléphone sur une serviette en papier.

J'ai glissé celle-ci dans ma poche et me suis levé pour l'accompagner. Je savais qu'elle était pressée, mais je n'avais pas envie de la laisser partir tout de suite.

— Au fait, tu n'as pas bu ton café, l'ai-je retenue en me souvenant de celui qu'elle avait renversé. Attends, je vais t'en chercher un.

— C'est moi qui devrais t'en offrir un.

— Laisse, ta matinée a été rude. Tu mérites un petit break.

Elle m'a regardée comme si je venais de lui proposer un séjour aux Bahamas. Son petit copain devait être un sacré toquard, pour qu'une attention si minime lui fasse autant d'effet.

— De toute façon, ai-je continué, je n'en bois jamais. Alors, c'est plié.

Elle a éclaté de rire.

— Plié ? Plus personne ne parle comme ça ! Mais dis-moi, a-t-elle repris avec curiosité, si tu ne bois pas de café, que fais-tu là ?

— J'étais venu jouer le rôle du frère d'une fille qui voulait se débarrasser de son jules, mais elle a annulé au dernier moment. Ce n'est pas plus mal, je préfère le rôle du petit copain, c'est nettement plus intéressant.

Arrivés à la caisse, elle a commandé un café. Je la regardais ajouter de la crème et deux sachets de sucre quand elle a levé les yeux pour m'examiner, intriguée.

— Tu es plutôt marrant, Winston.

Elle a bu une gorgée, et ce qui restait de son rouge à lèvres a laissé une trace sur le bord du gobelet. Ça m'a fait un effet dingue.

— Et tu n'as pas tout vu, ai-je dit.

— Frimeur, avec ça ?

Elle m'a souri.

— Tu es plutôt difficile à cerner, tu sais.

— Hum, c'est ce qu'on raconte, mais je suis prêt à te laisser tout le temps qu'il te faut pour te faire une idée.

Elle a éclaté de rire.

— Contentons-nous de demain. À plus tard, *boyfriend*.

— À demain, *Mackenzie*.

Elle a émis un drôle de petit bruit, entre rire et agacement, et s'est éloignée vers la porte en secouant la tête.

— À ta place, m'a-t-elle lancé en sortant, je ne jouerais pas à ce petit jeu, *trésor*.

Juste avant de traverser la rue, elle s'est encore retournée et nos regards se sont croisés. Un frémissement m'a parcouru, comme lors d'une audition quand je sens que je viens de décrocher le rôle.

Je suis resté planté là comme un idiot, jusqu'à ce que le serveur m'interpelle :

— Hé ! tu veux autre chose ?

— Non, merci. Je m'en vais.

Je suis sorti, tout étonné de me sentir aussi léger.

Elle ne savait pas à quel point elle avait raison ; c'était, effectivement, un jeu. Elle n'était pas ma petite amie, même si ses parents m'adoraient. Quoi qu'il en soit, je n'étais jamais sorti avec une fille comme elle, et elle n'était probablement jamais sortie avec un type comme moi. Mais la vie est parfois surprenante, et quel intérêt y a-t-il à s'obstiner encore et toujours sur les mêmes chemins ? Des chemins qui, en outre, ne mènent nulle part.

J'ai repensé à l'apparition de Max devant moi, à l'arrivée de ses parents, à ma rencontre avec eux, à sa colère et à son dernier regard. J'étais peut-être complètement détraqué, mais même sa gifle me laissait un bon souvenir.

Même si cette histoire était absurde, je me sentais plus normal que je ne l'avais été depuis des mois. Comme si le ciel se dégageait. Comme si, fatigué de ruminer le passé, je renouais enfin avec le présent.

Je me sentais mieux.

Nettement mieux.

Et je voulais que ça continue.

Il était temps de tourner la page et de profiter de la vie. Je venais justement de rencontrer quelqu'un qui semblait très doué pour ça.

Rentré chez moi, après avoir déposé mon sac et mon manteau, j'ai traversé le couloir pour frapper chez mon voisin.

— Milo ! Tu es là ?

De la musique latino-américaine résonnait derrière la porte. Ma question était donc théorique – il était bien chez lui – mais peu audible.

— Milo ! ai-je répété en tapant plus fort.

La porte s'est ouverte, et Milo, en plein enchaînement

chorégraphique, a renversé sa partenaire, une petite brune, tête en bas dans ma direction. J'ai reculé.

Milo m'a souri de toutes ses dents éclatantes sur sa peau mate et, d'un geste vif, il a redressé la danseuse, dont les boucles ont rebondi autour de son visage.

J'ai baissé les yeux sur ma montre.

Il n'y avait que Milo pour danser la salsa avec autant d'énergie à… dix heures et demie du matin.

— Salut, *amigo* ! La musique est trop forte ?

— Non, ça va, l'ai-je rassuré, je voulais seulement savoir si tu voulais sortir, ce soir.

Il a dressé un sourcil suspicieux. J'étais parti pour m'enfermer toute la semaine, à cause de ma phobie des vacances et de la déprime, mais je venais de changer d'avis. Il était temps de me secouer.

— J'ai un truc de prévu, m'a-t-il dit, mais tu peux venir avec nous. Je te présente mon amie, Sasha.

La petite brune, sans quitter ses bras, m'a fait un signe de la main. Je ne la connaissais pas, mais vu que Milo changeait de partenaire chaque semaine, je n'étais pas surpris.

— Elle danse, ce soir. Un nouveau job.

— Dans un spectacle ?

Ils ont éclaté de rire en même temps.

— Un spectacle ? Oui, si on veut, dans un bar.

Elle était strip-teaseuse ?

Milo, qui me connaissait assez pour interpréter mon air ahuri, a précisé :

— Non, *hermano,* pas ce genre-là !

Quel genre, alors ?

— Je passe te prendre à neuf heures. Tu verras, c'est cool.

Puis il a fait pivoter Sasha dans ses bras, et ils sont repartis dans un rythme endiablé. Leurs mouvements, tout en ondulations des hanches et effleurements savamment dosés, étaient fascinants. Mais je ne m'étais que trop immiscé dans cette séance de séduction matinale, alors j'ai fermé discrètement la porte et suis retourné chez moi.

Quelque chose me disait que cette soirée allait être intéressante.

6
Max

Quand je suis arrivée au *Trestle*, le bar où je travaillais le soir et répétais avec mon groupe dans la journée, j'avais vingt bonnes minutes de retard. Mace et Spencer m'ont pourtant à peine remarquée. Spencer, sa guitare abandonnée dans un coin, examinait avec intérêt les alcools alignés derrière le comptoir. Mace, ses baguettes de batterie coincées dans la poche arrière de son jean, jouait sur son téléphone portable.

— Hé ! Je suis là.

— Salut, Max, a répondu Spencer en se versant du whisky. Ça roule ?

— Ça roulerait mieux si tu évitais de te servir à l'œil. Je te rappelle qu'on nous laisse répéter gratis.

J'ai rebouché la bouteille et l'ai remise sur l'étagère. Il a haussé les épaules, ajusté la monture noire de ses lunettes sur son nez, et vidé son verre d'une traite. Je l'ai attrapé par son nœud papillon imprimé de têtes de mort et tiré vers la scène avant de le lâcher devant sa basse.

Puis je suis revenue glisser une main sous le menton

de Mace pour l'obliger à lever la tête. Il m'a laissé faire en soulevant son téléphone avec lui.

— Arrête, maintenant, Mace. Je sais que je suis en retard, mais on n'a que jusqu'à midi avant que Sam nous fiche dehors.

— Oui, oui, une seconde. Je peux pas m'arrêter tout de suite, sinon je meurs !

Je lui ai arraché son téléphone des mains. Je lui en voulais peut-être encore de la façon dont il m'avait plantée tout à l'heure, ou alors j'étais seulement perverse, mais il m'énervait sérieusement.

— Max ! s'est-il exclamé en tentant de me le reprendre.

— *Game over*, a lâché l'appareil au-dessus de ma tête.

— Merde, Max, t'es vraiment chiante !

Le visage de Cade est brusquement apparu devant mes yeux.

— Et toi, pénible, ai-je rétorqué en glissant son téléphone dans la poche de son jean. Comme ça, on est quittes.

Je l'ai attrapé par la ceinture et tiré un peu vers moi. Sa colère ne l'a pas empêché de me prendre par la taille, puis de glisser les mains sur mes fesses. Cette fois, au lieu de le repousser, je l'ai embrassé légèrement. Ses traits se sont détendus, et il m'a mordillé la lèvre, un peu trop fort à mon goût.

— J'aime mieux ça que vos prises de bec perpétuelles, a commenté Spencer.

Je connaissais Spencer depuis mon arrivée à Philadelphie, presque quatre ans plus tôt. C'est avec lui que j'avais créé le groupe, *Under the Bell Jar,* et il était le seul, à part moi, à en faire partie depuis le début. Les batteurs, en revanche, se succédaient.

J'avais un faible pour les batteurs.

— On peut jouer, maintenant ? a-t-il lancé à Mace d'un ton rogue.

Il ne l'appréciait pas, mais s'en accommodait parce qu'il pensait qu'il ne resterait pas longtemps. Ce qui serait dommage, parce que Mace était le meilleur batteur qu'on ait jamais eu.

Je suis allée chercher ma guitare.

— Bon, ai-je commencé en ajustant ma bandoulière, c'est notre dernière répète avant le concert de la semaine prochaine, alors on se concentre.

Les premières notes passées, je me suis approchée du micro et, comme chaque fois que je commençais à chanter, tout le reste s'est effacé. Le bar minable dans lequel je reviendrais travailler le soir même, mon réveil difficile du lendemain matin pour recevoir mes parents, la drôle d'incursion de Cade dans ma vie sentimentale déjà compliquée, et toutes mes difficultés pour maintenir ce groupe en vie, depuis des mois et sans la moindre rétribution.

Quand je chantais, il n'y avait que ça qui comptait.

Je n'étais pas quelqu'un d'émotif. Je n'avais pas pleuré, par exemple, depuis mes treize ans. Ce que j'avais traversé m'avait vaccinée, et je m'étais promis de ne plus jamais verser une larme. Pleurnicher, c'est bon pour les âmes sensibles, ou quand on a une bonne raison de le faire. Et moi, j'étais encore en vie. Alors pas question de m'apitoyer sur des broutilles aussi stupides qu'une peine de cœur ou des parents insupportables. J'étais douée pour contrôler mes émotions, surtout la souffrance. Le seul moment où je me laissais vraiment aller, c'est quand je chantais.

Les doigts sur ma guitare, en phase avec la vibration

des cordes, je laissais alors le bonheur et le chagrin, l'espoir et la douleur, l'amour et la révolte m'envahir.

Le texte que nous avions choisi parlait de la force de l'espérance, des amours néfastes et de l'innocence perdue. Je chantais les élans de l'âme et du cœur, les spirales obsédantes, les courants descendants dans lesquels la vie, parfois, nous entraîne.

Quelque chose se dénouait à l'intérieur de moi, effaçant mes soucis, mes angoisses et mes peines. C'était ça que mes parents ne comprenaient pas. Ils voulaient que j'abandonne la musique, que je trouve un « vrai travail » et des revenus conséquents. Ma mère répétait qu'elle ne serait rassurée que le jour où sa petite fille chérie serait installée, autrement dit mariée, salariée et enceinte. J'en faisais des cauchemars.

Ils attendaient que je sois la fille parfaite qu'Alex aurait dû être. Mais je n'étais pas Alex. J'avais essayé de l'être. Pour eux, pour combler le vide qu'elle avait laissé derrière elle, j'avais passé mes trois années de lycée à jouer à la fille idéale. Ça n'avait pas marché. Je me prenais toujours les pieds dans le tapis et finissais systématiquement par gâcher quelque chose. Ils me regardaient alors comme si, en n'arrivant pas à être à la hauteur d'Alex, non seulement je les décevais, mais aussi je trahissais ma sœur.

Vivre avec eux était devenu insupportable, le chagrin avait pris toute la place.

La vie m'avait brisée. J'étais anéantie, j'étouffais.

C'est la musique qui m'avait sauvée.

Elle m'avait sauvé la vie et me maintenait en vie.

Après plusieurs titres dans un répertoire allant de Radio Head aux Beatles, nous avons pioché dans le nôtre. Spencer avait écrit quelques chansons, mais la plupart étaient de ma plume. Elles étaient toutes différentes, mais très intimes, et je ne pouvais pas les chanter sans m'investir complètement. Au bout d'un moment, j'ai eu besoin d'une pause et me suis éclipsée aux toilettes.

Ce répit, en général, m'aidait à reconstruire les murs qui me protégeaient. Spencer le comprenait. Nous nous connaissions depuis assez longtemps pour qu'il me laisse tranquille. Mace, en revanche, était encore en phase d'apprentissage. Il m'a suivie et plaquée sur le lavabo.

Les lèvres collées à mon cou, il s'est pressé contre moi en grognant.

— Ce que tu peux être sexy quand tu chantes ! Abrège la répète et filons chez toi que je te fasse chanter sur le lit, la table, contre les murs.

J'étais trop chamboulée pour écouter ses fadaises. Le poids de son corps sur mon dos m'écrasait et ses mains sur mes poignets me faisaient l'effet d'une entrave. J'ai levé la tête. Mon regard, écarquillé dans le miroir, reflétait ma panique et ma vulnérabilité. Tout ce que je haïssais. J'ai fermé les yeux et, d'un coup de coude, j'ai repoussé Mace avant de me retourner pour l'envoyer franchement promener. Il ne s'y attendait pas et a atterri brutalement contre la porte.

— Nom de Dieu, Max, qu'est-ce qui te prend ?

Je l'ai fixé. J'aurais dû m'excuser, mais je n'avais aucun regret. J'avais repris le dessus, et c'était tout ce qui comptait.

Il s'est redressé en époussetant son jean.

— Alors ? a-t-il hurlé. J'attends !

J'ai retenu mon tressaillement.

Je ne voulais pas m'expliquer, je ne pouvais pas. S'il m'avait connue un tout petit peu, ne serait-ce qu'à moitié aussi bien que Spencer, il aurait su que j'avais besoin d'air. J'avais encore du mal à respirer.

— Tu ne peux pas venir chez moi, ai-je répliqué, mes parents sont toujours là.

Inutile de lui préciser qu'ils étaient à l'hôtel, je voulais être seule, cette nuit.

— Alors, c'est ça, tu me jettes ? C'est quoi ton problème, aujourd'hui ?

Le même que d'habitude. Chanter me fragilisait, et je n'avais aucune envie de lui dévoiler mes faiblesses.

— Je suis désolée, Mace.

Désolée d'être trop tarée pour avoir des réactions normales.

— J'ai seulement besoin d'un peu de tranquillité. Tu permets ?

Il a secoué la tête d'un air consterné.

— Oh, mais bien sûr ! Prends tout ton temps, prends même toute la journée. Je me tire !

— Mace, je…

La porte des toilettes a claqué.

J'ai fermé les yeux. J'aurais dû être contrariée, mais j'étais surtout soulagée. « Je l'appellerai plus tard », me suis-je dit en soupirant. Il s'en remettrait.

Je lui donnerais aussi l'ordre des chansons du concert, parce que son départ, pour aujourd'hui, semblait définitif.

Je me suis aspergé le visage d'eau fraîche avant de retourner dans la salle.

Spencer avait déjà rangé nos instruments dans les placards que Sam avait mis à notre disposition. Je n'avais pas besoin de m'expliquer, il avait probablement tout entendu. Le son portait très bien ici. C'était pour ça que j'avais supplié Sam de nous laisser répéter dans son bar avant l'ouverture. L'acoustique était excellente ; idéale pour la musique, nettement moins pour les engueulades.

— Ça va ? m'a-t-il demandé.

— À ton avis ?

— Je crois que oui.

— Bien vu.

C'était vrai. J'avais assez de soucis en tête pour m'inquiéter chaque fois que Mace pétait un câble.

— Parce que tu as des couilles en béton, a-t-il ajouté.

Je détestais ce genre d'expression – comme si la force allait de pair avec la virilité. Les femmes aussi ont de la ressource ; elles ne sont pas des mauviettes.

— Je n'ai pas de couilles, Spencer, et heureusement, parce que ça n'irait pas du tout avec ma lingerie.

Il a souri.

— Ta lingerie, hein ? Mace va regretter d'être parti.

Il s'est approché et m'a prise par la taille. Il ne cherchait pas à me draguer. C'était fini, cette époque. Il était d'ailleurs le seul de mes ex avec lequel j'avais continué d'être amie. Ce qui expliquait sa familiarité.

— De toute façon, il n'en aurait pas profité, aujourd'hui, ai-je répliqué en m'écartant. Et toi non plus.

Il a posé la main sur son cœur et fait semblant de souffrir.

— Ah ! tu m'assassines... Vagin d'acier.

J'ai éclaté de rire.

— Oh ! je t'en prie, c'est encore pire ! Je suis comme tout le monde, Spence. Et si tu pouvais éviter de délirer sur mes organes génitaux, j'aimerais mieux. D'accord ?

— D'accord, Max, mais je ne te promets rien sous l'emprise de l'alcool.

J'ai levé les yeux au ciel et enfilé mon manteau.

— Tu viens, ce soir ?

— Sans doute. Je travaille sur une nouvelle chanson. Je viendrai manger un morceau et peut-être te la chanter pendant ta pause.

— Super.

— Je peux déjà te dire le premier couplet. Ça commence comme ça : Eh, M'mzelle, ton petit copain se la pète, arrête de te prendre la tête. Pique-lui donc ses baguettes, et envoie-le…

— C'est bon, Spence, j'ai compris.

Il a vissé son chapeau sur sa tête.

— Je te croirai quand tu l'auras prouvé. À ce soir !

— Je te garde ta table ! ai-je lancé dans son dos.

Après son départ, j'ai vérifié que tout était en ordre et fermé le bar en chassant Mace de mes pensées. J'avais juste le temps de manger et de dormir un peu avant de revenir travailler.

Soulevant la capuche de mon manteau pour me protéger des rafales de vent, je me suis mise en route vers mon appartement en fredonnant.

7

Cade

L'appartement de Milo, un capharnaüm parsemé de restes de pizza, de linge sale et de vaisselle dépareillée, était la quintessence de l'antre du célibataire. Il a débarrassé les vestiges d'un repas chinois qui traînaient sur la table basse puis est revenu au salon.

— Tu réfléchis trop, *hermano*, a-t-il déclaré. Je vais t'aider à débrancher.

Joignant le geste à la parole, il a posé devant moi la bouteille de tequila qu'il venait de sortir de son congélateur.

Je commençais à comprendre à quoi allait ressembler la soirée.

— Tu veux m'aider à cesser *complètement* de réfléchir ?

— Exactement, a-t-il affirmé en ouvrant la bouteille.

Je la lui ai prise des mains.

— Dans ce cas, tu pourrais trouver une tequila décente. C'est quoi, cette marque ?

— J'en achèterai de la bonne, a-t-il rétorqué en me la reprenant, le jour où tu auras décroché de cette Bliss.

Je n'aurais jamais dû lui dire son prénom. Il avait tendance à le prononcer par surprise, comme s'il voulait m'immuniser. Je commençais à m'habituer, mais je préférais éviter.

Il est allé chercher des petits verres.

— C'est la Milo-thérapie ?

— Oui. Tu dois être complètement saoul pour que ça marche.

Il a rempli les verres et en a glissé un vers moi.

— Et, toi, lui ai-je demandé, tu bois pour oublier quoi ?

— Tu n'as pas compris le principe, *hermano*, on boit pour ne *pas* avoir à parler.

Je levais mon verre quand il m'a arrêté.

— Eh, pas si vite ! Il y a un rituel.

— Un rituel, c'est de la magie, alors ? Si j'en verse un peu par terre, une tige de haricot va pousser ?

— Il va surtout t'en pousser deux, mon vieux. Deux belles gousses !

Fidèle à lui-même, il a éclaté de rire à sa propre blague et j'ai secoué la tête.

— Tu es tordant, Milo.

— Je sais, je sais. Bon, s'est-il repris, le rituel. Je te préviens, c'est du sérieux.

J'ai considéré d'un œil suspicieux la tequila que j'étais sûr de regretter le lendemain.

— Écoute-moi bien, a-t-il continué en attrapant son verre. À chaque shot correspond un engagement. Si tu ne tiens pas cet engagement, outre la malédiction associée, tu subiras la pire vengeance des dieux de l'ivresse, une gueule de bois si monstrueuse que tes descendants, si jamais tu en as, s'en souviendront encore à la troisième génération.

— Et si je refuse de boire ?

— Tu peux rester ici, croupir dans ta misère, pendant que je m'en vais trouver deux belles avec lesquelles grimper au septième ciel. C'est comme tu veux.

Évidemment, dit en ces termes… J'ai soupiré en lui faisant signe de continuer.

— Cade Winston, en buvant ce verre, tu t'engages solennellement à dégoter ce soir le numéro de téléphone d'une fille. Si tu échoues, que les dieux de l'ivresse t'infligent la plus faible tolérance à l'alcool qu'aucun homme n'aura jamais connue, une tolérance si faible que même un bébé anorexique pourrait te faire rouler sous la table.

J'ai éclaté de rire et pris mon verre.

— Ça n'existe pas, les bébés anorexiques.

— Qu'est-ce que tu en sais ? Je suis sûr qu'ils détestent qu'on leur pince le gras des fesses en se félicitant de leur mine rebondie. De quoi développer de sérieux troubles alimentaires, tu peux me croire.

J'ai vidé ma tequila, juste pour lui clouer le bec, puis j'ai admis :

— Un numéro de téléphone, c'est dans mes cordes.

Il a souri et rempli mon verre.

— Si tu m'annonces que la malédiction suivante est l'herpès, je te préviens, j'arrête tout de suite.

Il m'a tendu mon verre en riant.

— Détends-toi, Winston, ce genre d'ennui ne dépend que de toi et de ton haricot géant !

C'était malin. Maintenant, je ne pourrais plus jamais raconter l'histoire de Jack aux gosses dont je m'occupais sans choper un fou rire.

— J'espère que tu n'auras pas d'enfants avant longtemps, Milo.

— Qui te dit que je n'en ai pas déjà semé quelques-uns ?

— L'Apocalypse n'a pas encore sonné, que je sache.

Il m'a donné une bonne tape sur l'épaule, ce qui a renversé la moitié de mon verre, qu'il s'est empressé de remplir avant de continuer :

— Cade Winston, en buvant ce breuvage, tu t'engages solennellement à faire, ce soir, quelque chose d'inhabituel. Si tu échoues, tu seras affligé jusqu'à la mort d'éjaculation précoce.

— Tu plaisantes ?

Il a haussé les épaules.

— Qu'est-ce que tu veux, les dieux de l'ivresse sont exigeants.

J'ai bu sans faire de commentaires. Je pensais que cette seconde rasade passerait plus facilement, mais le liquide était plus corrosif que le plus virulent des acides, et j'en avais les larmes aux yeux.

Milo a terminé son verre sans ciller.

— Tu bois souvent de ce truc ?

— Assez souvent. Il vient de la distillerie dans laquelle travaille mon oncle, à Mexico. Il m'envoie des bons de réduction. Ce n'est pas si mauvais, une fois qu'on a l'habitude.

— Si jamais je m'y habitue, promets-moi, s'il te plaît, de m'achever.

— *Numero tres !* a-t-il clamé d'une voix tonitruante. Pour celui-là, *amigo*, je veux que, ce soir, tu t'énerves. Tu t'es montré beaucoup trop charitable, jusqu'ici. Alors je me fiche du prétexte, une bousculade, un verre renversé, une tronche qui ne te revient pas, peu importe ; ce qui compte, c'est qu'en buvant ce verre, tu t'engages solennellement à piquer une sainte colère.

— Et si je m'énerve contre toi ?

— Ça va probablement se passer, a-t-il répondu, philosophe, mais ce ne sera pas à cause de ma tronche.

— Non, seulement à cause de ton hideuse chemise.

— Excuse-moi de te le dire, mais elle est super-chic, et tu n'y connais rien.

J'ai ri.

— Va pour la colère. Ça ne devrait pas être difficile.

Ce troisième verre est descendu tout seul, ce qui était plutôt inquiétant vu l'état de mon œsophage.

— C'est le dernier, ai-je prévenu Milo en le voyant me servir pour la quatrième fois.

— Voyons voir…

Il a pris le temps de réfléchir.

— Tu n'es sorti avec personne depuis Bliss, c'est ça ?

J'ai opiné, sans préciser que je n'étais jamais vraiment sorti avec elle.

— Cade Winston, a-t-il déclaré, tu t'engages, en buvant ce verre, à brancher une fille.

— Brancher ? Je suis déjà censé récupérer un numéro de téléphone !

— Je te laisse juge du sens à donner à ce terme. À partir du moment où un passage à l'acte est engagé, je suis sûr que les dieux seront satisfaits. Si tu réussis, tu seras récompensé par le meilleur plan cul de toute ta vie.

Une récompense ? C'était nouveau.

— Et si j'échoue ?

Il a haussé les épaules et lâché d'un ton désinvolte :

— Attends-toi à souffrir d'érections spontanées et irrépressibles aux moments les moins appropriés.

Ça lui ressemblait davantage, et j'ai souri en me demandant s'il avait longuement mûri cette mise en scène, ou si elle n'était qu'une preuve de plus de sa dépravation naturelle. Je devais reconnaître qu'il était bon pour me changer les idées. Il avait peut-être raison, après tout. J'avais passé des mois à courir après celle que je croyais être la femme de ma vie, et encore plus de temps à ruminer mon deuil. Je n'étais pas obligé de me caser. J'étais sorti avec pas mal de filles pendant mes trois premières années de fac, mais au cours de la dernière, le diplôme approchant, je m'étais senti obligé de prendre la vie au sérieux et de commencer à construire mon avenir. Pour le bien que ça m'avait fait…

J'avais vingt-deux ans. Pourquoi étais-je si pressé ?

J'ai levé mon verre.

— Brancher une fille, ça marche.

Et j'ai englouti ma rasade. Nom d'un chien, ce truc était… vraiment raide.

— Parfait ! s'est exclamé Milo en me gratifiant d'une bourrade dans le dos. Maintenant, place à la *fiesta* !

Bliss m'effleurait à peine l'esprit quand nous nous sommes mis en route. Le temps, finalement, faisait peut-être son œuvre. À moins que ce ne soit la tequila, parce que Milo, au cas où je me dégonflerais, avait emporté la bouteille. Le temps d'arriver au *Trestle,* mon foie était probablement en état de mort clinique, mais j'avais encore les idées claires.

Le bar, à l'angle de deux minuscules rues et quasi dissimulé par un pont couvert de graffitis, avait des allures de coupe-gorge. L'immeuble de brique semblait abandonné et le « r » de l'enseigne manquait à l'appel.

L'intérieur était aussi déconcertant. De vieux films en noir et blanc étaient projetés sur les murs et des spots multicolores ajoutaient à l'ambiance rétro. Il y avait aussi des danseuses. D'un côté du bar, Sasha, l'amie de Milo, se déhanchait sur une plate-forme au-dessus de la foule. Entre l'extérieur complètement délabré, les films en noir et blanc et les ondulations hypnotiques de Sasha, l'endroit avait tout d'un repaire underground.

S'il existait des lieux pareils au Texas, je n'y avais jamais mis les pieds.

— Quand je parlais de brancher une fille, m'a dit Milo en me secouant, je ne parlais pas de Sasha, *hermano*. Oublie.

J'ai éclaté de rire.

— Chasse gardée ?

Il l'a regardée.

— Non, mon vieux, cette fille est trop indépendante, et pas du genre à faire passer les peines de cœur.

J'ai compris qu'il me cachait quelque chose, mais je n'ai pas insisté. J'avais aussi mes secrets, après tout.

— Arrête de me regarder comme ça, Winston. Ce n'est pas moi qui vais te consoler, non plus.

— Je ne suis pas assez saoul pour ce genre de blague.

— Alors on va y remédier !

Il m'a entraîné vers le bar, mais une blonde m'a bloqué le passage. Elle était jolie, les cheveux bouclés, le teint clair et un décolleté plongeant. Elle ne tenait plus très bien sur ses jambes et a vacillé en se penchant pour me demander quelque chose. Je l'ai retenue par la taille, et elle s'est accrochée à mon bras en gloussant.

— Oh, pardon ! m'a-t-elle dit sans me lâcher.

Elle était séduisante, c'est sûr, mais son regard sous ses longs cils ne me faisait pas franchement d'effet. J'ai attendu la petite décharge électrique, l'emballement de mon rythme cardiaque.

Rien. *Nada.*

Elle m'a posé les questions habituelles, et je lui ai répondu sans davantage m'émouvoir. C'était le genre de fille que j'aurais pu brancher. J'aurais même pu passer la nuit avec elle, mais je sentais bien que ça n'aurait rien changé. En plus, j'avais l'impression de me forcer.

Je jetais un regard vers le bar en me disant qu'un verre ou deux m'aideraient à me détendre, quand la fille, Cammie, a fait un commentaire sur mon sens de l'humour. Visiblement, elle appréciait. Je ne me souvenais même pas de ce que je venais de lui dire.

Un petit coup de coude m'a détourné vers Milo.

— Si tu veux t'épargner l'éjaculation précoce à vie, m'a-t-il glissé d'un air entendu, c'est le moment, mon vieux.

Je l'ai fusillé du regard.

— Eh ! Te vexe pas, a-t-il enchaîné. Ça arrive, *hermano*. Même aux meilleurs d'entre nous.

Sa mine, entre fatalisme contrit et franche rigolade, m'a fait éclater de rire. Je l'ai envoyé bouler, mais je riais encore quand je me suis retourné vers Cammie.

Elle avait l'air de comprendre qu'elle ne tombait pas au bon moment. Pourtant, au lieu de partir, elle s'est approchée de moi et, sur un petit hochement de tête, a plongé la main dans la poche de mon jean. Je l'ai regardée, un peu sidéré, sortir mon téléphone portable, relever un instant les yeux sur moi, puis taper ce qui ne pouvait être que son numéro dans mes contacts, avant de me rendre mon appareil et de s'en aller. Je venais, sans même lever le petit doigt, de remplir le premier de mes engagements de la soirée.

J'allais me vanter auprès de Milo quand mon regard est tombé sur la plate-forme au-dessus du bar.

Sasha avait laissé la place à une nouvelle danseuse. Celle-ci portait une minijupe encore plus courte, des collants noirs et un haut de dentelle assez minimaliste pour révéler complètement sa taille et le curieux tatouage qui remontait sur son ventre. Il m'a fallu quelques secondes pour identifier le motif. La décharge qui ne s'était pas produite avec Cammie m'a alors foudroyé.

C'était un arbre.

Et je connaissais la danseuse.

8
Max

Il était interdit de fumer à l'intérieur du *Trestle*, mais la salle baignait dans un brouillard opaque. L'effet diffus des lumières, combiné aux rires et aux vapeurs d'alcool qui remontaient jusqu'à moi, créait une ambiance irréelle. La musique battait à plein volume, faisant vibrer l'air et la plate-forme sous mes pieds.

Je dansais sans regarder les clients. Je n'avais pas honte de ce que je faisais, les danseuses n'étaient pas là pour se déshabiller, seulement pour l'ambiance, et si j'avais une jupe plus courte que celles des autres, c'est parce que je partageais mon temps entre la danse et le bar. Les pourboires, en minijupe, sont plus généreux. Quoi qu'il en soit, je ne croisais pas les regards. Sam veillait à virer les tordus, mais nos prestations en hauteur, dans la lumière, avaient de quoi tourner la tête de n'importe qui.

D'habitude, je me laissais porter par la musique et je dansais pour moi, le temps passait plus vite. Mais la journée avait été si stressante que j'avais du mal à lâcher prise. Les deux shots de tequila que j'avais bus avant de monter sur scène n'y changeaient rien. Alors, je regardais le plafond, les murs, et de temps en temps Spencer, assis à sa table du coin.

J'avais de nouveau les yeux sur lui quand il a levé la tête. Il m'a souri avant de retourner à la chanson qu'il griffonnait sur son calepin.

Mon regard s'est ensuite arrêté sur la porte, et j'ai vu apparaître, émergeant du nuage de fumée blanche qui ondulait devant lui sous l'effet du courant d'air, l'étudiant modèle, spécialiste des étreintes maternelles et grand amateur de bibliothèques, qui, pour les prochaines vingt-quatre heures, me tenait lieu de petit copain.

Cade.

Il était franchement canon.

Trop.

La preuve, quand il a éclaté de rire, les regards se sont tournés vers lui et, comme si c'était quelqu'un de célèbre, toutes les conversations se sont tues.

Sans s'arrêter à l'effet qu'il produisait, il a repoussé la mèche de cheveux noirs tombée devant ses yeux pour offrir son grand sourire au garçon qui l'accompagnait. Ce matin, au café, je m'étais rendu compte qu'il était du genre souriant. Mais je n'avais pas remarqué les fossettes qui adoucissaient la carrure de sa mâchoire, ni le léger plissement de ses yeux. Il a recommencé à rire, et j'ai vu au moins trois filles manœuvrer vers lui.

La plus rapide s'est plantée sous son nez. Je n'entendais pas ce qu'elle lui disait, et il faisait trop sombre pour que je puisse tenter de lire sur ses lèvres…

Comme si je savais le faire !

Elle était le portrait craché de ce que j'imaginais son genre de fille. Blonde, évaporée, insupportable.

Tout le contraire de moi.

Comme avec mes parents, moins d'une seconde lui a suffi pour la séduire. Elle gloussait, en tortillant bêtement une mèche de ses longs cheveux bouclés entre ses doigts. J'étais sûre qu'il allait l'emballer – elle lui donnait clairement le feu vert –, mais lui, au lieu d'en profiter, il bavardait comme une pie ! Il l'a même complètement ignorée pour se tourner vers son copain. La moue dépitée de la blonde m'a arraché un sourire.

Je me suis dit, en sentant ma tension s'alléger, que mes shots de tequila faisaient enfin leur effet. Mon soulagement n'avait aucun rapport avec la fille qu'il venait de laisser en plan et qui plongeait maintenant la main… dans la poche de son jean, pour en extraire son téléphone portable et taper, d'un air ostensible, ce qui ne pouvait être que son numéro perso.

Elle ne manquait pas de culot !

Cade l'a regardée, puis il a repris le téléphone qu'elle lui rendait et s'est tourné vers son copain. La fille a attendu deux secondes, puis elle est partie, visiblement déçue. Cade n'a même pas fait mine de la retenir.

Il allait parler à son copain, quand il a levé les yeux.

Je les ai quasiment *sentis* remonter sur moi, et quand ils ont croisé mon regard, j'ai trébuché. J'aurais dû me détourner, mais un éclat, qui n'était pas de la convoitise, m'a retenue. C'était… de l'admiration.

Il a fait un pas, et mon cœur a fait un bond.

J'étais séduite, c'est clair, et par un type qui n'était pas du tout mon genre. Du coup, ce n'est pas seulement le désir qui m'a fait frissonner.

Mais la peur.

Cette fois, je me suis détournée. Si je l'ignorais, il ne chercherait pas à me parler.

Alors j'ai fermé les yeux et, légèrement étourdie, je me suis laissée porter par la musique. J'avais des picotements partout, parce que j'étais pratiquement sûre qu'il continuait de me regarder, mais je préférais imaginer l'éclat de son regard plutôt que de le voir et sentir mon pouls s'emballer. Et puis danser me détendait.

Le *Trestle* avait une programmation rétro, je n'étais donc pas forcée de me déhancher sur des rythmes endiablés. Les yeux clos, dans les effluves de tabac venus de l'extérieur, je pouvais facilement me croire au début des années 1960, à l'époque des premiers night-clubs.

Au bout d'un moment, j'ai soulevé les paupières et, comme par hasard, j'ai tout de suite trouvé Cade.

D'habitude, je n'aimais pas qu'on me regarde danser – j'avais trop l'impression de m'exhiber –, mais cette fois, ça me semblait aussi naturel que la caresse du premier rayon de soleil après l'hiver.

C'était intime, mais pas désagréable. C'était même plutôt… euphorisant.

Je me sentais bien avec lui, malgré ma peur. C'était d'ailleurs un sentiment complexe, pas le genre de peur à me faire fuir, terrorisée, de l'autre côté de la planète. Non, plutôt celle, exaltante, qui m'aurait poussée à gravir des montagnes, comme si on m'avait dit qu'un miracle m'attendait au sommet.

Sauf que je n'étais pas de celles qui gravissent des montagnes. Si sexy que soit le sommet, je me connaissais assez pour savoir ce qui m'attendait : craquer au milieu du parcours et me retrouver seule, avec la souffrance d'être montée jusque-là sans la moindre rétribution.

Je préférais que ma vie soit le plus simple possible. Il n'y avait pas d'enjeu avec des types comme Mace, aucun effort à fournir, pas de surprise. Je le comprenais et surtout, il ne risquait pas de me briser le cœur, parce que je ne risquais pas de le lui donner et qu'il ne se souciait pas, de toute façon, de me le prendre.

Mais Cade…

Je n'arrivais pas à comprendre ce qu'il me trouvait. Pourquoi me dévorait-il des yeux alors qu'une jolie blonde, à deux mètres, n'attendait que lui ?

Je lui ai tourné le dos pour me concentrer sur la musique.

Elle, au moins, n'était pas compliquée. Des notes, une gamme, c'est mathématique. Elle donnait un sens à ma vie, elle était prévisible. Mon corps lui répondait, mes pensées dérivaient, le temps n'existait plus.

J'ai imaginé que j'étais en train de chanter. Ma tension s'est effacée et, portée par la mélodie, j'ai tout à fait cessé de penser.

Au bout d'un certain temps, j'ai fini par sentir la fatigue dans mes jambes et la sueur dans mon cou. J'ai ouvert les yeux.

Je ne chantais pas et je n'étais pas seule.

Cade était encore là, attablé avec son copain. J'avais vraiment perdu la notion du temps, parce que des assiettes vides étaient posées devant eux. Je me suis retournée en roulant les hanches sous ses yeux. Ce geste m'a procuré un frisson – un de ces frissons délicieux que j'ai vite chassé pour attirer l'attention de Shelly, l'une des serveuses, et lui demander l'heure.

— Onze ! m'a-t-elle crié.

Mince. Je n'avais plus le temps de prendre ma pause. C'était déjà l'heure d'enchaîner au bar. Laissant ma place à la danseuse suivante, je suis descendue de la plate-forme.

— Ne t'inquiète pas, m'a dit Katie, que je devais remplacer, je peux rester un quart d'heure de plus. Va te reposer.

Je lui ai souri et me suis éclipsée dehors.

L'air vif m'a arraché un soupir de bonheur.

Benny, le videur, m'a proposé une cigarette. Je ne fumais plus, mais ce soir, je méritais bien un petit écart. Benny me donnait du feu lorsque la porte s'est ouverte. Sur Cade.

Mon cœur, ça devenait une habitude, a fait un bond.

J'ai tiré une grande bouffée et, mine de rien, j'ai lentement lâché la fumée. Je ne savais pas pourquoi, mais Cade n'avait plus rien du type charmant et tout à fait inoffensif que j'avais rencontré le matin même.

Et ce constat, peut-être à cause de ce que j'avais ressenti pendant que je dansais, n'était pas rassurant du tout.

9

Cade

Plus que stupéfait de la découvrir ici, j'étais... subjugué. Max était irréelle. Magnifique. Mystérieuse. Hors d'atteinte.

Je ne savais pas où regarder pendant qu'elle dansait. Je voulais tout mémoriser : la lumière qui auréolait la pâleur de sa peau, le khôl qui soulignait le bleu perçant de ses yeux, les lignes de son tatouage. Elle en avait d'autres, trop petits pour que je puisse les distinguer. Ils ressemblaient à des runes ou à des hiéroglyphes, comme si elle était une déesse. Sacrée et interdite.

C'était à ça qu'elle ressemblait, une image que j'étais sûr de ne jamais oublier.

Chaque fois que son regard croisait le mien, mon sang se mettait à battre furieusement dans mes veines, et je devais me retenir pour ne pas sauter sur la plateforme et danser avec elle, ou la jeter sur mon épaule et la soustraire aux regards.

D'habitude, je me considérais comme quelqu'un de raisonnable, pas le genre à se laisser gouverner par ses pulsions, mais rien de ce que cette fille m'inspirait n'était rationnel. J'étais devenu fou. Bliss, Philadelphie, les cours, mes galères, tout avait disparu.

C'est le seul moyen d'expliquer pourquoi je l'ai suivie quand elle est sortie. Je ne savais pas du tout ce que j'allais lui raconter, mais je refusais de ne plus l'avoir sous les yeux.

— Salut, Golden Boy, m'a-t-elle lancé en exhalant un nuage de fumée entre ses lèvres vermeilles.

— Salut, Max.

Elle s'est éloignée du videur pour s'adosser au mur de brique, un peu plus loin. Je me suis forcé à ne pas regarder ses jambes, ni sa taille. Elle était ultra-sexy, mais j'étais sûr qu'elle avait eu sa dose de regards lubriques pour ce soir.

— Tu me cours après, Golden Boy ?

Avec ce que j'avais bu, j'ai préféré garder mes distances pour éviter tout geste imprudent.

— Un peu.

Elle a ri et je me suis détendu.

— Sérieusement, a-t-elle repris, qu'est-ce que tu fais ici ? Je ne t'ai jamais vu au *Trestle*. J'y passe pourtant le plus clair de mon temps.

— C'est la première fois que je viens. Je suis avec un ami.

— Le brun ?

J'ai opiné

— Il s'appelle Milo.

J'ai cherché quelque chose d'intelligent à dire, mais mon cerveau tournait au ralenti. Pas étonnant qu'elle m'appelle Golden Boy.

J'avais eu tort de la suivre. J'avais trop bu pour faire

la conversation et le silence devenait gênant. Et plus je restais, plus j'avais de mal à m'empêcher de la toucher.

Il était temps de songer à une retraite tactique.

— Je ferais mieux d'aller rejoindre mon copain.

Elle m'a regardé reculer, un peu surprise.

— J'étais juste venu te dire bonsoir.

Elle a froncé les sourcils, puis ses yeux se sont subitement écarquillés.

J'ai regardé derrière moi, mais à l'exception du videur, nous étions seuls dans la ruelle.

— Qu'est-ce qui t'arrive ?

Elle a secoué la tête.

— Rien, laisse tomber.

— Non, je veux savoir. Pourquoi tu me regardes comme ça ?

Elle a tiré une taffe.

— Pour rien. Je viens seulement de comprendre un truc.

— Quel truc ?

Elle a tiré une autre bouffée, soufflé la fumée, puis répondu :

— Que tu joues la *comédie*.

J'avais peut-être bu, mais j'étais sûr qu'elle voulait dire autre chose.

— Oui, je suis comédien. Je te l'ai dit ce matin.

Elle s'est écartée du mur et ses talons ont claqué sur le macadam.

— Tu aurais pu me dire le reste.

J'avais vraiment trop bu, parce que, cette fois, je ne voyais pas du tout de quoi elle parlait.

— Le reste ?

— Ben oui, quoi. Ton *ami*. Milo. Tu aurais pu me le dire. Ça ne me gêne pas, tu sais.

Je n'arrivais toujours pas à saisir, ou plutôt... je n'étais pas sûr de vouloir saisir.

— Je reconnais que j'ai bu, ai-je commencé prudemment, mais si tu crois... ce que je pense que tu crois... tu te trompes !

Elle s'est approchée.

— C'est bon, Golden Boy, ce n'est pas un crime.

Interrompant la main qu'elle s'apprêtait à poser gentiment sur mon épaule, j'ai répliqué :

— Je ne suis pas gay, Max.

— Oh ! mais bien sûr, s'est-elle exclamée, tu *adores* les filles ! Arrête, a-t-elle ajouté dans un murmure à mon oreille. On est au XXIe siècle, Cade, le monde ne va pas s'écrouler pour un coming-out !

Deux réactions possibles me sont passées par la tête. Au lieu de choisir la première, raisonnable, qui impliquait des protestations véhémentes, j'ai choisi la seconde et, d'un coup sec, je l'ai attirée contre moi.

Elle a poussé un petit cri et j'ai vu, à quelques millimètres de ses lèvres, la compréhension se dessiner dans son regard. Mais il était trop tard.

Déterminé à balayer le moindre doute, j'ai écrasé ma bouche sur la sienne.

Elle a eu un hoquet, puis j'ai senti sa main m'effleurer le dos. Jugeant que c'était une permission, je l'ai plaquée contre le mur qu'elle venait de quitter.

Ses lèvres, pulpeuses et douces, avaient de quoi me déchaîner. Je me suis pourtant retenu. Je ne voulais pas me jeter sur elle comme un sauvage. Mais ses mains ont glissé sur mes reins, et j'ai... perdu la tête.

Surtout qu'après m'avoir, jusque-là, laissé faire, elle est venue *vraiment* à ma rencontre.

Mon cœur cognait comme un sourd, et j'étais tellement sonné que, sans le mur contre lequel je l'écrasais, je me serais certainement écroulé. Je voulais la déshabiller, prendre possession de chaque centimètre carré du corps qu'elle pressait contre le mien. C'était complètement dingue, d'autant plus dingue qu'elle éprouvait, visiblement, les mêmes sensations.

Quand nous nous sommes écartés, essoufflés et stupéfaits – en tout cas moi –, au lieu de la lâcher, j'ai glissé les lèvres sur son cou. Il était encore plus doux que je ne l'avais imaginé.

Je pouvais me perdre en elle.

Et si jamais je le faisais, je voudrais toujours recommencer.

Elle était… une drogue.

— D'accord, a-t-elle lâché d'une voix rauque, j'ai compris.

J'ai éclaté de rire. Chatouillée par mes lèvres, elle s'est cambrée, et ses seins se sont délicieusement pressés contre mon torse. Elle était si réactive ! Chaque fois que je faisais un geste qu'elle aimait, lui mordiller le bout de l'oreille, par exemple, ses ongles s'enfonçaient dans mes côtes, et elle retenait son souffle. Je voulais recommencer, encore et encore.

— Arrête, a-t-elle insisté.

Je n'en avais pas du tout envie, mais j'ai obtempéré pour la dévisager.

Ses pupilles étaient dilatées. Que ce soit de stupeur ou d'autre chose, ce n'était en tout cas pas la réaction que j'avais imaginée. Je l'ai lâchée.

Et la gifle, retentissante, est partie.

J'en suis resté stupide. Je n'avais reçu que deux gifles dans ma vie, et je les devais toutes les deux à cette fille sublime et flamboyante. Pourtant, contrairement à la première, celle-ci, je la méritais.

Elle avait un petit copain. Je m'en souvenais mieux quand j'évitais de la regarder.

J'ai reculé.

— Oh ! je suis vraiment désolée, m'a-t-elle dit en écartant les mains de sa bouche. Je… n'aurais pas dû.

— Ne t'excuse pas, c'était mérité.

Je le savais, mais j'avais tellement envie de recommencer que j'avais du mal à m'en convaincre. Je ne songeais qu'à la reprendre dans mes bras.

— Je ferais mieux de partir.

J'ai fait demi-tour.

Ma journée, et tout ce que j'avais éprouvé de bien depuis ce matin, était gâchée par cette gifle. Ce n'était pas mon genre de me comporter comme ça. Je l'avais quasi embrassée de force.

En poussant la porte, je l'ai entendue demander une cigarette au videur et me suis obligé à ne pas me retourner.

En matière de filles et d'alcool, mes antécédents étaient désastreux. Sa gifle était là pour me le rappeler. Mais une réflexion me hantait.

Elle m'avait rendu mon baiser.

10
Max

J'ai allumé ma cigarette, les joues rouges à cause du froid et les lèvres brûlantes à cause… de Cade.

Je n'avais jamais eu l'intention de lui rendre son baiser. En vérité, je savais qu'il n'était pas gay. J'espérais peut-être qu'il le soit – ça m'aurait simplifié la vie –, mais je n'avais pas franchement de doutes.

Quand il s'était jeté sur moi, je m'étais dit que ce n'était pas bien grave… d'essayer. Je pourrais toujours mettre cet écart sur le compte de l'alcool, et, ma curiosité satisfaite, arrêter de fantasmer sur lui.

C'était l'idée.

Jusqu'au moment où il avait glissé la main dans mes cheveux. Ma faiblesse pour les baisers parfaits avait fait le reste.

C'était pour ça que je ne sortais pas avec les garçons bien : ils sont trop gentils.

Ce baiser était pourtant un paradoxe. D'un côté, il était aussi agréable et respectueux que je pouvais m'y attendre, et de l'autre il s'était révélé complètement… despotique. C'est bien simple : chaque fois que j'avais voulu y mettre un terme, quelque chose – sa main dans mes cheveux, la pression de ses lèvres, un mordillement – m'avait retenue et poussée encore plus dans ses bras. Je ne sais pas comment il se débrouillait pour être aussi tendre et aussi brutal à la fois, mais je dois reconnaître que l'effet était hallucinant.

Et ma réaction affligeante.

J'étais censée sortir avec Mace.

J'étais vraiment minable.

Cade n'était pas mon genre, et je n'étais pas le sien. Il suffisait que je m'en souvienne.

La gifle était excessive. Mais, poussée par la culpabilité, et peut-être pour me venger de ma faiblesse, je n'avais pas pu la retenir.

Ma cigarette vacillait entre mes doigts. Si je ne faisais pas attention, elle allait finir comme la première, à peine fumée sur le trottoir.

— Tu veux que je m'occupe de lui ? m'a demandé Benny, perplexe.

— Non, merci, Benny. C'est un ami. On a un peu trop bu, c'est tout.

Sauf que je n'étais pas saoule. Je ne pouvais m'en prendre qu'à ma stupidité. Et à l'ardeur de Cade. C'était aussi sa faute, après tout.

J'ai regardé ma montre et pesté. Il ne me restait qu'une minute avant la fin de ma pause. Apparemment, les baisers de Cade rejoignaient la liste très sélective des choses qui me faisaient oublier le temps. Ou plutôt, l'embrasser rejoignait cette liste.

— Je vais faire un tour à l'intérieur, a repris Benny. Tu viens ?

— Non, merci. Je termine ma cigarette. J'en ai pour une minute.

Mais fumer n'avait aucun effet. J'avais beau m'appliquer à inhaler et à exhaler lentement, je n'arrivais pas à me calmer. Du bout du pied, je jouais avec les brins d'herbe qui poussaient entre deux pavés, méditant sur la capacité de la vie à se développer dans les endroits les plus hostiles, quand la lourde porte métallique s'est ouverte. Elle m'a heurté l'épaule, et j'ai lâché ma cigarette en trébuchant vers l'avant.

Un bras m'a retenue par la taille juste avant que je m'écroule complètement.

— Je te tiens, bébé.

Le type, qui sentait l'alcool, m'a collée contre lui. Il avait le crâne rasé et quelques tatouages. Il aurait pu être mon genre, mais son bras me serrait de façon désagréable.

Je me suis forcée à sourire.

— C'est bon. Je tiens debout, merci.

Ses yeux ont quitté mon visage pour descendre vers mon décolleté, tandis que sa main libre s'est mise à suivre le tracé de mon tatouage.

— Joli, a-t-il lâché d'une voix épaisse.

Le temps s'est figé, glacial, en même temps qu'il défilait à toute allure. Et moi, coincée entre les deux, j'étais pétrifiée.

J'avais beau connaître ce sentiment de panique, il me prenait toujours au dépourvu et, chaque fois, me ramenait à la nuit de l'accident d'Alex. La gorge nouée de terreur, j'ai réussi à glisser un bras entre cet abruti et moi pour le repousser.

— Lâche-moi.

Au lieu de me laisser, il m'a plaquée contre lui en

me bloquant le poignet dans le dos. Son souffle écœurant me balayait le visage. J'ai tordu le cou pour appeler au secours, mais la ruelle était déserte, et je n'avais aucune idée du temps que mettrait Benny avant de revenir.

— Du calme, poupée. On s'amuse.

— T'es complètement bourré, et je n'ai pas envie de m'amuser !

Je me suis débattue. Il était sans doute plus fort que moi, mais je n'allais pas me laisser faire.

— Lâche-moi, connard !

J'ai tenté de lui écraser le pied, mais je n'avais pas assez d'élan pour lui faire vraiment mal, et quand j'ai voulu crier, il m'a saisi la gorge.

— Tu vas te taire, oui ?

Sa main m'enserrait le cou et son pouce m'écrasait la trachée, je n'arrivais même plus à déglutir. Je me suis débattue en essayant de le griffer au visage, mais il était plus grand que moi et hors d'atteinte. Mes tentatives de cris n'étaient qu'un borborygme. Je commençais à étouffer, et mes gestes étaient de plus en plus faibles.

Puis, tout à coup, sa main m'a lâchée. L'air s'est aussitôt engouffré dans mes poumons, mais j'avais l'impression bizarre de me noyer. Je me suis retenue au mur et, dans une sorte de brouillard, j'ai vu Cade se jeter sur mon agresseur.

Son coup de poing l'a cueilli en pleine figure. Traversée par un immense soulagement, je me suis redressée en toussant. J'avais les jambes en coton et je respirais mal. La rue vacillait, et, malgré tous mes efforts, le sol s'est dérobé sous mes pieds.

— Max !

Lorsque j'ai rouvert les yeux, j'étais par terre, et Cade,

l'air inquiet, était agenouillé à côté de moi. Je me suis détendue. S'il était là, tout allait bien.

— Max, ça va ?

J'allais lui répondre, mais quelque chose s'est abattu sur sa tempe. J'ai poussé un cri étranglé en voyant la brute chauve se précipiter sur lui.

Le bruit de leur lutte m'a donné la force de m'asseoir, puis de me lever prudemment. Le vertige, cette fois, s'est estompé.

Cade était grand, mais Crâne Rasé le dépassait d'une bonne tête. C'est le sang sur sa mâchoire qui m'a précipitée dans la mêlée.

La cigarette que j'avais lâchée se consumait sur le trottoir. Je l'ai ramassée et me suis retournée.

Cade venait de reprendre un coup. Il tenait encore sur ses jambes, mais plus pour longtemps.

J'ai foncé.

— Hé ! connard !

Tête de Nœud m'a regardée sans voir le bout de ma cigarette, que j'ai écrasé dans son cou. J'ai entendu le grésillement juste avant qu'il se recroqueville et me repousse en hurlant.

Je me suis sentie voler. Heureusement, j'ai eu le réflexe de me protéger la tête, mais je n'ai pas pu amortir ma chute et empêcher le béton de me lacérer le dos.

— Salope !

Oubliant ma douleur, j'ai crapahuté en arrière. J'étais coincée contre le mur quand Cade a surgi. L'autre a voulu l'agripper, mais Cade, anticipant son geste, s'est écarté. Malheureusement pas assez vite. Le coup de poing l'a cueilli sur la joue, envoyant sa tête valser comme celle d'une poupée articulée. Crâne d'Œuf devait être bien imbibé, parce qu'il s'est mis à vaciller, lui aussi. Cade en a profité pour lui foncer dessus, tête baissée.

L'autre a trébuché, et Cade lui a décoché un uppercut. J'ai entendu les dents claquer, mais la brute n'a pas cillé.

— Va te mettre à l'abri, Max !

Ensanglanté comme il l'était, je ne voulais pas le laisser.

— Tire-toi, Max !

Il n'a pas vu le type revenir sur lui.

— Cade !

Il s'est retourné juste à temps pour éviter de se faire démonter la tête.

J'ai bondi et couru vers la porte. Mes mains tremblaient tellement et la porte était si lourde que j'ai dû pousser comme une malade pour réussir à l'entrebâiller.

— Benny ! Benny !

Ma gorge me faisait mal, mais j'ai continué à hurler. À l'intérieur, les gens me regardaient comme si j'étais complètement folle, mais, heureusement, Benny s'est frayé un chemin dans la foule.

— Dépêche-toi !

— Qu'est-ce qui se passe, Max ?

— Du grabuge.

Quand je me suis retournée, le type était sur le dos et Cade perché sur lui. Ils étaient pleins de sang, mais Cade tenait bon. Il tenait même sacrément bon, si j'en jugeais par les coups de poing qu'il lui balançait.

Benny l'a saisi par le col pour le relever brutalement.

— Pas lui, Benny, ai-je crié. L'autre !

Il a dévisagé Cade une seconde et a fini par le lâcher pour s'occuper de l'autre, toujours à terre.

Je me suis précipitée vers Cade qui, tout chancelant, allait s'effondrer. Il m'a souri, la bouche pleine de sang, et quand il a été sûr que je n'étais pas blessée, il a posé la main sur ma joue. C'était peut-être le contrecoup, mais soudain, j'avais de nouveau du mal à respirer.

— Impressionnant, Golden Boy.

Il a toussé, puis grogné. Je me suis approchée pour passer son bras sur mon épaule et le soutenir. Quand il a levé les yeux, son regard plein de gratitude – et d'autres choses encore plus effrayantes – m'a fait frémir, mais je ne me serais écartée pour rien au monde.

— Je suis désolé.

Il a fermé les yeux et posé le front sur ma tempe.

Je l'ai un peu redressé parce qu'il tanguait dangereusement.

— Désolé ? Mais pour quoi ?

— Je te saigne dessus.

J'ai éclaté de rire.

— Il n'y a que toi pour t'excuser d'une chose pareille, Golden Boy.

Il a soulevé les paupières et planté son regard dans le mien. Il ne riait pas.

— Non, je voulais dire que je suis désolé de t'avoir embrassée.

— Pas moi.

Son visage était si proche du mien que je ne voyais plus que lui. Et il n'y avait, pour l'instant, que lui qui comptait. J'aurais peut-être dû penser à ce que nous venions de vivre, au soulagement d'avoir échappé au pire, mais il me rappelait seulement… la musique. Le mélange euphorique de peur et de liberté que j'éprouvais quand je chantais.

11
Cade

Max m'a entraîné à l'intérieur, et il n'a fallu qu'une seconde à Milo pour nous repérer et surgir sous mon nez.

— Nom de Dieu, *hermano* ! Je ne pensais pas à ça en te demandant de t'énerver.

J'ai levé les yeux au ciel.

— Max, je te présente mon *ami*, Milo. Milo, je te présente… *Mackenzie*.

Ça, c'était pour lui apprendre à m'appeler Golden Boy.

Son regard flamboyant m'a transpercé.

— Tu cherches encore la bagarre ?

— Non, j'aime bien te voir en colère.

Elle avait beau serrer les lèvres, un sourire dansait dans ses yeux. Et quand elle me regardait de cette façon, j'oubliais complètement la douleur qui me vrillait le crâne.

— Eh ben, a sifflé Milo, si on m'avait dit que tu ferais d'une pierre quatre coups !

Je m'appuyais toujours sur Max, un peu par nécessité, beaucoup par plaisir.

— De quoi parle-t-il ? m'a-t-elle demandé.

— Laisse tomber, il est bourré.

De mon côté, j'avais complètement dessaoulé, et c'est avec regret que je me suis écarté d'elle.

— Merci, Max. Ça va, maintenant.

Je ne pensais qu'à rentrer pour prendre une bonne douche glacée, puis une seconde, brûlante, pour détendre mon corps endolori.

— Qu'est-ce que ça veut dire ? a-t-elle répliqué en posant les mains sur ses hanches.

— Que je vais rentrer chez moi me soigner.

— Heu, excuse-moi, Cade, est intervenu Milo, mais tu n'habites pas la porte à côté et tu pisses le sang. Tu ferais mieux de te nettoyer un peu avant de partir.

Max m'a pris le menton pour m'obliger à la regarder.

— Je vais chercher la trousse de secours. Ne t'avise pas de disparaître.

Trop fatigué pour protester, j'ai laissé Milo m'entraîner vers les toilettes, tandis que Max s'éloignait.

— Tu ne m'avais pas dit que tu avais un faible pour les tempéraments volcaniques.

Je n'étais pas sûr d'avoir un faible pour les tempéraments volcaniques, mais Max me plaisait. Elle me plaisait même beaucoup.

Il y avait une queue immense devant les toilettes, et les gens étaient trop ivres ou trop indifférents pour s'apercevoir de mon état. Je me suis adossé au mur et j'ai fermé les yeux. Étonnamment, Milo est resté muet jusqu'au retour de Max.

— Pas de chance, a-t-elle annoncé, la boîte à pharmacie est quasi vide.

J'ai soulevé les paupières et me suis redressé en vacillant. Ils se sont précipités pour me soutenir.

— Je vais prendre un taxi, ai-je déclaré.

C'était un mensonge, je n'avais pas de quoi le payer, mais ça les rassurerait.

— Un taxi dans ce coin ? a pouffé Max. Oublie !

Milo a proposé de trouver un drugstore et de me ramener deux ou trois bricoles. J'ai refusé.

— C'est bon, leur ai-je dit. Je vais bien. Je vais m'asperger le visage et rentrer tranquillement. Pas la peine d'en faire un plat.

J'ai avancé vers les toilettes, mais Max s'est plantée devant moi et, la main sur mon torse, m'a empêché de continuer mon chemin.

Elle se mordillait la lèvre, visiblement en proie à un dilemme, puis elle a hoché la tête et m'a regardé dans les yeux.

— On va aller chez moi, j'habite à côté.

— Excellente idée ! s'est exclamé Milo.

Je n'avais pas besoin de le voir pour deviner qu'il souriait jusqu'aux oreilles.

J'ai posé la main sur celle de Max.

— Je vais bien, ai-je répété, je t'assure.

Si j'en jugeais par son air furibard, on ne devait pas lui dire non très souvent. Et sa main sous la mienne me donnait une furieuse envie d'accepter.

Mais je devais me souvenir de l'autre, celui dont j'étais, pour vingt-quatre heures, la doublure.

Elle s'est approchée et m'a glissé d'une voix basse :

— Écoute, Golden Boy, j'essaie ce truc nouveau qui consiste à me comporter correctement. Autrement dit, quand un type se fait démolir pour moi, de faire preuve d'un minimum de compassion. Comme je n'ai pas l'habitude, et que ce n'est pas très facile, j'apprécierais que tu me donnes un coup de main.

Ah ! On se connaissait à peine, mais elle avait déjà repéré mon point faible : dire non, en particulier quand on sollicite mon aide.

J'étais censé faire quelque chose d'inhabituel, ce soir, mais tout ce qui m'était arrivé depuis que j'avais mis les pieds dans ce bar sortait de l'ordinaire.

— D'accord, ai-je lâché. À une condition : que tu retires ce que tu viens de dire sur le fait de *me* faire démolir.

Elle a éclaté de rire.

— D'accord. *Tu* l'as démoli, mais… je t'ai aidé.

— C'est vrai, et j'éviterai de te chercher quand tu fumes.

On s'est regardé, un peu embarrassés, puis elle s'est éclairci la gorge et a laissé tomber sa main.

J'ai dit au revoir à Milo en ignorant les pouces qu'il levait sans discrétion, pendant que Max expliquait la situation aux autres serveurs. Après une courte conversation, elle est revenue vers moi, prête à partir.

Son sourire, malgré ma fatigue et la douleur, me mettait dans un drôle d'état.

— Viens, m'a-t-elle dit, tu es plein de sang.

— Je dois être repoussant.

— Repoussant ou sexy ? J'hésite…

Sur ce, elle s'est retournée pour se frayer un chemin vers la sortie. Je l'ai suivie, de nouveau convaincu qu'aller chez elle était une très mauvaise idée.

Dehors, son agresseur et Benny avaient disparu. Heureusement, parce que je n'aurais pas répondu de mes actes. Je voyais encore le visage de Max, livide et contracté, tandis que l'autre l'étranglait. Rien que cette image me donnait des envies de meurtre.

Elle m'a pris par le bras et s'est tournée vers moi.

— Ça va ?

J'ai opiné. Je n'avais pas besoin qu'elle me soutienne, mais j'aimais bien la sentir contre moi. Ça me donnait l'impression d'être un type comme un autre qui, la soirée terminée, rentre tranquillement chez lui avec sa compagne.

Nous avons marché en silence, puis, d'un coup d'œil, je me suis aperçu de son air absent. Elle devait penser à ce qu'elle venait de subir.

— Alors comme ça, tu fais de la musique ? lui ai-je demandé pour lui changer les idées.

Elle s'est contentée d'opiner avant de baisser la tête.

— J'ai écrit quelques chansons, moi aussi, tu sais.

Nous avons bifurqué au coin d'une rue. Elle avait toujours la tête baissée, mais je voyais un sourire flotter sur ses lèvres.

— Tu m'en chantes une ?

— Certainement pas !

— Oh, allez !

Elle m'a pris le bras à deux mains et m'a regardé avec une moue si convaincante que j'ai failli céder. Mais la seule chanson que je connaissais par cœur était beaucoup trop intime.

Je ne voulais pas penser à Bliss, ce soir, et jusque-là, j'y étais parvenu. Je n'avais aucune envie de chanter un texte que j'avais écrit pour elle.

— Une autre fois, ai-je répondu.

— Compte sur moi pour te le rappeler !

Nous avons continué tranquillement. Max s'était détendue et j'étais heureux de marcher simplement dans la nuit avec elle.

Elle s'est arrêtée juste après une laverie automatique.

— Ce n'est pas fermé à clé ? lui ai-je demandé en la voyant pousser la porte d'entrée.

Elle a haussé les épaules.

— La serrure est cassée. Ça fait des mois que je demande au propriétaire de la réparer.

J'ai jeté un coup d'œil sur la porte.

— Je peux peut-être m'en charger. Mon grand-père était serrurier.

Elle s'est retournée.

— Il y a quelque chose que tu ne sais pas faire, Golden Boy ?

J'en voyais au moins une : trouver une fille qui n'était pas déjà en couple ou amoureuse d'un autre.

Je l'ai rejointe, et nous avons grimpé deux étages avant de nous arrêter à la dernière porte à gauche au fond du couloir. Elle a sorti sa clef puis, après une brève hésitation, l'a glissée dans la serrure.

Elle est entrée, le temps de poser son trousseau sur une petite table juste à côté de la porte, et s'est tournée vers moi.

— Attends, m'a-t-elle dit.

Elle est allée allumer, puis m'a fait signe d'entrer.

J'ai découvert un minuscule salon, presque entièrement occupé par un canapé et un gros fauteuil carré. Il n'y avait aucune photo, aucun bibelot, rien qui puisse livrer le moindre indice sur la fille mystérieuse qui avait déboulé dans ma vie comme une météorite le matin même pour la chambouler complètement.

— Tu habites ici depuis longtemps ?

— Presque deux ans dans cet appartement, mais depuis quatre ans à Philadelphie.

J'avais pourtant l'impression qu'elle venait juste de s'installer ou qu'elle était sur le point de partir. Il n'y avait que des meubles. Le seul objet un peu personnel était un étui à guitare, posé dans un coin.

— Assieds-toi, je vais chercher du désinfectant et des pansements.

Elle a voulu enlever son manteau, mais s'est interrompue, une grimace sur le visage. Je me suis précipité vers elle. Elle avait fermé les yeux et se mordait les lèvres.

— Que se passe-t-il, Max ? Tu as mal quelque part ?

Elle m'a tourné le dos et a tendu les bras vers l'arrière en gémissant. J'ai attrapé son manteau par les manches et commencé à tirer tout doucement. Son cri m'a stoppé net. Je me suis approché pour écarter d'abord le col.

La doublure était tachée de sang et collée à son dos.

— Merde, Max ! Pourquoi ne m'as-tu pas dit que tu étais blessée ?

— Je ne pensais pas que c'était si grave, a-t-elle répondu d'une voix tremblante.

Ce n'était pas si grave, mais le sang avait séché, et, en décollant la doublure, j'allais lui faire mal et ça allait se remettre à saigner.

— Tu peux glisser les bras hors des manches ?

Elle s'est contorsionnée en serrant les dents pendant que je maintenais le manteau sur son dos. Ses bras libérés, je l'ai guidée pour l'allonger sur le canapé.

— Vas-y, m'a-t-elle dit en se mordant la main, tire !

Je me suis agenouillé près d'elle et j'ai repoussé ses cheveux. Elle n'était pas aussi crâne qu'elle voulait le faire croire.

— L'idée de t'arracher tes fringues est tentante, Max, mais je vais devoir refuser.

— Tu loupes ta chance.

J'en étais sûr.

— Attends.

La cuisine était aussi minuscule que le salon. J'ai fouillé les placards à la recherche d'un récipient.

— Si tu me disais ce que tu cherches, m'a dit Max, je te dirais où le trouver.

— Ce serait moins drôle. Qui sait ce que je pourrais découvrir ?

Son rire s'est arrêté sur un gémissement.

— Désolée de te décevoir, a-t-elle repris, mais côté secrets inavouables, tu ne vas trouver que du lait périmé. Et encore.

J'ai rempli un bol d'eau tiède, attrapé un torchon et suis revenu vers elle.

— Alors où les caches-tu, s'ils ne sont pas dans la cuisine ?

— Tu ne le sauras jamais, Golden Boy. Ils finiront dans la tombe avec moi.

J'ai dégagé le haut de son dos, lui arrachant une grimace.

— Je suis désolé.

— Pas grave, a-t-elle soufflé.

Sauf que l'opération s'annonçait délicate. Alors, en trempant un coin du torchon dans le bol, j'ai cherché de quelle façon la distraire.

— Tu sais quoi ? J'échange un couplet de ma chanson contre un de tes secrets.

J'ai fait couler un peu d'eau entre la peau et le tissu et tiré délicatement.

— D'accord.

En ajoutant chaque fois un peu plus d'eau, j'ai commencé à dégager la plaie. Je faisais très attention à ne pas la faire souffrir, mais plus je découvrais l'étendue de sa blessure, sa peau à vif et sanguinolente, plus j'avais de mal à contrôler mes frémissements de rage. Les poings me démangeaient de retrouver le type qui lui avait fait ça et de lui régler vraiment son compte.

Je me suis interrompu et lui ai demandé :

— Alors, ton petit secret ?

Elle n'était plus la seule à avoir besoin de diversion.

— Tu es sûr ?

— Et comment !

Elle a lâché un soupir et s'est lancée d'une voix résignée :

— J'étais pom-pom girl, au lycée.

12

Max

— Tu étais *quoi* ?

J'adorais l'effet de surprise que cette révélation ne manquait jamais de provoquer. Cade était sidéré et, en l'occurrence, ça m'aidait à oublier la torture qu'il m'infligeait.

— Tu m'as très bien entendue, ai-je répliqué, j'étais pom-pom girl.

Ses mains s'étaient immobilisées, et j'ai profité du répit.

— J'essaie de t'imaginer, mais franchement…

Il s'est interrompu.

— Quoi ? Tu ne m'imagines pas en minijupe ?

— Si, j'y arrive même très bien.

— Le contraire m'aurait étonnée ! Vous êtes bien tous les mêmes.

Je pouvais faire semblant et lever les yeux au ciel, j'aimais bien l'idée de lui plaire, même s'il ne soupçonnait pas à quoi il s'exposait.

— Quand même…, a-t-il repris, toujours incrédule. Pom-pom girl ?

C'était si vieux, et si loin de moi, que j'avais souvent

l'impression qu'il s'agissait de quelqu'un d'autre. Quelqu'un dont je n'aimais pas me souvenir.

Je détestais tout ce qui me ramenait en arrière. Évoquer le passé me rendait mutique. Mais avec lui, bizarrement, les mots venaient tout seuls.

— J'ai passé des années à faire semblant d'être quelqu'un d'autre.

Il a recommencé à tirer sur le tissu et j'ai serré les dents. J'avais l'impression qu'il m'arrachait la peau. Ce n'était pourtant pas sa faute – ses gestes étaient d'une douceur surprenante –, mais la plaie, comme mes nerfs, était à vif. Et, malgré mes efforts, je n'arrivais pas à retenir mes gémissements.

— Au moins tu ne fais plus semblant, a-t-il constaté. Ce qui n'est pas le cas de tout le monde.

Je n'étais pas sûre que ce soit vrai. J'avais l'impression d'avoir seulement changé de rôle.

Mais je ne voulais pas y penser.

— À toi, Golden Boy. Je t'écoute.

Il a trempé le torchon dans le bol et l'a légèrement essoré. L'eau tiède m'a fait du bien, jusqu'au moment où il a recommencé à tirer. Je retenais mon souffle, quand il s'est mis à chanter.

Sa voix, belle et grave, s'est élevée dans la pièce, aussi douce et profonde que la mélodie.

No matter how close, you are always too far
My eyes are drawn everywhere you are.

Ses doigts m'effleuraient le dos. Plus tendue qu'une corde de guitare, je l'ai à peine senti tirer le reste du manteau.

Il a de nouveau trempé le torchon.

Je m'attendais à ce qu'il continue de chanter, mais il s'est contenté de nettoyer délicatement une écorchure, puis une autre, en silence.

— C'est tout ? ai-je demandé. Deux vers ?

— Si fascinante que soit ta confession, il m'en faut plus pour dévoiler mon âme.

Il se moquait de moi, le salaud !

— Je ne vois pas ce que je pourrais dire de plus.

— Il me semble que le mot « inavouable » a été prononcé, tout à l'heure.

Sa curiosité, pleine de sous-entendus, me faisait l'effet d'une démangeaison. D'un côté, j'avais envie d'y répondre. De l'autre, cette idée me terrorisait. D'habitude, je me fichais bien de ce que les gens pensent de moi. Avec lui, c'était… différent.

— J'avais cinq ans la première fois que j'ai embrassé un garçon. Il avait deux ans de plus, et c'était le fils de ma nounou. Il m'a embrassée et ensuite il m'a tiré les cheveux.

Il a gloussé.

— On n'a pas la même conception de l'inavouable, a-t-il constaté en nettoyant une griffure juste au-dessus de la taille de ma jupe.

— Depuis ce jour, ai-je continué, consciente de mon effet, il suffit qu'on me tire les cheveux quand on m'embrasse pour que je démarre au quart de tour.

Il est resté silencieux. J'aurais payé une fortune pour voir sa tête. Mais avant que je puisse faire un geste, il s'est éclairci la gorge et s'est levé.

— Pansements ?

Il ne faisait plus le malin, maintenant.

— Dans le placard de la salle de bains. Dans l'entrée.

Je me suis mordu les lèvres pour éviter d'éclater de rire. Je savais bien que j'étais en train de flirter, mais ce n'était pas si grave. Tant que nous en restions là, ça ne prêtait pas à conséquence. Mace passait bien son temps à draguer, lui. Je n'y voyais pas d'inconvénient, parce que ni lui ni moi n'étions jaloux. De toute façon, dans vingt-quatre heures, Cade ne ferait plus partie de ma vie.

Lorsqu'il est revenu, quelques minutes plus tard, j'étais convaincue que je ne risquais rien à rester seule avec lui. Notre baiser ne comptait pas. Pas plus que le sourire qui flottait sur mes lèvres. Après ce qui m'était arrivé, j'avais bien le droit de me détendre un peu.

— Tu es drôlement bien équipée, m'a-t-il dit en me montrant une crème désinfectante, de la gaze, du sparadrap et des ciseaux.

— J'ai aussi des pansements.

— Oui, mais vu l'étendue des dégâts, je me suis dit que ce serait mieux que des pansements. La bonne nouvelle, c'est que tes blessures, si elles sont nombreuses, ne sont pas profondes.

— Tant mieux.

Il est revenu s'agenouiller à côté de moi.

Je regardais ses cheveux noirs sur son front quand il a commencé à me mettre de la crème. J'ai fermé les yeux.

— Et ma chanson, alors ?

— Je ne crois pas que…

— Ah ! non, Cade ! On a fait un marché. Et puis… j'ai mal.

Je m'étais redressée pour lui montrer à quel point je souffrais.

Il a levé les yeux au ciel et secoué la tête.

— Tu prends des risques, Max.

J'aimais prendre des risques, je n'avais pas peur du danger. Et ce petit jeu était… très agréable. Parce qu'il était limite, justement. Et parce que nous étions complètement différents.

C'était ça qui le rendait si excitant.

J'ai reposé la tête sur le coussin et, pour mieux profiter de la sensation de ses doigts sur mon dos, j'ai fermé les yeux.

— Recommence depuis le début, lui ai-je dit, que je me rende compte.

Il a pris son temps, mais quand sa voix s'est élevée, chaude et vibrante, elle était aussi envoûtante que la première fois.

No matter how close, you are always too far
My eyes are drawn everywhere you are.

Il s'est interrompu. Je pensais qu'il n'allait pas continuer quand il a repris, un ton plus haut. Je me suis sentie complètement fondre.

I'm tired of the way we both pretend
Tired of always wanting and never giving in
I can feel it in my skin, see it in your grin
We're more. We always have been.

Think of everything we've missed
Every touch and every kiss
Because we both insist
Resist.

Ce n'étaient que des mots, mais ils me faisaient autant d'effet que le baiser que nous avions échangé. Savoir qu'il allait venir, l'attendre, était presque aussi exquis que sentir sa bouche sur la mienne. Je devais me retenir pour ne pas me cambrer sous ses mains. Il avait commencé à poser des morceaux de gaze, et j'attendais en frémissant l'instant où ses doigts allaient me toucher pour lisser doucement le sparadrap.

Hold your breath and close your eyes
Distract yourself with other guys
It's no surprise, your defeated sighs
Aren't you tired of the lies ?

Sa voix s'était affermie et, prisonnière de ses mains, j'étais littéralement clouée sur place. Je savais que cette chanson n'avait pas été écrite pour moi, mais cela ne signifiait pas qu'elle ne me correspondait pas.

Think of everything we've missed
Every touch and every kiss
Because we both insist
Resist.

Son souffle caressait mon dos. Je ne pouvais même plus prétendre être insensible. J'*étais* affectée : je devais faire des efforts pour continuer de respirer.

No matter how close, you are always too far
My eyes are drawn everywhere you are.

Le dernier sparadrap posé, ses doigts sont descendus le long de ma colonne vertébrale. J'ai tenté d'étouffer mon gémissement dans le coussin, mais j'étais sûre qu'il l'avait entendu.

I'm done. I won't ignore
I won't pretend or resist.

Sa main s'est arrêtée sur mes reins. Et quand son dernier vers s'est élevé, mi-chanté, mi-déclamé, j'ai failli lui dire la même chose.

I want more.

13
Cade

Je jouais avec le feu. J'avais la main au creux de ses reins et j'aurais juré qu'elle s'était cambrée contre ma paume.

— C'est fini, ai-je dit.

J'avais la voix rauque et la gorge nouée.

Si j'avais été superstitieux, je me serais dit que j'avais irrité les dieux de l'alcool invoqués par Milo, parce que la proximité de Max me mettait dans un état des plus embarrassants.

J'ai retiré la main, décidé à partir sans tarder, mais Max s'est assise et m'a retenu.

— Attends, je vais m'occuper de toi.

J'ai tenté de faire bonne figure, mais aucun homme dans mon état, qu'il ait quinze ou cinquante ans, ne peut entendre ce genre de phrase sans réagir.

Elle a levé les yeux au ciel.

— Je parle de ta tête, Golden Boy. Celle qui est censée *réfléchir*.

Elle était si différente de Bliss ! Je n'avais aucun mal à imaginer la même scène avec elle. Elle aurait commencé à rougir, à bafouiller, avant de casser un truc ou de mettre le feu à son salon.

Max était directe. Naturelle. Bien dans sa peau.

Et je trouvais ça drôlement sexy.

— Je vais chercher un torchon propre.

Elle s'est levée pour emporter dans la cuisine le bol et le torchon que j'avais utilisés. Je me suis assis sur le canapé en faisant de mon mieux pour dissimuler la malédiction dont j'étais victime.

J'avais tenté de me soustraire à notre marché, parce que chanter ce texte m'avait paru risqué. Je ne voulais pas voir ressurgir tous mes souvenirs. J'avais eu tort de m'inquiéter. En fait, je n'avais pas une seule fois pensé à Bliss. Mais à Max. Tout le temps. Et je me retrouvais dans une situation que je n'avais pas prévue.

Quand elle est revenue, j'ai regardé droit devant moi pour éviter de la toucher. Elle a posé un genou sur le canapé et s'est approchée. Je ne pensais qu'à la prendre dans mes bras.

J'ai cherché quelque chose, n'importe quoi, pour me distraire, mais il n'y avait rien dans son appartement auquel je puisse me raccrocher. Le crépitement entre nous n'en était que plus palpable.

Elle m'a soulevé le menton pour mieux examiner mon front. Ses joues étaient roses, sans doute à cause de la douleur de ses écorchures, et ses lèvres, tandis qu'elle étudiait ma blessure, faisaient une petite moue. Ses yeux, d'un bleu splendide, me faisaient penser à l'eau des plus belles plages du monde.

— J'aurais dû m'occuper de toi d'abord. Tu saignes encore.

Ah bon ? Je ne sentais rien. J'avais trop de choses en tête pour songer à mes plaies.

Ses doigts serraient mon menton mal rasé. Elle a croisé mon regard une seconde avant de se détourner pour plonger le torchon dans l'eau.

Puis elle a commencé à tamponner le contour de ma blessure.

Elle a posé la main sur ma mâchoire et, d'une pression, l'a tirée un peu plus bas pour nettoyer une coupure à la racine de mes cheveux. L'architecture délicate de sa clavicule, dernier endroit que j'avais embrassé, était juste sous mes yeux.

J'avais une envie folle de recommencer.

J'y songeais sérieusement quand elle s'est mise sur les genoux. Penchée comme elle l'était, c'était maintenant ses seins que j'avais sous les yeux.

J'ai fermé les paupières en récitant des tables de multiplication, puis des passages de pièces que j'avais jouées. Je sentais son souffle sur mon front et la tiédeur de son corps tout près du mien. Elle s'est immobilisée en pressant le torchon, sans doute pour éponger le sang qui peut-être continuait de couler.

— Tu as écrit cette chanson pour une fille ? m'a-t-elle demandé d'une voix étouffée.

— Tu te demandes toujours si je suis gay ?

Son éclat de rire m'a donné envie de l'allonger sur le canapé et d'embrasser chaque centimètre carré de sa peau. Je voulais découvrir ses tatouages, savoir ce qu'ils signifiaient pour elle. Je voulais connaître les secrets qu'elle cachait derrière son air bravache et ses provocations.

— Non ! Je veux juste savoir. C'était… ta petite copine ?

— Non, je ne suis pas sorti avec elle. Le temps que je me décide à lui parler, elle était déjà avec un autre.

— Tu n'as pas cherché à la retenir ?

Je ne voulais pas parler de Bliss, mais sa curiosité était une bonne diversion, alors j'ai répondu :

— Inutile, je ne faisais pas le poids.

— N'importe quoi ! s'est-elle exclamée en appuyant plus fort sur ma blessure. Tu sais tout faire, tu es prévenant, canon, et certainement du genre à aider les petites vieilles à traverser la rue. Alors si toi, tu ne fais pas le poids, franchement, c'est à désespérer du genre humain.

J'ai souri. Savoir qu'elle me trouvait canon était une sacrée bonne consolation.

— C'était un Anglais.

Elle a reculé pour rire à gorge déployée.

— Un Anglais ? Je comprends mieux. Pas de bol pour toi, Golden Boy !

C'était agréable, finalement, de rire de ma déconfiture avec quelqu'un. Je ne l'avais jamais fait, ni avec Milo ni avec aucun de mes amis d'alors. Ce matin, j'avais eu l'impression d'être libéré d'un poids énorme, et, maintenant, Bliss m'apparaissait comme ce qu'elle était : un souvenir.

Max souriait encore quand elle a écarté le torchon de mon front.

— Ça m'a l'air d'aller, a-t-elle constaté.

Elle s'est assise sur les talons et, pour attraper un morceau de gaze, s'est appuyée sur ma cuisse.

J'ai cherché un truc à dire.

— C'était une journée… intéressante.

Tout bien considéré, c'était même une journée sacrément passionnante.

— Attends demain, m'a-t-elle dit. On verra ce que

tu en penses. Je hais Thanksgiving, et toutes les fêtes en général.

Elle s'est redressée pour poser la compresse sur mon front.

— Pourquoi ? À cause de tes parents ?

Elle a fixé le sparadrap en se retenant à mon épaule.

— C'est difficile à expliquer.

— Essaie toujours.

Elle a repris le torchon et s'est mise à nettoyer le reste du sang sur mon visage.

— Les fêtes nous rappellent de mauvais souvenirs, a-t-elle commencé, concentrée sur sa tâche. Mes parents croient qu'en donnant le change, en décorant la maison et en préparant de quoi manger pour un régiment, ils penseront moins à ce qu'ils n'ont pas.

— Et ça ne marche pas pour toi ?

Elle a croisé mon regard un instant.

— Rien ne marche, sauf la musique.

J'ai posé la main sur la sienne.

— Je suis désolé.

Cette fois, elle a cherché mon regard.

— D'habitude, je déteste ce genre de commentaires, mais là...

Le torchon humide glissait de ma joue au coin de mes lèvres. Elle s'est mise à tamponner la coupure, le regard voilé et la bouche entrouverte. Je l'ai regardée reprendre son souffle, et, lentement, si lentement que j'avais l'impression de rêver, sa main s'est tournée pour m'effleurer les lèvres.

Elle avait les yeux grands ouverts. Nous étions sobres. Et elle se penchait vers moi. Je l'ai prise par la taille et, accompagnant son geste, je l'ai attirée légèrement.

Son souffle me caressait la bouche ; elle s'est mordu la lèvre, les pupilles dilatées.

J'ai étouffé un grognement. Son regard est descendu sur mes lèvres, et le torchon lui a glissé des mains.

Au même instant, son téléphone s'est mis à sonner.

Elle a bondi si vite qu'elle était de l'autre côté de la pièce, son portable à la main, avant que j'aie eu le temps de respirer.

— C'est mon copain, a-t-elle dit d'une voix neutre.

Le sort nous rendait service à tous deux. Je ne voulais pas la pousser à tromper son copain. L'avoir embrassée une fois suffisait.

— Il est temps que je parte de toute façon.

J'étais à la porte quand elle m'a rappelé.

— Cade !

J'ai ouvert avant de me retourner.

Son téléphone à la main, elle était prête à répondre.

— Je suis désolée, m'a-t-elle dit.

— Ne t'inquiète pas.

Elle a fait un pas, et je me suis dépêché de sortir.

— À demain matin, lui ai-je lancé avant de disparaître.

14
Max

C'était une catastrophe. Majeure.

J'ai décroché.

— Mace ?

Au bruit et à la musique que j'entendais derrière lui, il était en boîte.

— Mace ?

— Ouais, j'suis là, poulette !

En boîte et complètement bourré.

— Je t'ai déjà dit de ne pas m'appeler poulette. C'est ridicule.

— C'est bon, Max. Je suis au *Pure*, viens me rejoindre.

Mon agacement a grimpé d'un cran. S'il était là, ce n'était pas de l'alcool qu'il avait ingurgité, mais des pilules.

— Je ne peux pas, Mace.

— Si, tu peux. Nom de Dieu, Max, c'est l'éclate, ici ! Faut que tu viennes.

Et puis quoi encore ? Je ne portais pas de jugement. J'avais trop déraillé moi-même pour me permettre de juger quiconque, mais je n'avais pas envie de ce genre d'éclate. Si je noyais ma souffrance dans la drogue, je n'aurais plus rien pour nourrir ma musique, et je serais *vraiment* paumée.

— Non, Mace, j'ai passé un sale quart d'heure au boulot, et...

— Justement. J'ai de quoi t'aider à oublier.

Il articulait péniblement, et sa voix, qui d'habitude me faisait craquer, était pâteuse. Rien de ce qu'il me proposait ne me donnait envie de le rejoindre.

— Non, Mace. Je vais me coucher.

— Putain, Max ! Tu m'as déjà planté ce matin, et...

— Mes parents débarquaient, et c'est *toi* qui m'as plantée.

— Et maintenant, tu refuses de venir alors qu'on ne se verra pas demain.

Je ne voulais pas discuter de ça maintenant.

— Je ne peux pas, d'accord ? ai-je répondu en me forçant à rester calme. On parlera quand tu seras frais. Bonne nuit.

J'ai raccroché et me suis écroulée sur le canapé. Je n'arrivais pas à réfléchir. Toutes mes pensées tournaient autour de Mace et de Cade, et j'étais incapable de les ordonner. D'un autre côté, la journée avait été rude. C'était idiot de vouloir prendre une décision maintenant. Surtout que je sentais encore les mains de Cade sur mon dos et que, dès que je fermais les yeux, je voyais son visage.

J'étais dans la mouise.

Jusqu'au cou.

Je ne pouvais même pas me détendre sous la douche à cause de mes pansements. Alors, je me suis couchée en espérant fuir dans le sommeil.

Nous étions tous les deux. Il me tirait les cheveux, et, tandis que ses lèvres glissaient sur ma gorge, une décharge électrique délicieuse courait jusqu'à l'extrémité de mes orteils.

J'ai poussé un gémissement qu'il a récompensé en accentuant la pression de ses dents sur ma peau.

Mes mains ont trouvé l'ourlet de sa chemise et se sont engouffrées dessous pour l'attirer vers moi. Ses muscles, si fermes sous mes paumes, m'ont arraché un autre gémissement.

Il a quitté ma gorge pour parcourir, du bout de la langue, une des branches de mon tatouage. J'avais l'impression de brûler vive. Sa barbe naissante, sensible entre mes seins, ne faisait qu'accroître mes frémissements. J'avais les jambes en coton.

— Oh ! s'il te plaît, l'ai-je supplié.

— On ne devrait pas, a-t-il murmuré.

Au lieu d'écouter ses scrupules, je l'ai pris par le cou et, une jambe nouée autour de lui, je l'ai obligé à m'embrasser.

J'ai cru exploser. Ses baisers étaient divins, et je l'encourageais, trop heureuse de me noyer avec lui.

Il s'est écarté.

— Tu es sûre ?

Oh, oui !

J'ai opiné et il m'a basculée sur le lit. Ses mains m'électrisaient, mon haut avait déjà disparu, et mon slip n'a pas tardé à suivre. Il est venu sur moi, puis, subitement, je me suis retrouvée à califourchon sur lui.

Les cheveux en bataille sur l'oreiller, ses yeux marron presque noirs dans l'obscurité, il était tellement sexy que j'en perdais les pédales.

— Vas-y, m'a-t-il dit en m'empoignant les hanches. Chevauche-moi.

Comment un garçon aussi correct pouvait-il prononcer des mots aussi crus ?

Je me suis cambrée.

— Max ?

Ses mains se sont posées sur mes joues pour les serrer fermement.

— Max, a-t-il répété. Ça va ?

Oh, oui ! J'étais même si bien que parler me semblait complètement inutile.

Il m'a saisie par les épaules, et je me suis sentie vaciller.

J'ai ouvert les yeux.

Je n'étais plus au-dessus.

Cade me surplombait, à une distance beaucoup trop respectable.

J'ai tendu la main.

C'était bizarre, son menton ne piquait plus. Il était même rasé de près.

Aucune importance, ça ne m'a pas empêchée de l'attraper par le cou pour le tirer vers moi.

Il a hésité une seconde, une toute petite seconde qui m'a suffi pour comprendre que quelque chose… clochait.

J'ai cligné des yeux.

J'avais la bouche sèche et les idées confuses.

De son côté, il regardait mes lèvres d'un air peiné.

— Max…

Il s'est écarté et je me suis retrouvée en position assise.

Son regard s'est assombri, puis il a lâché un juron avant de dénouer mes bras que j'avais toujours autour de son cou.

Une de mes mains s'est posée sur son torse. Il ne l'a pas repoussée, mais il a déclaré, d'une voix rauque et tendue :

— Je ne suis pas un saint, Max.

Je le savais, et c'était une bonne chose, mais j'ai tout de même plissé le front.

Mes perceptions changeaient curieusement. Quand elles se sont stabilisées, j'ai compris que j'étais dans ma chambre. Qu'il faisait jour et que Cade, assis sur mon lit, était entièrement *vêtu*.

Il fixait le mur comme s'il voulait le pulvériser.

Et j'ai compris.

Je venais de rêver.

Que je couchais avec lui !

La main sur la bouche, je me suis demandé, horrifiée, si j'avais dit quelque chose susceptible de me trahir.

Ne trouvant rien, j'ai laissé tomber ma main pour m'apercevoir que j'étais… toute nue.

Entièrement nue !

Nue au point de lui montrer tout mon tatouage.

Nue au point de me rouler en boule sur mon lit, et de tirer, mortifiée, les couvertures sous mon menton.

Cade a soupiré de soulagement et ses épaules se sont détendues.

Rassemblant toute ma dignité, je lui ai demandé aussi calmement que possible :

— Qu'est-ce que tu fais là ?

D'un côté, je ne savais pas où me mettre. Il était à quelques centimètres de moi, et les effets de mon rêve ne s'étaient pas entièrement dissipés.

D'un autre, pour être tout à fait sincère, j'étais un peu vexée qu'il ait réussi à détourner le regard. Assez vexée pour être tentée de repousser mes draps, histoire de voir combien de temps il tiendrait.

— J'ai frappé, m'a-t-il répondu en se levant, mais tu

n'as pas répondu. Et je t'entendais gémir, comme si tu étais malade…

Je comprenais, soudain, pourquoi il ne m'avait pas regardée : il se sentait coupable. Il n'avait rien fait de mal et il se sentait coupable ! *Je* faisais des rêves érotiques à son sujet, sans éprouver le moindre remords, et *il* se sentait coupable !

— Comme la porte n'était pas fermée, je suis entré. Je suis désolé.

Le Malin devait s'être glissé dans mes pensées car je me suis demandé, si j'écartais les draps maintenant, ce que Cade ferait. J'avais mal partout, et je *voulais* qu'il fasse quelque chose.

J'ai secoué la tête. Mon rêve était encore si proche que le seul contact du drap sur ma peau me mettait dans tous mes états.

« Tu sors avec Mace, me suis-je rappelé. Reprends-toi. »

J'avais dû oublier de mettre mon réveil avant de dormir.

Je savais que j'aurais dû le faire, mais je ne savais plus pourquoi.

Un frisson m'a traversée. Je me suis tournée légèrement, et j'ai dû lui montrer un peu mon dos. J'ai vu en tout cas son regard glisser sur moi et sa pomme d'Adam monter puis redescendre.

Le diable que j'abritais, celui qui me poussait à le provoquer, s'en est trouvé satisfait. Et, en voyant Cade revenir lentement vers moi, il a carrément jubilé.

J'ai souri.

C'est alors que je me suis souvenue de la raison pour laquelle j'aurais dû mettre mon réveil.

Thanksgiving !

Thanksgiving *et* mes parents.

Thanksgiving, et mes parents *plus Cade.*

Tout ça, plus moi, toute nue, avec lui, dans ma chambre.

Autant dire le désastre.

Repoussant le démon lubrique qui ricanait dans mon dos, je me suis glissée hors du lit, en prenant soin de bien emporter le drap avec moi.

— Merde ! Quelle heure est-il ?

— Presque neuf heures.

— *Merde !*

Au même instant, la sonnette a retenti, aussitôt suivie du cri de ma mère derrière la porte.

— Mackenzie chééééériiiiie ?

Interrogation aussitôt suivie, parce que j'étais l'abrutie qui ne pensait jamais à fermer son appartement à clef, du bruit de la porte qui s'ouvrait.

— Hou ! hou ! chérie ?

J'étais piégée et, comme dans les films de zombies, sur le point de me faire dévorer la cervelle.

Je n'avais plus qu'à prier.

Sauf que j'avais le cerveau ramolli, complètement ramolli, et le zombie – ma mère en l'occurrence – était sur le point de faire irruption dans ma chambre.

Si elle entrait et me découvrait nue avec un garçon, même Golden Boy, elle ne ferait pas de quartier.

— Heu… une seconde, maman !

Au bord de la panique, j'ai glissé les mains dans mes cheveux. Le drap, que j'avais complètement oublié, m'a échappé, et, tandis que je le rattrapais, Cade a fait un bruit étranglé. Un bruit que mon cerveau, ramolli par la peur mais fouetté par un flot d'hormones, a apprécié.

Mais ce n'était pas le moment !

Merde, merde et re-merde.

J'ai dû lâcher ce mot au moins une fois à voix haute, parce que Cade m'a dit :

— Ne t'inquiète pas, je vais les accueillir pendant que tu te douches et que tu t'habilles.

— Non ! Si tu sors de ma chambre et que je vais prendre une douche, mes parents vont croire que nous avons passé la nuit ensemble.

— Alors ne prends pas de douche. Tu es parfaite comme ça.

Ses yeux ont glissé sur le drap, puis sont remontés sur moi. Il avait dû laisser sa culpabilité à mes pieds, parce que je n'en voyais plus la trace.

« Arrête, me suis-je dit. Ce n'est toujours pas le moment. »

— J'empeste la fumée, l'alcool et la transpiration. Je suis sûre qu'ils vont s'imaginer qu'on a couché ensemble.

Il est venu me prendre par les épaules. Son geste se voulait rassurant, mais ses mains nues sur ma peau n'avaient pas de quoi m'apaiser. D'autant plus que, malgré la panique, je restais… tentée. J'avais presque envie de me faire surprendre par ma mère, même si ce n'était qu'un faux flagrant délit.

— Je vais leur dire la vérité, m'a-t-il dit, que tu ne t'es pas réveillée, et que je suis venu un peu trop tôt.

— La vérité ? Ils ne vont jamais te croire.

Il me massait doucement les épaules, et je me sentais flancher.

— Ils vont me croire, fais-moi confiance.

Il s'est écarté, comme si de rien n'était.

Certains hommes appartiennent-ils à une espèce différente ? Une espèce dont l'ADN les rend meilleurs que d'autres ?

J'ai été tentée, une fois de plus, de lâcher mon drap – rien que pour le faire tiquer. Mais j'ai fermé les yeux et, au lieu de faire une bêtise, je l'ai laissé partir.

Je suis restée figée, confite de désir et de frustration, bien longtemps après son départ.

J'étais vraiment tordue.

Complètement tordue.

Et la journée s'annonçait longue.

15
Cade

Pour la deuxième fois dans cet appartement, j'avais un problème des plus embarrassants au pire moment. Si on m'avait donné le choix entre affronter les parents de Max dans cet état ou me jeter dans un volcan en pleine éruption, j'aurais très sérieusement considéré la question.

Mais je n'avais pas le choix.

Alors je me suis concentré pour chasser Max de mes pensées. Je n'avais que quelques secondes, et elle était canon. J'avais eu tout le mal du monde à ne pas me jeter sur elle. Je luttais encore contre le désir de faire demi-tour. Ce qui ne m'aidait pas, évidemment, à surmonter mon problème.

J'ai secoué la tête, redressé les épaules, passé une main dans mes cheveux et avancé vers le salon.

Pourvu que sa mère ne me serre pas dans ses bras.

— Cade ! s'est-elle exclamée en roucoulant dès qu'elle m'a aperçu. Je ne savais pas que vous étiez là.

La dinde qu'elle s'apprêtait à sortir de sa glacière est retombée au fond et Mme Miller s'est précipitée vers moi.

Conscient de son intention de me gratifier d'une bonne et solide étreinte, je l'ai esquivée adroitement.

— Oh ! mais laissez-moi m'occuper de ça, lui ai-je dit en m'emparant de la glacière pour me réfugier derrière le comptoir de la cuisine.

Voyant qu'elle ne me poursuivait pas, j'ai commencé, soulagé, à extraire l'animal.

Une dinde bien grasse, dont la fraîcheur et l'odeur de viande crue m'aidèrent à résoudre mon petit problème. D'autant qu'elle était comprimée dans son fichu paquetage. Au terme de l'opération, suffisamment complexe pour me changer les idées, j'étais redevenu tout à fait maître de moi.

— Où dois-je la mettre, madame Miller ?

Mick venait de poser le reste de leurs affaires sur la table. Ils avaient emporté leur cuisine avec eux ! Elle m'a tendu un énorme fait-tout.

— Ici, s'il vous plaît.

Je me suis exécuté avant de me laver les mains.

J'avais toujours mon manteau et mon écharpe. Il était temps de leur expliquer ma présence et de leur vendre la vérité.

— Mackenzie ne s'est pas réveillée.

Considérant qu'ils n'appréciaient pas son diminutif, je préférais l'appeler par son prénom.

— Je venais juste d'arriver quand vous avez frappé.

J'ai ôté mon écharpe.

— Elle a travaillé tard, hier soir. Elle devait être fatiguée.

J'ai enlevé mon manteau, avant de m'apercevoir que je n'avais aucune idée de l'endroit où le mettre. Y avait-il une penderie ? Ses parents s'étaient débarrassés des leurs. Où les avaient-ils mis ? Notre mascarade ne pouvait pas s'écrouler à cause d'une ridicule histoire de vestiaire… J'ai rapidement regardé autour de moi. Outre celle de la chambre, il y avait deux portes. Chacune pouvait ouvrir sur un placard, ou sur… n'importe quoi.

— Mackenzie est en train de s'habiller ? m'a demandé sa mère.

Au pli de son front, je me suis dit qu'elle soupçonnait précisément ce que Max avait redouté.

— Je crois qu'elle prend une douche, ai-je avancé prudemment. Je lui ai dit que ce n'était pas nécessaire, mais elle tient à se faire belle pour vous.

Pourvu qu'elle n'arrive pas en survêtement…

— Vous croyez qu'elle veut qu'on prenne des photos ? m'a demandé sa mère.

Voyant ses yeux ronds aussi brillants et aussi pleins d'espoir que ceux d'un gosse devant le sapin de Noël, je me suis empressé de saisir la perche qu'elle me tendait.

— Je crois, oui. C'est notre premier Thanksgiving, après tout. Ce sera bien d'avoir des souvenirs.

Je me suis tourné vers une des portes et, tentant ma chance, je l'ai ouverte.

Bingo ! C'était la penderie.

J'accrochais mon manteau sur un cintre quand Mme Miller, profitant de ma distraction, s'est jetée sur moi pour me ceinturer des deux bras.

— Oh ! je suis si heureuse que Mackenzie ait fait votre connaissance ! Cela ne fait que quelques semaines, et regardez la merveilleuse influence que vous avez déjà sur elle. Elle ne me laisse jamais la prendre en photo, d'habitude.

Ah !

Max allait être furieuse.

— Oh ! je ne crois pas l'avoir changée, me suis-je rattrapé en souriant. Elle était formidable avant de me connaître et elle continue de l'être.

— Mick, tu entends ce garçon délicieux ? Tu pourrais prendre exemple sur lui !

Mick a quitté le canapé pour nous rejoindre.

— Tu vas finir par me donner des complexes, fiston, et me créer des ennuis !

— Je suis désolé, monsieur.

— Ne l'écoutez pas, Cade.

— Oui, madame.

J'avais l'impression d'être une balle de ping-pong.

J'ai soupiré. Ce petit manège risquait de se répéter souvent, aujourd'hui.

Après m'avoir serré une dernière fois contre elle, la mère de Max m'a lâché pour s'affairer dans la cuisine. Je lui ai proposé mon aide, mais elle m'a rabroué. Quand elle n'était pas dans la cuisine, elle décorait l'appartement avec quelques bibelots qu'elle avait apportés, des coussins afghans et des photos encadrées. Je commençais à comprendre que Max était le contraire de ses parents… sans doute parce qu'elle *voulait* être leur exact opposé.

— D'où venez-vous, Cade ?

— Du Texas, madame.

— Oh ! vraiment ? De quel endroit ? Nous habitons l'Oklahoma !

— J'ai grandi à Fort Worth.

— Vos parents sont toujours là-bas ?

— Ma grand-mère, en fait.

Je me suis gratté le cou, un peu gêné de l'aveu auquel elle m'obligeait.

— Je n'ai plus qu'elle. Ma mère est décédée, et mon père ne fait pas vraiment partie du paysage.

Elle s'est immobilisée, la main enfoncée dans la dinde, et m'a regardé.

— Oh ! pauvre enfant.

— J'étais jeune, ai-je répondu. Je ne me souviens pas vraiment d'elle. Et puis, j'ai ma grand-mère. Ça me suffit.

— Venez, m'a-t-elle dit en me faisant signe de sa main libre.

J'ai fait quelques pas, mais elle a insisté jusqu'à ce que je vienne plus près d'elle. Une main dans la dinde, elle m'a alors, de l'autre, serré encore une fois contre elle.

— Même si vous ne vous souvenez pas de votre mère, a-t-elle déclaré doctement, ça reste une épreuve terrible pour un enfant.

C'était une drôle d'étreinte, et une situation bizarre. Je me sentais tout de même curieusement réconforté. Je comprenais l'agacement de Max, mais j'aurais donné cher pour voir des parents débarquer chez moi à l'improviste. Ma grand-mère n'avait malheureusement plus l'âge de me faire ce genre de surprise.

— Qu'est-ce que vous faites ?

Mme Miller m'a aussitôt lâché. Max, sur le seuil du salon, nous regardait d'un air perplexe.

Elle avait discipliné ses cheveux flamboyants, et un col roulé dissimulait entièrement sa collection de tatouages. Son maquillage était aussi plus discret, comme si elle avait voulu dissimuler sa vitalité débordante. Je la percevais toujours, n'empêche, et je préférais la version originale.

— Oh ! rien, chérie, a répondu sa mère. Cade me parlait de ses parents.

— Ah ! Ses parents.

— Madame Miller, me suis-je dépêché d'enchaîner, racontez-moi plutôt à quoi ressemblait Max quand elle était petite.

Max a poussé un grognement tandis que sa mère, aux anges, battait des mains.

— Comme c'est amusant, j'ai justement des photos d'elle ! Mon petit album ne me quitte jamais.

— Des photos de bébé ? a grincé Max en venant à côté de moi. Quelle bonne idée, Cade *chéri*.

Ses ongles se sont enfoncés dans ma paume.

Ignorant l'effet que m'aurait fait ce geste en d'autres circonstances, j'ai porté sa main à mes lèvres.

— *Trésor,* ai-je protesté en l'embrassant sur le bout des doigts, tu ne peux pas me reprocher de vouloir savoir à quoi tu ressemblais, petite.

Sa mère partie au salon, Max s'est penchée à mon oreille.

— Si, et ce n'est pas drôle du tout, Golden Boy.

— Ah bon ? J'étais sûr du contraire.

— Attends un peu que nous soyons seuls...

— Hum... j'ai hâte.

Elle a lancé un rire totalement artificiel en direction du salon.

— Si tu crois t'en tirer comme ça, a-t-elle repris en chuchotant, tu te trompes, mon mignon.

— Je suis ton mignon, maintenant ?

Elle a retenu son souffle, et moi mon sourire. J'aimais la voir comme ça. Ses joues roses et ses yeux flamboyants correspondaient à l'image que j'avais d'elle.

— Excuse-moi, mais je ne peux pas m'empêcher de te provoquer !

— À ta place, je me méfierais, parce qu'à ce jeu-là...

— Et voilà ! s'est exclamée sa mère en revenant vers nous, un petit album à la main.

La première photo, m'a-t-elle expliqué, avait été prise à son retour de la maternité. La chambre de Max était toute rose, et les lettres de son prénom étaient peintes dans un dégradé de la même couleur au-dessus de son berceau. Elle ressemblait à tous les bébés du monde, minuscule, le visage un peu chiffonné et le crâne chauve. Sa mère, dans une version plus jeune, était penchée sur elle.

— Madame Miller, vous n'avez pas changé !

— Oh ! arrêtez ! a-t-elle gloussé, rose de plaisir.

Max m'a arraché sa main pour me souffler à l'oreille :

— Oui, s'il te plaît, *arrête*.

Elle s'est emparée de l'album et a fait défiler les pages à toute allure. J'avais à peine le temps de distinguer chaque photo, mais une chose était sûre : à voir sa mine butée dans ses robes de dentelle et ses souliers vernis, sa mère avait eu la main sur sa garde-robe. Max était toujours vêtue de rose, avec des fanfreluches qu'elle n'aimait visiblement pas. Elle avait aussi des anglaises parfaites et elle était blonde.

Je me suis penché vers elle.

— C'est ta couleur naturelle ? lui ai-je glissé à l'oreille. J'ai beaucoup moins de mal à t'imaginer en pom-pom girl.

Ignorant son regard noir, je lui ai pris l'album des mains.

Chaque photo, de sa naissance à ses dix ou douze ans, montrait l'image d'une petite fille modèle. Max ressemblait à une poupée ; adorable, mais toujours un peu triste. Même ses sourires semblaient forcés.

— Ah ! me suis-je exclamé en la découvrant dans une minijupe et des bottes rose bonbon, le buste serré dans un T-shirt aux couleurs de l'équipe de sport locale. Je n'aurais plus besoin de t'imaginer, maintenant.

Elle avait beau me fusiller du regard, un sourire dansait au coin de ses lèvres.

— Vous faisiez du sport, à l'école ? m'a demandé sa mère.

— Oui, du football et du basket.

— Les deux ? s'est étonnée Max.

— Je te rappelle que j'ai grandi au Texas. On aime le sport, là-bas. Et en plus, j'étais bon.

Elle s'est esclaffée.

— Le contraire m'aurait étonnée !

— Je parie que tu étais une pom-pom girl d'enfer.

— D'enfer, je ne sais pas. Mais infernale, ça oui.

J'ai continué de tourner les pages, dans l'attente, après la pom-pom girl et la jeune diplômée, de photos plus récentes, mais en vain.

Je refermais l'album, un peu déçu, lorsque j'ai vu son soulagement se figer sur ses traits. J'ai baissé les yeux.

Une dernière photo était collée au dos de l'album – une photo de famille. Max devait avoir treize ou quatorze ans. Derrière elle, si j'en jugeais à sa blondeur, se tenait son frère. Il portait un bomber. À son côté, une jeune fille de seize ou dix-sept ans souriait tranquillement à l'objectif. Si elle n'avait pas été manifestement plus âgée que Max, j'aurais juré que c'était sa sœur jumelle.

— Ton frère et ta sœur ? lui ai-je demandé.

Quelque chose en elle s'est brisé, puis elle s'est tournée vers sa mère, un air terrifiant et terrifié sur le visage.

— Non ! On ne va pas recommencer, a-t-elle hurlé. Si vous êtes venus pour ça, tirez-vous !

Elle s'est enfuie dans sa chambre et a claqué la porte.

Je m'attendais que sa mère réagisse, mais elle a ramassé l'album et, sans manifester la moindre émotion, l'a rangé dans son sac.

J'étais interloqué. Cette scène devait avoir un lien avec l'aversion de Max pour les fêtes de famille. J'ignorais lequel, mais il était suffisamment intime, et douloureux, pour fracasser son indestructible vitalité.

16
Max

Je ne savais pas si je devais hurler, tout casser, ou m'effondrer comme une loque. Ma mère avait le don de me démolir. J'avais l'impression d'avoir toujours quatorze ans et d'être incapable de m'en sortir. Je me détestais d'être aussi vulnérable, mais c'était plus fort que moi. Je ne supportais pas sa façon d'être engluée dans le passé et de m'entraîner avec elle.

Je n'avais pas besoin de ses photos pour me souvenir d'Alex. Je la voyais partout, dans le métro, aux concerts, dans la rue. Je la voyais quand je fermais les yeux et je la voyais encore quand je les ouvrais sur mon reflet. C'était pour ça que j'avais voulu me teindre les cheveux et me faire tatouer. Mais elle revenait toujours, en particulier dans le regard de ma mère. Dès qu'elle posait les yeux sur moi, je lisais le regret de son autre fille, la bonne, et celui de ne pas pouvoir m'échanger contre elle.

J'avais beau lui dire et lui répéter d'arrêter, elle faisait de chaque occasion un culte au souvenir d'Alex. Elle racontait ce qu'Alexandria avait fait, dit, ou pensé, ce qu'elle *aurait* dit, fait ou pensé. Elle parlait d'elle si souvent que son fantôme planait sans cesse au-dessus de nos têtes, interdisant toute allusion au bonheur et nous figeant dans le royaume asphyxiant de la vie sans elle.

Inutile de songer à mourir : j'étais déjà morte. Ma mère avait même préparé l'album photo destiné à montrer au monde entier sa deuxième princesse blonde. Et que je n'aie rien à voir avec cette image depuis longtemps n'y changeait rien. Personne ne voulait reconnaître l'existence de Max. Il n'y avait que Mackenzie qui comptait.

Qu'y a-t-il de mal à laisser le passé à sa place ? Pourquoi traîner nos problèmes derrière nous, nourrir et raviver sans fin la souffrance ? Les fantômes de ma mère m'étouffaient. Je n'arrivais pas à vivre dans ce monde, et plus je m'y efforçais, plus je me sentais mourir.

J'avais la tête enfoncée dans mon oreiller quand la porte s'est ouverte. Ce ne pouvait être que Cade. Maman ne venait jamais me rejoindre après ce genre de scène ; elle préférait agir comme si de rien n'était. Et papa fuyait tout ce qui ressemblait de près ou de loin à une manifestation d'émotion. Je me suis redressée pour voir Cade s'asseoir prudemment au bord du lit.

Je me suis tournée et j'ai attendu en vain ses questions.

Au lieu de m'interroger, ou même de se mettre à parler, il s'est allongé à côté de moi, en faisant bien attention à ne pas me toucher, et, un bras sous la tête, il a contemplé le plafond.

Du coin de l'œil, je voyais son torse s'élever et s'abaisser doucement. Comme il restait immobile, j'ai senti, peu à peu, le rythme de sa respiration me calmer.

— Je laisse les gens partir, a-t-il déclaré au bout d'un moment.

Je me suis mise sur un coude pour le regarder, mais il avait fermé les yeux.

— Si tu fais référence à un truc religieux, laisse tomber.

Un demi-sourire s'est étiré au coin de ses lèvres, et il a soupiré.

— Non, je parle de la fille de la chanson. Je ne lui ai pas couru après, parce que je laisse les gens partir.

Je ne voyais pas très bien où il voulait en venir, mais j'ai opiné. Tant qu'on ne parlait pas de moi, ça m'allait.

— Toujours ?

— Oui. Je me battais avant, surtout quand j'étais petit, mais j'ai perdu tant de fois que j'ai arrêté.

Je voulais qu'il ouvre les yeux et qu'il me regarde. Ce côté sombre était déconcertant, et puis j'étais si mal que le voir dans cet état m'enfonçait un peu plus. Mais je n'avais jamais su très bien gérer ce genre de situation, alors j'ai fait comme lui, je suis restée silencieuse.

Puis j'ai posé la tête sur son épaule. Je ne pensais pas à l'attirance qui existait entre nous, je voulais seulement le réconforter.

Et sans doute aussi me réconforter moi-même.

Au bout de quelques secondes, il a baissé le bras, et sa main s'est posée sur ma hanche. J'ai relâché mon souffle.

Je commençais à me sentir vraiment à l'aise quand il a repris la parole.

— Je me souviens du jour où mon père est parti. J'avais cinq ans, et je lui demandais de rester. Je le suppliais, en fait.

Il a lâché un rire triste et désabusé.

— Le lendemain matin, il avait pris toutes ses affaires. Ma mère est morte moins d'un an plus tard.

Il s'est tu.

— Elle a eu un cancer, et c'est comme si elle avait… cessé de se battre. Je n'étais pas une raison de vivre suffisante.

Quelque chose dans sa voix m'a prise en traître et, tout à coup, les larmes me sont montées aux yeux. Je ne voulais pas pleurer, ça ne m'était pas arrivé depuis longtemps, mais l'imaginer petit, sans doute aussi gentil et aussi adorable qu'il l'était aujourd'hui, et complètement désemparé, était… trop triste. Je savais me maîtriser, j'en avais pris l'habitude et ça me venait facilement, mais c'était la première fois que quelqu'un me faisait des confidences. Je n'avais jamais été assez proche de quelqu'un pour partager de telles souffrances.

J'aurais pu lui dire beaucoup de choses – il me suffisait d'ouvrir la bouche –, mais les mots que j'avais en tête me semblaient creux, ou trop intimes, et je ne pouvais me résoudre à les prononcer. Alors je me suis contentée de me serrer contre lui, laissant mes larmes couler en silence.

— Mon père est venu à l'enterrement. Quand il est arrivé, je croyais qu'il m'emmènerait avec lui.

Il a lâché un rire ; un rire amer, brisé, qui n'avait rien à voir avec celui qui attirait les regards, comme hier au *Trestle*.

— J'imaginais la chambre que j'aurais dans sa nouvelle maison. Je me demandais si sa nouvelle femme m'aimerait. J'en avais tellement envie ! Mais il est reparti, me laissant une deuxième fois, et je suis allé habiter chez ma grand-mère.

Je me demandais, en écoutant les battements de son cœur, quel genre de connard était son père, et, comme d'habitude, je n'ai pas pu tenir ma langue.

— On sait au moins que la connerie n'est pas héréditaire.

J'allais lui suggérer d'aller trouver cet abruti pour le remettre à sa place, quand je me suis aperçue qu'il me caressait le dos, comme s'il voulait me réconforter.

« Non, me suis-je corrigée, il ne veut pas me réconforter, il me réconforte *vraiment.* »

Entre mes parents et la mort d'Alex, beaucoup de choses me révoltaient, mais la pire était de me sentir seule à souffrir. Mes parents souffraient, bien sûr, et je savais qu'ils pensaient tout le temps à elle. Mais ils le faisaient avec cette espèce de tristesse résignée que j'étais incapable d'éprouver. Chaque fois que je pensais à Alex, je me sentais physiquement déchirée. Comme si l'accident venait de se produire. Tant d'années après, il me suffisait de l'évoquer pour avoir l'impression de me remettre à saigner. Je ne comprenais pas que mes parents n'éprouvent pas la même chose, et ça me rendait hystérique.

Mais, à sa raideur, je sentais que Cade réagissait comme moi. Son corps devenait son armure. Me barricader était la seule chose qui m'empêchait de m'effondrer. Et, pour la première fois depuis longtemps, depuis la mort d'Alex, peut-être, j'avais l'impression de ne plus être complètement seule.

J'ai pris une grande inspiration.

— Ma sœur est morte.

Il a posé la main sur mes cheveux, et sa tendresse a fait surgir les images que je m'efforçais depuis toujours de repousser.

Elles ne s'étaient jamais effacées, et quand je n'arrivais pas à les combattre, elles déferlaient sur moi avec la même violence. Je revoyais les phares aveuglants ; j'entendais le crissement des pneus, le fracas de verre et de tôle brisés, et je sentais, dans ma cage thoracique, le déchirement de la ceinture de sécurité. J'ai fermé les yeux très fort.

Je ne pouvais rien contre les images, mais je pouvais repousser mes larmes.

Cade n'a pas cherché à me faire parler. Serrés l'un contre l'autre, nous sommes restés silencieux. La pression de sa main me retenait dans le présent. Je n'avais pas besoin d'armure, parce qu'il me tenait contre lui.

— La douleur nous transforme, a-t-il murmuré au bout d'un moment. La mienne m'a poussé à être parfait pour que plus personne ne veuille jamais me quitter.

— La tienne t'a rendu généreux, la mienne m'a seulement aigrie et révoltée.

Il a levé mon visage vers le sien.

— Elle t'a rendue forte, Max, passionnée et vibrante. Elle nous a faits tels que nous sommes.

Un rire m'a échappé.

— Golden Boy et Angry Girl.

— On pourrait écrire une BD de nos aventures.

Cette fois, mon rire était plus facile.

Qu'un garçon que je connaissais à peine puisse m'aider mieux que mes parents, mes amis ou une série de thérapeutes ne l'avaient fait, m'étonnait.

— Merci, lui ai-je dit en reposant la tête sur son épaule. Je ne sais pas ce que j'aurais fait sans toi, hier et… aujourd'hui. J'imagine que tu préférerais être ailleurs, mais…

— Crois-moi, je préfère être ici plutôt que…

— Que quoi ?

— Que me morfondre en pensant à quelqu'un que je ferais mieux d'oublier. Je préfère avancer.

Avancer… Une possibilité qui, pour la première fois, me paraissait envisageable.

Le silence s'est étiré, et, peu à peu, cédant à la tranquillité qui me gagnait, je me suis endormie.

17
Cade

Une lumière vive m'a forcé à ouvrir les yeux. Mal réveillé et ébloui par un second flash, il m'a fallu quelques secondes pour comprendre où je me trouvais et qui était la femme penchée sur moi avec un appareil photo.

— Excusez-moi, m'a-t-elle murmuré, mais vous êtes si mignons, tous les deux, que je n'ai pas pu résister.

Mme Miller venait de nous prendre en photo — dans le lit de sa fille endormie dans mes bras !

C'était la situation la plus bizarre de toute ma vie.

— Le repas est prêt, a-t-elle chuchoté. Mick et moi vous attendons. Ne traînez pas.

Elle est partie sur la pointe des pieds avant de fermer doucement la porte.

Je me suis tourné vers Max.

Elle avait l'air plus jeune dans son sommeil ; plus vulnérable, aussi, mais ses lèvres restaient les plus belles que j'aie jamais vues. Elles semblaient attendre un baiser d'un air un peu boudeur. Et j'étais tenté, d'autant que je me souvenais parfaitement l'avoir entendue me dire qu'elle ne regrettait pas le premier.

Ce qui ne changeait pas grand-chose, pourtant. Car elle était prise.

À croire que j'étais condamné aux filles hors d'atteinte.

Après ce qu'elle m'avait dit, en outre, je me voyais mal profiter de sa faiblesse.

J'allais la réveiller quand elle a ouvert les yeux. Elle m'a regardé la regarder, puis elle a plissé le front et s'est assise de l'autre côté du lit.

— Qu'est-ce que tu fais ? m'a-t-elle demandé d'un ton rêche.

L'intimité que nous avions partagée s'était envolée.

— Je te regardais, c'est tout.

Ses cheveux en bataille ressemblaient plus à ce qu'ils étaient d'habitude.

— J'allais te réveiller. Ta mère vient de me dire que le dîner est prêt.

— Ma mère est venue *dans ma chambre* ? s'est-elle exclamée avec ce frémissement exaspéré qu'elle avait chaque fois qu'il était question d'elle.

— Je crois qu'elle nous a pris en photo.

— Quoi ?

J'ai évité de justesse le coussin qu'elle m'a jeté.

— *Tu* l'as laissée nous *prendre en photo* ?

Cette fois, j'ai attrapé le coussin et m'en suis servi pour la tirer vers moi.

— Je ne l'ai pas laissée faire. C'est le flash qui m'a réveillé.

— Oh, non ! C'est pas vrai, a-t-elle gémi en se prenant le visage dans les mains.

— C'est fini, maintenant.

— Tu parles ! On voit que tu n'as jamais assisté à un repas de Thanksgiving de ma mère. Ce n'est que le début.

Elle s'est levée, et je l'ai suivie dans la salle de bains pour m'asperger le visage d'eau fraîche avec elle. La scène, tandis que nous manœuvrions pour éviter de nous cogner, avait quelque chose de terriblement ordinaire. Comme si, alors que nous nous connaissions à peine, nous faisions cela tous les jours.

Comme si, à la fin de la journée, nos chemins n'allaient pas se séparer.

— Alors, m'a-t-elle demandé en se retournant, tu viens ?

— Oui, oui, j'arrive.

Une autre photo nous a surpris sur le seuil du salon.

— Maman !

— Oh ! excuse-moi, chérie, s'est empressée de répondre Mme Miller avec un regard de chien battu. Cade m'a dit tout à l'heure que tu n'avais rien contre les photos, et je…

— Il a dit *ça* ?

Elle m'avait pris la main pour la broyer.

— Heu… oui. Quand tes parents sont arrivés, j'ai expliqué à ta mère que tu regrettais de t'être réveillée tard parce que tu voulais te faire belle pour eux. J'ai dû lui dire aussi que ce serait sympa d'avoir des photos de notre premier Thanksgiving.

Le flash a de nouveau jailli.

— Nous pourrions peut-être attendre le dessert, madame Miller.

— Oh ! bien sûr, Cade, mais s'il vous plaît, et pour la dernière fois, appelez-moi Betty. Ou maman.

Max s'est tournée vers moi et, un sourire féroce aux

lèvres, s'est dressée sur la pointe des pieds pour me glisser à l'oreille :

— Si tu t'avises d'appeler ma mère « maman », je t'arrache les yeux.

Je lui ai rendu son sourire.

— Chiche, Angry Girl.

J'avais la main sur sa joue, et elle me fusillait du regard, mais je la sentais soulagée de revenir en terrain connu ; celui où nous nous balancions des piques.

— Madame Miller, ai-je continué en me tournant vers la cuisine, enfin... *maman*, vous seriez surprise du romantisme dont votre fille fait preuve.

Max, les yeux étincelants de rage, a posé la main sur la mienne.

— Tu viens de déclarer la guerre, Golden Boy. Tu vas souffrir.

— Je prends le risque.

J'étais prêt à en prendre beaucoup, si ça pouvait lui faire du bien.

— Assez de messes basses, nous a interrompus sa mère en nous couvant du regard, et venez vous asseoir.

Un festin était déployé sur la table, et le salon semblait beaucoup plus habité. À peine assise, Max a lancé son premier Scud.

— Papa, tu veux laisser Cade dire la prière ? Je sais que tu aimes t'en charger, mais il est *très* croyant et il serait *tellement* heureux de le faire pour nous.

Si elle pensait me déstabiliser, elle se trompait.

— J'en serai ravi, Mick, mais je ne veux surtout pas changer vos habitudes.

— Ridicule, a répondu son père. Vas-y, fiston.

J'ai tourné mon sourire vers Max et lui ai pris la main,

pour l'embrasser délicatement, avant de prendre celle de sa mère, de l'autre côté, et de commencer.

— Nous Te rendons grâce, Seigneur, de nous avoir réunis ici, aujourd'hui. Merci d'avoir guidé Mick et Betty jusqu'à Philadelphie, afin que nous puissions célébrer cette fête en famille. Merci, surtout, d'avoir mis Max sur mon chemin. Elle est tellement exceptionnelle que j'ai l'impression de l'avoir connue hier et qu'il m'arrive encore de douter de ma chance. Continue de veiller sur nous et que cette journée nous apporte joie, bonheur et fraternité. Amen.

Max a aussitôt lâché ma main. Profitant du regard attendri que ses parents posaient sur nous, je me suis penché sur elle pour l'embrasser sur la joue. J'avais bien le droit de prendre un peu de liberté avec mon rôle, surtout qu'il s'achevait à la fin de la journée.

— Il va falloir trouver mieux que ça, Angry Girl, lui ai-je glissé.

Elle a attendu que ses parents se détournent pour me donner un coup de coude dans les côtes, mais nous sourions tous les deux.

— Je propose un toast, ai-je enchaîné en levant mon verre. Aux recommencements et aux promesses de l'avenir.

D'abord réticente, Max a fini par trinquer avec nous.

— Cade, a repris sa mère, la main sur le cœur, Max a dû vous dire que nous n'avons pas toujours apprécié ses précédents petits amis.

Au grognement de Max, j'ai compris que *pas toujours* signifiait *jamais*.

— Mais vous êtes le plus charmant jeune homme qu'il m'ait été donné de rencontrer.

Mick, qui découpait la dinde, s'est interrompu.

— C'est bien vrai, ça ! On dirait que Max a enfin appris à les choisir.

À la mention de son surnom, j'ai vu Max sursauter et regarder son père avec ébahissement. J'ai compris que c'était sans doute la première fois qu'il l'employait et que dans sa bouche c'était un événement. Sa stupeur passée, elle a plissé le front, puis sa perplexité a fait place à la colère et, les lèvres pincées, elle a poussé un long soupir. Je ne pouvais pas lui en vouloir. À sa place, j'aurais été agacé de voir un inconnu remporter autant de succès.

Nous aurions dû arrêter la comédie ici. Je songeais d'ailleurs à m'éclipser en prétextant un oubli, une urgence, ou n'importe quel imprévu, quand Max a tourné sa colère contre moi.

— Il est merveilleux, n'est-ce pas ? a-t-elle commencé d'un ton doucereux, rempli de perfidie. Surtout quand on sait ce qu'il était encore l'an dernier.

Cette fois, ça allait faire mal.

— L'an dernier ? a demandé son père.

— Oui, l'an dernier. Il n'était vraiment pas beau à voir. N'est-ce pas, trésor ?

— Heu… si on veut.

— Si on veut ? s'est-elle récriée. Tu ne devrais pas minimiser, trésor. Tu as fait tellement d'efforts pour réussir à te… sevrer.

Sa mère s'est étranglée sur son verre, et moi, j'ai brièvement fermé les yeux avant de lui adresser mon plus charmant sourire.

— Max adore exagérer. Ça l'amuse.

Je l'ai dévisagée en cherchant une explication à la fois plausible et rassurante. Son père, partagé entre l'incrédulité et la méfiance, attendait ma réponse. Son T-shirt m'a donné une idée.

— D'accord, ai-je fait mine d'avouer, j'étais accro au fantasy football. J'y passais des heures. Max détestait.

Elle a pourtant continué de me sourire, en faisant de son mieux pour contenir sa fureur.

— Mais je m'en suis sorti. Pour elle.

C'était une explication pitoyable, mais je comptais sur l'amour légendaire des gens du Sud pour le football.

— Excusez-moi, s'est reprise Mme Miller, un peu perdue. Je ne comprends pas. Vous vous connaissez depuis… un an ?

J'allais inventer une fable de plus, quand Max m'a devancé.

— Mais oui, maman. En fait, Cade m'a couru après pendant des mois. Il n'arrêtait pas de me demander de sortir avec lui. Ça me faisait même peur au début.

— J'ai de la suite dans les idées, ai-je rétorqué dans un sourire.

— Et nous en sommes ravis, a affirmé son père. On commençait à se dire que Max ne trouverait jamais personne.

— C'était vraiment flippant, a insisté Max. À la limite du harcèlement.

— Ne l'écoute pas, fiston, a répliqué son père. En ce qui me concerne, tu peux la harceler autant que tu veux. Je te donne ma bénédiction !

Max m'a dévisagé, avant de secouer la tête, incrédule.

— Incroyable, a-t-elle soufflé.

Je lui ai souri.

— Et si nous prenions quelques photos avant le dessert ?

18
Max

J'ai prétendu que j'avais besoin de me recoiffer pour me réfugier dans ma chambre.

Cade devait avoir des super-pouvoirs, un genre de fluide grâce auquel il pouvait manipuler les gens à sa guise. Comment expliquer autrement que tout le monde, à commencer par mes parents, tombe littéralement sous son charme ?

Je me suis tournée pour claquer la porte derrière moi, mais il m'avait suivie.

— Tu as l'air plus en colère que d'habitude, Angry Girl.

Il était perspicace, en plus.

Je l'ai ignoré et me suis jetée sur mon lit. Je dormais peut-être encore, et tout ça n'était qu'un horrible cauchemar.

— Qu'est-ce que tu fais ici ?

— Je suis venu aider ma tendre et adorable petite amie à se recoiffer.

Je lui ai jeté un coussin à la figure.

Il l'a attrapé facilement, puis il s'est adossé à la porte pour me regarder tranquillement. Dans son pantalon de toile et sa chemise à carreaux, il avait l'air de poser pour une marque de sportwear.

Et ça me plaisait.

Qu'est-ce qui me prenait ?

— Tu veux que je m'en aille ? m'a-t-il demandé. Je peux trouver une excuse.

Mes parents n'en accepteraient aucune. Ma mère était une pieuvre, et il était déjà prisonnier de ses tentacules. Sa proposition m'a quand même touchée.

Comment faisait-il pour dire toujours, *exactement,* ce qu'il fallait ?

« Des super-pouvoirs », me suis-je répété en détournant le regard. Je ne voyais que ça.

— Cette comédie ne rime à rien, Max. Un jour ou l'autre, tu seras bien obligée de te montrer telle que tu es, et tes parents seront bien obligés de t'accepter.

J'ai lâché un rire amer.

— En vingt-deux ans, ils ne l'ont jamais fait. Et je ne vois pas ce qui pourrait les empêcher de continuer vingt-deux ans de plus.

— Max…

Il s'est avancé, et je me suis assise de l'autre côté de mon lit pour lui tourner le dos. J'avais livré assez de secrets pour aujourd'hui.

— Non, ai-je tranché, on continue. Jusqu'au dessert. Dans une semaine ou deux, je leur dirai qu'on a rompu. Ils s'en remettront.

En réalité, j'en doutais. Je risquais même d'entendre parler de Cade, le garçon « si formidable » que j'aurais été incapable de retenir, jusqu'à la fin de mes jours.

— Tu n'auras qu'à leur dire que j'ai préféré le foot virtuel. Ton père semble capable de comprendre ça.

— Je te remercie, c'est flatteur pour moi.

Il a ri.

— Tu sais que je te préférerai toujours au foot, Max.

Je l'ai regardé par-dessus mon épaule.

— Tu es sûr d'être texan ?

Il m'a souri.

— On fait la paix ?

J'ai opiné juste avant de recevoir le coussin en pleine figure.

— À partir de maintenant, a-t-il cru bon de préciser.

— Persécuteur.

— Menteuse.

— Crétin.

— Adorable.

— Tu es nul en insultes.

— Tu fais la grimace chaque fois que je prononce ce mot, alors ça compte.

— Golden Boy.

— Angry Girl.

J'ai souri. Il n'était pas seulement charmeur, il avait aussi le don de désamorcer mes colères.

Nous sommes retournés à table. Le repas restait une épreuve, mais je n'étais plus à la torture. Cade se chargeait de la conversation et la maintenait avec adresse sur des sujets inoffensifs. Il nous préservait des disputes qui caractérisaient nos réunions de famille.

Il était exactement ce qui nous manquait, enfin… depuis la mort d'Alexandria. Elle avait toujours su quoi dire et comment réagir. Elle était le gardien de la paix familiale, et elle n'était plus là. Cade rendait son absence un peu plus tolérable, et son souvenir moins douloureux.

Quand ma mère a apporté le dessert, la traditionnelle

tarte à la citrouille, elle a exigé, avant de nous servir, que chacun se réjouisse de quelque chose. Mon père s'est félicité du repas, ma mère d'être à Philadelphie.

J'étais sincère lorsque j'ai dit :

— Je suis heureuse que Cade ait pu venir aujourd'hui.

Sa main a quitté le dossier de ma chaise pour m'effleurer l'épaule.

— Et vous, Cade ? lui a demandé ma mère.

Il a répondu, les yeux dans les miens et ses doigts sur ma nuque :

— Je suis heureux de laisser le passé où il est, et de me dire que le futur nous appartient.

« Un fluide, me suis-je répété, ou des ondes, c'est à ça que je suis sensible. »

— Frimeur ! lui ai-je glissé en même temps que je lui donnais ma part de tarte.

Je n'avais jamais aimé ce dessert, et ma mère ne semblait jamais s'en souvenir.

— Quelqu'un veut du café ? a-t-elle demandé.

J'ai accepté, et Cade s'est levé en même temps qu'elle.

— Je m'en occupe.

— Je le prends avec…

— Un peu de lait et deux sucres. Je m'en souviens, Max.

« Franchement, me suis-je dit en le regardant traficoter ma machine à café tout en bavardant avec ma mère, il est top. »

Il était même trop bien, trop cool, trop généreux, trop gentil, trop… tout. Il devait quand même avoir un défaut, même tout petit. Les gens comme lui n'existent pas. Et s'il en existe, aucun ne s'était jamais intéressé à moi.

19
Cade

Le reste de la journée s'est déroulé si vite que le départ des parents de Max m'a surpris. Mme Miller m'a asphyxié dans ses bras, et son mari m'a serré la main.

— On se reverra bientôt, fiston. À Noël ?

Je me suis tourné vers Max, qui a haussé les épaules.

— Oh ! on a le temps d'en parler.

« D'ici là, me suis-je rappelé, nous aurions "rompu". » Max n'aurait qu'à me donner le mauvais rôle afin que ses parents ne puissent lui en vouloir.

Mme Miller, profitant que je leur souhaitais bon vol, m'a broyé à nouveau contre sa poitrine. À croire qu'elle voulait vérifier que je n'étais pas une illusion. Puis ils s'en sont allés.

J'ai fermé la porte et regardé l'appartement. Sa mère avait insisté pour laisser toute la vaisselle qu'elle avait apportée, ses coussins afghans, le sapin de Noël et Dieu sait quoi d'autre.

Il n'était donc plus vide, mais il ne ressemblait pas pour autant davantage à Max.

— Alors, Angry Girl…

— On a survécu.

On s'est regardé. Je ne voulais pas partir, mais je n'avais aucune raison de m'éterniser… À part le dernier lien qui me rattachait à elle : le rendez-vous qu'elle m'avait promis quand j'avais accepté de jouer cette comédie.

Sa proposition, sur le coup, m'avait paru une bonne idée ; une excellente façon d'oublier Bliss, et ça avait marché. Mais ce qui devait être, dans la foulée, un rendez-vous sans conséquence – puisque nous savions tous deux qu'il ne mènerait nulle part – n'était plus si innocent que ça.

Alors je n'ai rien dit.

— Merci, a-t-elle repris. Après ce que je t'ai fait subir, je devrais probablement te payer. Tu pourrais mettre ce rôle sur ton CV.

— Je ne peux pas me plaindre, j'ai profité d'un excellent repas.

— Et d'un strip-tease, a-t-elle ajouté avant de rougir un peu.

L'embarras lui allait si bien que je l'ai dévisagée sans rien dire.

Elle a fini par écarter les mains et par s'exclamer, exaspérée :

— Eh bien quoi ? C'est vrai ! Ne me fais pas croire que tu n'y as pas pensé du tout !

— Oh ! si, j'y ai pensé.

J'y pensais même encore *maintenant*, ce qui ne m'aidait pas à m'en aller. J'avais envie de lui ébouriffer les cheveux, pour leur rendre leur naturel, et de lui enlever cet horrible col roulé. Je n'arrivais pas à croire que j'avais vu, le matin même, et entièrement, l'arbre qui ornait son buste. Je voyais encore les branches, les racines tortueuses.

Je me demandais ce qu'il signifiait pour elle ; ce que ça me ferait de suivre ses contours du bout des doigts. Des lèvres.

Elle a toussoté.

— Oui, heu… je ferais mieux de partir.

Pour me taper la tête contre un mur, me jeter sous les roues d'une voiture, ou me trouver, tout simplement, une vie.

— En effet, a-t-elle approuvé. Et, heu, merci encore… pour tout.

— De rien. À la prochaine, Angry Girl.

J'ai ouvert la porte.

— Bonne nuit, Cade.

Je me suis retourné le temps de lui souhaiter la même chose, et me suis précipité dans l'escalier.

La rue, à cause de Thanksgiving, était encore pleine de monde. Avant de partir vers le métro, j'ai levé une dernière fois les yeux vers son appartement.

— Au revoir, lui ai-je dit en me promettant de l'oublier.

Je ne voulais pas courir après ce que je ne pouvais pas avoir. Je l'avais déjà fait, et ça ne m'avait rien apporté.

J'ai passé la journée du lendemain à traîner au lit, désœuvré. En début de soirée, histoire de faire au moins un geste utile, j'ai appelé ma grand-mère.

J'avais menti à Bliss pour couper court à ses questions. Ma grand-mère avait une santé de fer ; la seule maladie sérieuse dont elle avait souffert, une pneumonie, l'année précédente, m'avait terrorisé. Je n'avais plus qu'elle et j'avais cru la perdre. Je venais d'avoir vingt et un ans. Comme tous mes copains de fac, je ne pensais qu'à m'amuser, mais ce n'était pas comme ça que je voulais finir mes études.

C'est à peu près à cette époque que je m'étais mis à envisager l'avenir d'une manière réfléchie. Et que j'avais commencé à éprouver des sentiments sérieux pour Bliss.

Ma grand-mère a décroché à la cinquième sonnerie, sans doute le temps d'arriver au téléphone. Elle était âgée, et, selon ses propres termes, « aussi vive que la mélasse ».

— J'écoute !

Il n'y avait qu'elle pour répondre au téléphone de cette façon.

— Salut, Grams.

— Cade ! Quel plaisir ! Tu nous as manqué, hier.

J'ai fermé les yeux, surpris d'être aussi ému par le son de sa voix. Ce devait être à cause des parents de Max et du fait que j'avais évoqué mes propres parents durant le repas. J'avais la famille en tête.

— Tu m'as manqué aussi, Grams.

— Comment s'est passé Thanksgiving avec Bliss, mon chéri ?

Elle n'était pas au courant de l'épisode « Garrick ». Je lui avais dit que je ne venais pas pour Thanksgiving, parce que je n'avais pas les moyens de me payer le voyage, et j'avais refusé qu'elle me donne de l'argent. Sa retraite lui permettait tout juste de vivre correctement, et elle s'était suffisamment sacrifiée pour moi.

— Oh ! tu sais, ai-je éludé, avec Bliss, c'est toujours surprenant.

Son rire m'a détendu.

— J'en suis sûre !

Elle avait rencontré Bliss à l'occasion de la représentation que nous avions donnée lors de notre dernière année d'étude. Nous étions allés dîner ensemble après le spectacle, et, en sortant du restaurant, Bliss s'était pris la porte en verre. Ma grand-mère m'avait avoué, plus tard, qu'elle avait compris que j'étais amoureux parce que je n'avais pas éclaté de rire devant ce qu'elle considérait comme « le gag le plus comique de toute l'histoire de l'humanité ».

Elle me manquait. Bliss aussi. Beaucoup de choses me manquaient.

— Alors, tout le monde était là, hier ?

— Oh ! oui. Les petits m'ont demandé de tes nouvelles.

À chaque vacance, quelques oncles, tantes et cousins venaient nous voir. Ces visites ne donnaient pas lieu à des rassemblements énormes, mais nous formions tout de même une famille.

— Je regrette de n'avoir pas pu venir. Vivement Noël !

Je ne savais pas très bien comment j'allais me débrouiller pour me payer le train ou l'avion, mais je comptais y aller, quitte à faire un emprunt de plus. Au point où j'en étais…

Quelqu'un a frappé à la porte.

— Je dois te laisser, Grams, on frappe. Je peux te rappeler plus tard ? Je veux que tu me racontes tout ce qui s'est passé hier.

— Bien sûr, chéri. Embrasse Bliss de ma part.

— C'est comme si c'était fait. À plus tard.

Je raccrochais quand les coups contre ma porte ont redoublé.

— *Hermano.* Tu es là ?

— Une seconde, Milo !

J'ai enfilé un T-shirt et suis allé ouvrir.

Milo était sur son trente et un.

— Waouh ! s'est-il exclamé devant mon jogging et ma mine défraîchie. Tu te lèves ou tu vas te coucher ?

— Aucun des deux, malheureusement.

Il est passé devant moi pour aller s'affaler sur mon canapé.

J'ai refermé la porte en souriant.

— Tu ne rumines pas encore sur Bliss, j'espère ?

— Non, pas sur elle.

— Pas sur elle ? Ne me dis pas qu'une autre *chica*, depuis hier, t'a brisé le cœur ?

— Non, mon cœur va bien. C'est juste une fille déjà prise.

— Ah ! a-t-il lâché en étirant ses jambes devant lui. Tu connais le remède, hein ?

— Non.

— Une fille libre !

Je suis allé en riant sortir deux bières du réfrigérateur.

— Je suis sérieux, a-t-il repris. Au lieu de courir les filles casées, appelle la blonde du *Trestle*.

Pourquoi pas ? Ça me permettrait d'oublier Bliss. Et Max.

J'ai pris mon téléphone.

— Oh ! là, pas si vite, *hermano* ! Tu connais les règles, non ?

J'ai levé les yeux au ciel. Milo avait des règles pour tout, en particulier pour boire et pour draguer.

— Ok, demain alors.

Il a secoué la tête.

— Après-demain, mon vieux, au moins. Cette fille s'est pratiquement jetée sur toi, elle n'a pas besoin d'encouragement.

Alors, le samedi suivant, sous le regard attentif de Milo toujours vautré sur mon canapé, j'ai appelé Cammie.

Elle a répondu à la seconde sonnerie.

— Allô ?

— Cammie ?

— Oui.

— C'est Cade.

Incapable de me souvenir si je lui avais donné mon prénom, je me suis dépêché d'ajouter :

— On s'est rencontré au *Trestle.*

— Oh, oui, bien sûr ! Salut, Cade.

Son plaisir était manifeste.

— Propose-lui un rendez-vous le week-end prochain, m'a soufflé Milo. Laisse-lui le temps de mariner.

J'ai levé les yeux au ciel, mais j'ai suivi son conseil.

— Je ne sais pas ce que tu fais, vendredi soir, Cammie, mais je me disais, si tu es prise, que je pourrais… te kidnapper.

— Me kidnapper ?

Elle a gloussé.

— Avec joie !

Je n'avais plus qu'à trouver l'endroit où l'emmener et le moyen d'y aller. Ma voiture étant restée au Texas, je ne pouvais pas lui dire « Je passe te prendre en métro ». C'était un peu débile.

— Parfait, ai-je répondu. Je t'appelle dans la semaine.

20
Max

Le lendemain de Thanksgiving, à huit heures du matin, mon téléphone a sonné. Tâtonnant à sa recherche sur ma table de nuit, et pestant contre l'obscurité et le malappris qui osait me réveiller à une heure pareille, j'ai décroché.

— Allô ?

— Bonjour, chériiiiie !

J'ai fermé les yeux… Il était vraiment trop tôt.

— Salut, maman.

— Ton père et moi sommes à l'aéroport. Notre avion est retardé.

Oh ! non. Pourvu qu'ils ne restent pas à Philadelphie ! J'avais eu ma dose de contretemps, cette semaine.

— Mince alors. J'espère que le vol n'est pas annulé.

— Non, chérie ! Le dernier vol est arrivé plus tard que prévu, hier, et la compagnie a préféré laisser dormir son pilote. J'aime autant, parce que tu sais ce que c'est… Enfin bref, c'est une affaire d'une heure ou deux. Nous serons à la maison dans la journée.

Ouf.

— Mais ce n'est pas pour ça que je t'appelle. Nous étions en train de parler avec ton père, et nous voulions te redire à quel point nous avons apprécié Cade.

Il me semblait qu'ils avaient été très clairs sur ce point.

— Nous nous faisons du souci pour toi, tu sais. Nous avons eu beaucoup de mal à accepter ta décision d'arrêter tes études.

C'était un euphémisme. Ils avaient failli me déclarer mentalement instable et envisagé de me faire interner.

— Mais on s'y est fait…

Oui, après un an de lutte acharnée.

— Et nous t'avons aidée à payer ton loyer pour que tu puisses monter ton petit truc musical.

Entendre tous mes espoirs de carrière, ma passion et mon rêve de toujours qualifiés de « petit truc musical » me faisait grincer des dents.

— Seulement… les mois passent, et nous commençons à nous dire qu'il est temps de grandir et de regarder les choses en face.

Oh ! non, pitié ! J'étais si près du but. Je le sentais. Le concert de la semaine prochaine était un tremplin. Il allait même y avoir un enregistrement.

Et ce n'était pas comme si mes parents avaient manqué d'argent. Ils gagnaient très bien leur vie, et l'assurance, à la mort d'Alex, leur avait versé une somme considérable. Ils me donnaient cinq cents dollars par mois. Ce virement m'aidait à rembourser l'emprunt que j'avais dû souscrire pour les deux ans d'études, parfaitement inutiles, que j'avais suivies à UPenn. Puisque c'étaient *eux* qui m'avaient obligée à m'y inscrire, ils auraient pu, au moins, prendre ces frais à leur charge. Mais non. Ils n'avaient pas aidé mon frère Michael, ils n'allaient pas m'aider, moi.

Par souci « d'équité », et pour m'apprendre « à faire des choix ». Sauf que les choix en question n'étaient pas les miens, mais les leurs.

Cinq cents dollars ne représentaient presque rien pour eux. Pour moi, c'était toute la différence entre rêver et réaliser mon rêve. J'avais seulement besoin d'un peu plus de temps.

— Regarder les choses en face, qu'est-ce que ça veut dire ? ai-je demandé, inquiète. Vous allez… arrêter de m'aider ?

— Un jour ou l'autre, oui.

J'ai fermé les yeux. J'allais devoir doubler mes heures au *Trestle.* Entre ce surcroît de travail et mon job au salon de tatouage, je n'aurais plus le temps de répéter, et encore moins d'écrire mes chansons.

— Nous avions l'intention de t'en parler hier, a repris ma mère, mais nous avons rencontré Cade.

— Cade ? Quel rapport avec Cade ?

— Eh bien… il fait de toute évidence partie de ta vie. C'est un garçon charmant, bien élevé, réfléchi, et tu sembles, pour une fois, prendre cela au sérieux. Ton père et moi sommes très heureux de te voir rompre avec les influences négatives que tu as eues jusqu'ici. Par conséquent, nous sommes prêts à t'accorder quelques mois de plus.

— Quelques mois… c'est-à-dire ?

— Nous verrons. Disons que tu n'as pas à t'inquiéter tant que tu poursuis dans cette voie.

Autrement dit, tant que je sortais avec Cade.

J'avais envie de hurler.

Contre elle.

Contre le monde entier.

Et contre moi. D'être trop lâche pour lui dire la

vérité sur Cade, sur ce que je pensais de ses attentes et de son sermon.

Je prenais la vie au sérieux.

C'était même parce que je la prenais très au sérieux que j'avais quitté la fac. Faire des choix qu'elle ne comprenait pas ne signifiait pas que j'étais naïve ou incapable.

Ça voulait juste dire que je ne voulais pas finir dans un bureau, condamnée à rêver la vie que j'aurais pu avoir si je m'en étais donné les moyens.

Ça voulait dire que j'étais prête à faire des sacrifices, à cumuler deux jobs et à m'épuiser pour réaliser mes rêves.

Ça voulait dire que j'étais courageuse.

Je ne regrettais qu'une chose : ne pas l'être assez pour lui dire tout ça en face.

Alors je l'ai écoutée me raconter la soirée caritative qu'elle organisait la veille de Noël, puis enchaîner sur Michael et Bethany, ma si parfaite belle-sœur.

Plus elle s'épanchait, plus j'étais silencieuse ; et plus j'étais silencieuse, plus je m'écœurais. À bout de forces, j'ai menti :

— On frappe, maman, je dois te laisser.

— Oh ! bien sûr, chérie. Je suis très heureuse de t'avoir vue. Embrasse Cade pour moi et dis-lui que nous l'attendons à Noël.

— Je ne suis pas sûre qu'il puisse venir, maman.

— Ah ! et pourquoi donc, chérie ?

— Il doit voir sa famille, et le voyage n'est pas donné. Les études coûtent cher, il a des dettes.

Lui aussi.

— Oh ! Dis-lui que nous nous chargeons de ses billets, chérie, depuis Philadelphie jusqu'au Texas, en passant par chez nous. Je refuse qu'il dise non !

J'étais heureuse que ma mère soit prête à dépenser des fortunes pour lui…

— On verra, maman. Je dois te laisser.

J'ai raccroché et tiré la couverture sur moi dans l'espoir de me rendormir. Mais le mal était fait. J'étais trop énervée pour rester au lit.

Alors je me suis levée et, après une longue douche, je me suis lancée dans la préparation d'un petit déjeuner ultra-compliqué. Ayant échoué à me changer les idées, je suis ensuite allée courir, puis je suis revenue jouer de la guitare et j'ai tenté d'écrire une chanson.

J'ai passé deux jours à répéter le même scénario. Deux jours durant lesquels mon téléphone, dès que je passais près de lui, semblait vouloir me sauter dans les mains.

Je pouvais téléphoner à Cade. Ou au moins lui envoyer un texto.

La solution d'une bonne partie de mes problèmes tenait dans sa réponse à une petite question.

N'était-ce pas ça, la vie : saisir la balle au bond et profiter des occasions, sans se soucier du lendemain ?

Cade pouvait me rendre service.

Il me suffisait de l'appeler.

Restait à savoir jusqu'où j'étais prête à aller pour conserver l'argent que me donnaient mes parents.

La musique n'était pas un rêve inaccessible. Je savais que je pouvais réussir. Je le sentais. Ce qui m'habitait, ce qui me consumait à chaque fois que je commençais à chanter, ne pouvait être une illusion. Je pensais à tous les concerts auxquels je devrais renoncer si je n'avais pas cet argent. Chacun d'eux pouvait déboucher sur un contrat et me donner les moyens de vivre de ma musique.

Je ne pouvais pas renoncer si près du but.

Et je n'avais pas peur des sacrifices.

Autrement dit, étais-je prête à m'asseoir sur ma fierté, à me soumettre à mes parents et à faire semblant d'être quelqu'un d'autre ?

Cinq cents dollars par mois… D'autres se seraient trahis pour moins que ça.

Le dimanche soir, j'ai fini par aller dans ma chambre récupérer le téléphone que j'avais caché sous mon matelas et, avant de changer d'avis, j'ai fait défiler mes textos pour retrouver celui de Cade.

Salut. Mon groupe joue au Fire, *vendredi soir, à Northern Liberties. Tu devrais venir.*

J'ai appuyé sur ENVOI, et, comme si je venais de déclencher la bombe atomique, j'ai jeté le téléphone sur mon lit.

« Je l'invite seulement à venir nous écouter », me suis-je rassurée. Ça ne prêtait pas à conséquence. Et puis, s'il acceptait, j'avais la semaine pour décider si, oui ou non, je lui parlais de mes parents.

Mon téléphone a sonné et je me suis précipité pour répondre.

C'était Mace.

Certaine qu'il voulait sortir ou passer la nuit chez moi, j'ai ignoré l'appel. Je n'étais pas d'humeur à le voir.

La réponse de Cade est arrivée quelques minutes plus tard :

À quelle heure ?

J'ai passé la semaine suivante à éviter Mace. Nous nous retrouvions aux répétitions et déjeunions ensemble, mais chaque fois qu'il me proposait davantage, je trouvais une excuse pour me défiler.

Le jour du concert, nous avions rendez-vous au *Trestle* pour récupérer notre matériel. Quand je suis arrivée, Spencer fumait une cigarette près de son van.

— T'as une mine de déterrée, m'a-t-il lancé en soufflant la fumée.

Je n'ai pas répondu, parce que c'était la vérité. J'avais très mal dormi, parce que je savais que j'allais voir Cade et que je n'avais toujours pas décidé si j'allais lui parler de Noël.

— Ce que je veux dire, a-t-il repris, c'est que tu dois dépoter ce soir, et on dirait que tu sors d'un casting pour *The Walking Dead*.

— J'ai des soucis, ok ?

— Je sais. Mace m'a dit que tu étais « malade ».

Il a prononcé ce mot en faisant des guillemets avec les doigts.

— Mêle-toi de tes affaires, Spence, et rassure-toi, je serai au top. Tellement sexy que tu vas me supplier de ressortir avec toi.

— Tu sais que j'en rêve.

— C'est bien le drame.

Il a souri et tiré sur sa cigarette.

— Tu es sûre que Mace va venir ?

— Pourquoi il ne viendrait pas ?

Il a haussé les épaules.

— Peut-être qu'il a vu ta tête et qu'il s'est dit que ça ne valait pas le coup, finalement. À moins qu'il n'ait entendu parler du beau gosse auquel tu faisais les yeux doux, la semaine dernière.

Je me suis approchée et, d'un coup sec, j'ai envoyé sa cigarette voler dans les airs.

— Hé ! J'étais en train de fumer !

— Je ne faisais pas les yeux doux, Spence. Tu délires.

— Non, je suis observateur. Ce n'est pas la même chose. En ce qui me concerne, tu peux faire ce que tu veux, mais attends la fin du concert avant de plaquer Mace, sinon on va avoir des problèmes.

J'ai sorti la clef et ouvert la porte du *Trestle*. Il m'a suivie dans la salle vide.

— Personne ne va plaquer personne, ai-je répondu. Tu te fais des idées.

J'ai tourné un interrupteur alors qu'il haussait les épaules.

— J'ai tout de suite su quand tu allais me plaquer, et je ne crois pas me tromper cette fois non plus.

C'était parfois pénible d'être son amie. Il passait son temps à me rappeler notre histoire, alors que je savais très bien qu'il ne pensait plus du tout à moi. Il changeait de fille chaque semaine et répétait qu'il avait hâte d'être une rock star pour collectionner les fans dans son lit.

Mon téléphone a vibré.

C'était un texto de Mace.

Peux pas venir pour l'installation. dsl. À ce soir.

Il se prenait pour qui ?

Je l'ai immédiatement appelé pour tomber sur sa messagerie. J'ai attendu le bip en frémissant.

— Tu as intérêt à avoir une bonne excuse, ai-je déclaré au répondeur. Et ne t'avise pas d'être en retard !

Quand j'ai raccroché, Spencer, nos deux guitares à la main, me regardait avec un petit sourire en coin.

— Finalement, ce n'est peut-être pas lui qui va se faire plaquer, ce soir.

21
Cade

Emmener Cammie au concert de Max n'était peut-être pas l'idée la plus brillante qui soit, mais l'envie de la voir jouer avait été plus forte que la raison. J'étais avec Milo, en plein débat sur les lieux de sortie possibles, quand j'avais reçu son texto. Je n'avais pas hésité une seconde.

J'avais rendez-vous avec Cammie dans un restaurant près de la salle de concerts. Elle est arrivée dans une petite robe noire qui moulait parfaitement sa silhouette et devait coûter plus cher que le contenu de mes placards. Quand je l'avais rencontrée, au *Treslte*, ses joues étaient rose vif. J'avais mis cette coloration sur le compte de l'alcool. Elle m'était aussi apparue comme l'incarnation vivante du verbe « glousser ». Là encore, je m'étais dit que c'était l'alcool.

Apparemment, je m'étais trompé : ni son teint ni sa façon de pouffer n'étaient liés à l'alcool. C'était juste Cammie : joues rouges et poumons remplis de gaz hilarant.

Je me suis plié à tous les codes d'un rendez-vous galant.

Je lui ai approché sa chaise.

J'ai commandé du vin.

J'ai bavardé.

Cammie était gentille et très jolie, mais un peu trop prévisible à mon goût. Elle a commandé une salade et n'arrêtait pas d'envoyer ses cheveux blonds en arrière. Elle ne gloussait pas seulement quand un truc était drôle, mais à chaque fois qu'un silence s'installait.

Ce qui était assez fréquent.

— Donc, disait-elle, mon professeur, de façon absurde, s'est entêté à ne pas vouloir me laisser repasser l'examen. Il aurait pu être un peu plus conciliant, tu ne trouves pas ? Vu le prix de l'inscription…

Silence.

Gloussement.

Je me suis mordu les lèvres.

Je manquais vraiment d'à-propos.

— En effet, me suis-je rattrapé, il aurait pu.

Elle a souri et, d'un coup de tête, a repoussé ses cheveux derrière son épaule.

— Excuse-moi, je t'ennuie avec mes histoires.

— Mais non, pas du tout !

— Oh ! tant mieux, parce que tu sais la meilleure ? Je suis tombée sur ce même prof, dans un bar, en train de faire des avances à une fille de mon âge. Tu peux le croire ?

— Non ! ai-je répliqué aussi vite qu'il est humainement possible de le faire.

— Tu te rends compte ? Il doit avoir quarante ans. Au moins ! Alors bien sûr, si j'avais été ce genre de filles – sa moue, à ce moment-là, en disait long sur ce qu'elle pensait de ce genre de filles –, j'imagine qu'il m'aurait laissée repasser l'examen. Mais je ne suis pas comme ça.

Au lieu de lui demander comment elle était, j'ai préféré la relancer.

— Et alors ?

— Alors j'ai écrit une lettre au doyen. Il va peut-être se faire virer. Au minimum, ma note va changer. Le doyen est un ami de mon père, ils jouent au golf ensemble depuis des années.

— Vraiment ?

— Oui. Au moment de m'inscrire, j'ai presque failli choisir une autre école ; tu sais, pour faire mon propre chemin, mais en fin de compte, je me suis dit... pourquoi ne pas profiter des occasions qui me sont offertes ? Après tout, ce n'est pas ma faute si mon père a des amis bien placés.

J'avais de plus en plus de mal à l'écouter. J'étais sûr qu'il y avait quelqu'un de sympa derrière cette robe de marque, ces ongles manucurés et ce rire insupportable, mais, ce soir, je n'avais pas la patience ni l'envie de creuser. Je ne pensais qu'à l'endroit où nous irions ensuite.

J'avais passé des heures sur Internet à lire tout ce que je pouvais sur le groupe de Max. J'avais appris qu'il s'appelait *Under the Bell Jar* en référence à un roman de Sylvia Plath. Le bassiste et Max en étaient les deux membres fondateurs. L'actuel batteur, son petit copain, était une addition récente. Il s'appelait Mace. Comme les bombes de gaz lacrymogène. Ou comme le marteau avec lequel on mettait jadis les gens à mort.

Ça lui donnait des allures de bourreau.

L'arrivée de l'addition m'a tiré de ma rêverie. « J'ai intérêt, me suis-je dit en déposant une somme pharamineuse dans l'étui de cuir laissé par le serveur, à éviter ce genre de sorties. » Surtout si je voulais avoir de quoi rentrer chez moi à Noël.

J'ai tiré la chaise de Cammie et je lui ai offert mon bras.

Elle a gloussé.

J'ai retenu un soupir.

— Je suis tellement contente de t'avoir rencontré dans ce bar affreux. Tu sais que je ne voulais pas y aller ? Des amis m'avaient entraînée avec eux, et je ne pensais qu'à partir. Enfin… jusqu'à ce que je tombe sur toi.

Génial. Si elle n'aimait pas le *Trestle,* je me demandais ce qu'elle allait penser de la suite.

— Parle-moi encore de ce groupe.

J'avais passé assez de temps sur leur site pour lui en dire deux mots.

— C'est un groupe de Philadelphie qui mêle le rock et la musique folk. Ils ont l'air bon.

— Super.

Gloussements.

Gloussements.

Et re-gloussements.

Je devais absolument continuer de parler.

— Je ne les ai jamais vus, mais je connais un membre du groupe. Je crois que leur musique vaut le détour. Tu aimes le rock ?

Elle a enchaîné sur Lady Gaga, et j'ai poussé un soupir de soulagement. Ce sujet allait nous occuper au moins jusqu'au *Fire* et, à l'intérieur, avec un peu de chance, il y aurait assez de bruit pour étouffer ses gloussements.

En arrivant, je me suis glissé avec bonheur dans la pénombre, j'ai déniché une table et, laissant Cammie considérer son tabouret avec la méfiance d'un biologiste en face d'un virus suspect, je me suis éclipsé pour aller chercher nos verres.

Le bar offrait une impressionnante variété de bières. J'en ai choisi une et j'ai commandé le cocktail que m'avait demandé Cammie. Le barman m'a regardé avec stupeur. Le *Fire* n'était pas le genre l'endroit où l'on buvait des Cosmopolitans – un grand classique des soirées mondaines –, mais il s'est exécuté. Pendant qu'il préparait le mélange, j'ai passé un texto à Max.

Je viens d'arriver. Bon concert !

Je n'attendais pas de réponse, puisqu'elle allait monter sur scène, mais mon téléphone a bipé.

Merci. Viens en coulisses après.

Pour le coup, j'étais surpris. Nous n'avions eu aucun contact de toute la semaine. Quand j'avais reçu son texto, dimanche dernier, je m'étais dit qu'elle m'invitait pour me remercier ou pour avoir une entrée de plus, pas pour me revoir. Or, elle semblait y tenir.

Cammie a gloussé quand je me suis assis et a recommencé quand je lui ai tendu ce qui devait être le pire *cosmo* de l'histoire des cocktails. La première gorgée lui a arraché une grimace, mais elle n'a fait aucun commentaire. Les yeux sur la scène, pressé de voir débuter le concert, je faisais de mon mieux pour m'intéresser à ce qu'elle disait. Elle parlait, en l'occurrence, de ses projets d'étude à l'étranger.

— Le problème, c'est que je n'arrive pas à décider où m'inscrire. Je suis tentée par l'Australie, ce serait vraiment formidable, ou Londres, ou Paris. Pour l'instant, je penche vers Paris, mais je change d'avis toutes les semaines !

— J'ai une amie qui fait le tour du monde. Je crois qu'elle est en Allemagne, en ce moment. Elle sillonne l'Europe en train et loge dans des foyers.

— Des foyers ? Tu es sérieux ? Elle n'a pas peur de se faire couper en morceaux ?

J'ai souri.

— L'Europe n'est pas un coupe-gorge.

— Quand même, a-t-elle répliqué en agitant les mains devant elle, je n'irai jamais dans des endroits pareils.

Cette fois, c'était officiel. Je renonçai à découvrir la fille sympa sous la couche des préjugés. La soirée n'était heureusement pas fichue, car, au même moment, dans un hurlement strident de la sono, j'ai vu Max régler son micro.

Elle avait dans ses cheveux rouges, plus indisciplinés que jamais, la fleur blanche que j'avais vue le jour où je l'avais rencontrée. Ses jambes incroyables étaient mises en valeur par un short ultra-court léopard, des collants chair et des escarpins rouges. Un T-shirt blanc, déchiré aux épaules, révélait toute la délicatesse de sa silhouette. Elle était magnifique et semblait parfaitement à l'aise.

Elle a passé sa guitare en bandoulière, puis s'est approchée du micro.

— Bonsoir, je m'appelle Max, et le groupe s'appelle *Under the Bell Jar.*

J'aurais voulu me lever pour l'acclamer, mais je me suis contenté de l'applaudir comme tout le monde.

— La première chanson s'intitule *Better.*

Elle s'est écartée du micro pour commencer à jouer, et, pour la première fois, j'ai pris conscience des musiciens qui l'entouraient. Le bassiste était un curieux mélange de punk et de geek boutonneux. Il portait un sweat-shirt à capuche et un nœud papillon clouté. Ses lunettes rondes, visiblement nécessaires, juraient avec ses cheveux longs et son pantalon baggy. Derrière, au centre, se trouvait Mace, le batteur et véritable petit copain. Il jouait sans la quitter des yeux.

Comment lui en vouloir ? Le regard rivé sur elle, j'étais aussi fasciné que lui.

Quand elle s'est mise à chanter, le reste du monde a cessé d'exister.

Son texte parlait des efforts qu'il faut parfois fournir pour vivre, des faux-semblants derrière lesquels on masque sa douleur, sa fragilité et ses chagrins. Sa voix était basse, un peu rauque, mais profonde et pourvue d'une tendresse surprenante.

Le rythme s'est accéléré, soutenu par la batterie.

It's better this way,
Better that no one sees
It's better this way
Better when I'm not me
I'll be better
Better,
Better…

Les yeux fermés, les pétales de ses lèvres près du micro, elle a répété ce mot, entre colère et désespoir, avec une telle émotion, que j'en étais bouleversé. Je vivais les doutes dont elle parlait, le poids des choses, la difficulté de se retrouver dans les images qu'on donne de soi pour se protéger, pour vivre…

It's better this way
Untouched under the glass
It's better, I say
This way I'll last…

C'était poignant, et tellement sincère que j'étais sûr qu'elle parlait d'elle. Surtout lorsqu'elle a entonné le dernier couplet à propos d'une prison dans laquelle on se trouve enfermé, mais qu'on ne quitterait pour rien au monde, tant il vaut mieux être son propre bourreau que souffrir aux mains des autres…

No one does it better
And it's better this way
Better
Better…

Elle tenait si bien le public qu'à la fin du solo de batterie, quand elle s'est mise à fredonner, nous étions tous penchés en avant, suspendus au murmure de ses lèvres. Puis la musique s'est tue.

22

Max

Monter sur scène est une drogue, mais, à la différence des autres, l'euphorie qu'elle me procurait n'avait rien d'artificiel. J'avais l'impression, chaque fois, d'être un univers en expansion. Les émotions qui m'envahissaient, la peur, l'espoir, la douleur et le bonheur, n'avaient aucune limite.

Après la mort d'Alexandria, j'avais tenté un million d'expériences pour trouver un sens à l'existence. Il n'y avait que la musique, et chanter, qui avait marché.

Je ne pouvais pas renoncer et je savais, en finissant ma chanson, que j'étais prête à tout pour continuer. J'étais peut-être égoïste, et je m'enfonçais certainement dans le mensonge, mais si j'avais la moindre chance de convaincre Cade de continuer à jouer la comédie pour mes parents, j'allais la tenter.

Je ne l'ai aperçu qu'à la fin de la troisième chanson. Je commençais à croire qu'il était parti, mais non, il était là, au milieu de la salle, en compagnie de la blonde que j'avais vue au *Trestle*. Qu'il ait jugé bon de l'amener m'irritait. D'un autre côté, il ne me quittait pas des yeux. Ça compensait.

J'ai entamé une reprise de Rilo Kiley en le regardant fixement.

And it's bad news, baby I'm bad news
I'm just bad news, bad news, bad news

Il a dressé un sourcil, et j'ai failli éclater de rire.

C'est en pensant à lui que j'avais ajouté cette chanson à notre répertoire. Elle racontait le désastre auquel peut mener une rencontre quand elle implique quelqu'un de nocif. Comme moi.

Un mort-vivant… c'était le terme de la chanson. Et ce que j'étais. Mais j'avais beau le savoir et me répéter que revoir Cade était une erreur, j'étais trop égoïste pour me l'interdire.

Alors j'essayais de lui transmettre ces réflexions, de le mettre en garde.

Je n'aurais pas dû faire attention à la façon dont il suivait le moindre de mes gestes. J'aurais dû m'en moquer. Je n'aurais pas dû plonger mes yeux dans les siens ni m'humecter les lèvres entre chaque couplet, parce que je voyais très bien l'effet que ça lui faisait. J'aurais dû avoir honte d'encourager ce qui se passait, de toute évidence, entre nous. Mais ce n'était pas le cas.

Bad news, bad news…

À la fin de la chanson, je me suis tournée vers Spencer pour vérifier qu'il était prêt à enchaîner sur le morceau suivant. Il m'a dévisagée avant de se tourner délibérément vers le public. Je n'ai pas eu besoin de suivre son regard pour savoir qu'il me montrait Cade.

Je n'ai pas eu besoin non plus d'imaginer son sermon, j'étais tout à fait capable de me faire la morale toute seule. Dans la série des conneries monumentales, la pire est de se laisser distraire pendant un concert, surtout s'il ne vous reste que quelques mois pour faire vos preuves. Chacune de mes chansons devait être irréprochable. Je ne pouvais pas me permettre la moindre fausse note.

Alors j'ai oublié Cade et me suis concentrée sur mon jeu de scène, flirtant avec Mace et Spencer, ou avec les spectateurs du premier rang. C'est drôle la façon dont sur scène, plus on est trash, plus le public adore. Les chansons les plus applaudies étaient celles que j'avais écrites dans mes pires moments de déprime ou de révolte. J'aurais dit les mêmes choses n'importe où ailleurs, on m'aurait enfermée.

La dernière chanson achevée, les applaudissements ont balayé un instant mes préoccupations. J'étais comblée, transportée par l'enthousiasme de la salle. C'était ça *la vie*. Sur scène, je ne serais jamais un mort-vivant.

Nous étions en train de saluer, quand la lumière est brutalement revenue sur moi. Je me suis figée, aveuglée et incapable de respirer.

La lumière des phares.

Le bruit de tôle.

Le hurlement des pneus.

Et les tonneaux de la voiture, incontrôlables, sans fin…

Je suis restée paralysée jusqu'au moment où j'ai senti un bras sur mon épaule. Celui de Mace. Il était en nage, comme moi. Je l'ai laissé m'entraîner vers les coulisses et, dès que nous avons été à l'abri des regards, je l'ai repoussé.

— J'ai besoin d'aller aux toilettes, ai-je lâché dans un souffle, en espérant qu'il comprendrait.

Je me suis enfermée dans une cabine et j'ai résisté à l'envie de m'allumer une cigarette. Si je voulais revenir jouer au *Fire*, je n'avais aucun intérêt à me faire prendre à fumer dans les toilettes.

Alors j'ai fait semblant.

J'ai imaginé le bruit du briquet, sa flamme dorée, l'odeur du tabac et la cigarette fictive entre mes lèvres. J'ai inhalé lentement, en convoquant le soulagement que ce geste m'inspirait d'habitude, puis j'ai soufflé, avec concentration.

Un jour – celui de l'anniversaire d'Alexandria –, Spencer m'avait dit, alors que j'étais complètement dévastée, qu'on devrait vivre comme on fume : en aspirant le présent pour exhaler le passé. Ça m'avait frappée. Je ne fumais plus que rarement, mais j'allumais une cigarette imaginaire presque chaque jour. Je n'avais pas besoin de la nicotine, seulement du geste, du flux et du reflux de l'air dans mes poumons.

Mon téléphone a vibré.

C'était génial, Angry Girl. Tu tiens toujours à me voir ?

Bonne question.

Lui demander de me rendre service, à cause des sentiments bizarres qui existaient entre nous, n'était peut-être pas très clean, mais ça ne changeait rien au problème : j'avais encore besoin de lui. Et s'il était prêt à se laisser utiliser, j'allais le faire.

Oui, Golden Boy. Quand tu veux.

Quand je suis sortie des toilettes, Spencer avait disparu, et Mace m'attendait.

— Alors, madame a fini de jouer les divas ?

J'ai levé les yeux au ciel.

— Que j'aie besoin d'un peu de solitude ne fait pas de moi une diva, Mace.

— Et m'envoyer bouler toute une semaine ?

Je n'avais aucune réponse valable à lui fournir, alors je lui ai rendu la pareille :

— Et ne répondre à aucun de mes appels de la journée, zapper l'installation ?

D'un mouvement de tête, il a repoussé la mèche de cheveux tombée devant ses yeux, et, le visage fermé, a enfoncé les mains dans les poches de son blouson de cuir.

— Je t'ai dit qu'il s'était passé un truc.

J'ai surtout compris, avec un sentiment de malaise, qu'il mentait.

— Je peux savoir *quel* truc ?

Il a serré les poings.

— Tu as tes petits secrets, m'a-t-il répondu en haussant les épaules, j'ai les miens.

— La différence, Mace, c'est que mes secrets n'affectent pas le groupe.

— J'en ai rien à cirer, du groupe, Max. Tu sais très bien que j'en fais partie uniquement pour toi.

« Incroyable », me suis-je dit en le voyant s'approcher pour me prendre par la taille. En plus, il devait se trouver romantique. Je l'ai repoussé.

— Si tu me connaissais un minimum, Mace, tu saurais que ce groupe est toute ma vie.

— C'est clair que tu t'intéresses beaucoup plus à lui qu'à moi ou à n'importe qui.

— Exactement.

Il a tripoté l'anneau qui trouait son oreille et s'est de nouveau approché de moi.

— Tu sais que tu es sacrément déjantée, hein ?

Je le savais depuis longtemps, ce qui ne m'a pas empêchée de lui balancer :

— Parle pour toi ! Tu as vu la taille de tes pupilles ? Qu'est-ce que tu as pris ? Tu ne pouvais pas attendre la fin du concert ?

Il a hésité.

— J'y suis ! Tu m'en veux pour ce matin. Je suis désolé, a-t-il repris en posant la main sur ma joue. On pourrait peut-être…

Je l'ai encore repoussé, et ses ongles m'ont griffée au passage.

— Non, Mace, on ne peut pas !

Je me suis forcée à me calmer. Je n'avais aucune envie de me disputer avec lui maintenant.

— Ce n'est pas le moment, Mace. Je suis fatiguée, on en parlera plus tard.

— Plus tard, oui, c'est tout ce que tu sais dire. Mais j'en ai marre d'attendre.

J'ai tendu la main, mais il a reculé.

— Il faut savoir ce que tu veux, Mace.

— Je ne suis pas sûr de vouloir quoi que ce soit !

Sur cette déclaration, il a fait demi-tour et a disparu. Que je sois moins agacée par son départ que par le fait qu'il nous laissait, une fois de plus, Spencer et moi, ramasser seuls nos affaires, en disait long sur l'avenir de notre histoire.

J'ai inspiré.

Expiré.

Et recommencé.

— Ça marche vraiment ?

Cade, adossé au mur, me regardait en souriant. Il portait une chemise noire aux manches relevées jusqu'aux coudes.

Ma réaction à la seule vue de ses avant-bras disait la gravité de mon problème : une semaine sans le voir n'avait diminué en rien mon attirance pour lui. Au contraire.

Mauvaise nouvelle.

— Parfois, ai-je répondu, mais pour l'instant, ce n'est pas franchement efficace.

Un demi-sourire s'est dessiné sur ses lèvres.

— Tu veux que je te laisse ?

Je me suis demandé s'il avait entendu ma dispute avec Mace, ou s'il était simplement perspicace. Dire que j'étais à fleur de peau est un euphémisme, mais je le sentais capable de ne pas me brusquer.

— Non, ça va, tu peux rester.

Inspirer.

Expirer.

Il s'est écarté du mur pour avancer dans la pièce.

— Je suis vraiment content d'être venu.

J'ai opiné, et comme j'étais vraiment masochiste, je lui ai demandé :

— Ta copine n'est pas là ?

Il a éclaté de rire en se passant une main sur le visage. J'ai mis les miennes derrière mon dos, loin de lui.

— Elle est partie. Dieu merci. Elle voulait s'en aller dès le début du concert. Alors on s'est mis d'accord pour en rester là.

Il s'est assis sur le vieux canapé.

— Tu aurais pu partir avec elle, ai-je dit en le rejoignant. Ça ne m'aurait pas vexée.

— Je ne serais parti pour rien au monde.

Son regard a glissé sur mes jambes.

— On doit te le dire souvent, a-t-il continué, mais je t'ai trouvée géniale.

C'était comme la caresse d'un rayon de soleil, et je me suis donné le droit d'en profiter ; contrairement à ce qu'il croyait, les compliments n'étaient pas si fréquents.

— Tu peux me le répéter aussi souvent que tu veux, ai-je répondu en remontant mes genoux sous le menton.

Il a posé le bras sur le dossier du canapé.

— C'est dans mes cordes.

Je me suis adossée jusqu'à sentir mes cheveux lui effleurer le bras. Je n'étais pas tout à fait remise de ma dispute avec Mace, et mon cœur, qui battait la chamade, tenait à prouver qu'il se fichait pas mal de la blessure qu'il venait de subir. Je me suis tournée vers Cade en laissant tomber mes jambes contre lui.

— Alors… tu…

La porte s'est ouverte à la volée, et Spencer a fait irruption, accompagné de deux inconnus serrés l'un contre l'autre. Un grand blond très séduisant et une petite brune pas mal du tout.

Celle-ci s'est figée, et j'ai entendu Cade s'étrangler avant qu'elle s'exclame :

— Cade ! Tu n'es pas au Texas ?

23
Cade

Bliss.

À croire que l'univers, chaque fois que les choses faisaient mine de s'arranger, se liguait contre moi.

— Salut, Bliss, salut, Garrick.

— Qui est-ce ? a murmuré Max tandis qu'ils avançaient.

— Tu te souviens de ce que je t'ai dit l'autre jour ?

— Les trucs que tu préfères oublier ?

J'ai opiné et me suis levé pour serrer la main de Garrick et embrasser rapidement Bliss.

— Je ne suis pas parti, finalement. Excuse-moi de ne pas t'avoir prévenue. Mes plans ont changé au dernier moment, et j'ai décidé de rester.

— Ta grand-mère va mieux ?

— Oui.

— Alors pourquoi n'es-tu pas venu pour Thanksgiving ?

Elle m'avait pris le bras, et j'ai surpris, en me dégageant, la pitié qu'elle était incapable de masquer. Je voyais très bien le scénario qu'elle imaginait – moi, enfermé dans mon studio, passant mes vacances à me morfondre, seul et misérable. C'était ce que j'avais prévu de faire, jusqu'à l'irruption de Max de ma vie. J'allais inventer une excuse quand Max m'a devancé.

— Il était avec moi.

Elle s'était levée pour me prendre par la taille, et j'ai passé, instinctivement, un bras autour de ses épaules. Elle s'est serrée contre moi en tendant la main vers Bliss.

— Je m'appelle Max.

J'ai vu les sourcils de Bliss disparaître sous sa frange et ses yeux détailler les tatouages de Max. J'ai essayé de me mettre à sa place, d'imaginer ce que pouvait penser de Max quelqu'un qui la voyait pour la première fois. Mais je n'ai vu que le soutien-gorge noir sous son T-shirt déchiré et j'ai préféré ne pas insister.

Bliss a serré la main de Max, un peu choquée.

Garrick s'est remis plus vite.

— Ravi de te rencontrer, Max, a-t-il dit.

En entendant son accent, elle s'est tournée vers moi. J'ai compris qu'elle faisait le lien et j'ai répondu à son sourire par un imperceptible haussement d'épaules qu'elle a parfaitement saisi.

— Max, je te présente Bliss, nous étions à la fac ensemble. Et son ami, Garrick.

Je n'ai pas jugé utile de préciser qu'il avait été notre professeur. La situation était assez compliquée.

— Ravie de vous rencontrer, a répondu Max avant de me secouer gentiment. Je commençais à croire qu'il ne voulait pas me présenter à ses amis. C'est lui qui vous a invités, ce soir ?

— En fait, non, a répondu le bassiste au nœud papillon clouté. C'est moi. Garrick est l'un de mes amis.

— Oh ! excuse-moi, Spencer, je ne savais pas que vous vous connaissiez.

Le Spencer en question nous dévisageait, d'un air à la fois soupçonneux et incrédule. Je ne pouvais pas lui en vouloir. Moi, dans mes petits mocassins de cuir et ma chemise boutonnée, et Max en star du rock, on ne pouvait pas imaginer plus mal assortis.

— Et tu es qui ? m'a-t-il demandé en cherchant mon regard.

— C'est Cade, est intervenue Max. Mon copain. Je t'en ai parlé, Spence.

— Bien sûr, a-t-il opiné. Cade.

Décidant qu'il était temps de partager le fardeau qu'elle était seule à porter, j'ai enchaîné :

— Alors, qu'avez-vous pensé du concert ?

Je me suis tourné vers Max.

— Elle est fantastique, non ?

Elle s'est dressée sur la pointe des pieds pour m'embrasser sur la joue avec tant d'enthousiasme que j'étais sûr d'avoir la trace de son rouge à lèvres. Je savais que c'était pour donner le change, mais c'était une sacrée comédienne.

— C'était magique, a commencé Bliss en me quittant des yeux pour regarder Max. Tu as une voix merveilleuse.

— Comment se fait-il que tu ne nous aies pas présenté ton amie avant ? a demandé Garrick.

Encore une fois, Max m'a devancé.

— Oh ! peu de gens sont au courant. On préfère y aller doucement, passer un peu de temps tous les deux avant d'informer le monde entier !

Bliss, tout sourire, s'est tournée vers Garrick.

— On vous comprend parfaitement, a-t-elle déclaré en mettant la main sur son épaule.

Mon regard s'est posé sur la bague qui brillait à son doigt. Il l'avait fait. Il lui avait demandé de l'épouser et elle avait accepté. Alors que je m'attendais à éprouver une sorte de douleur, de l'envie ou peut-être du regret, rien n'est venu. Que l'impression, assez désagréable et consternante, que tout le monde avançait sauf moi.

Quelque chose avait changé. Debout devant eux, Max à côté de moi, c'était la première fois que je m'interrogeais vraiment sur les sentiments que j'avais éprouvés pour Bliss. J'aurais dû souffrir davantage... C'était peut-être la présence de Max qui me rendait moins sensible...

J'avais l'impression d'être au bord d'un précipice, sur le point de découvrir quelque chose que je n'avais pas envie de savoir.

Max m'a donné une petite secousse. Je me suis arraché à la contemplation de la bague pour me forcer à sourire.

— Je vois qu'elle a dit oui.

Le visage de Garrick s'est illuminé, et il a souri avec un tel bonheur que, cette fois, j'ai ressenti un petit pincement.

— Oui.

— Félicitations. Je suis vraiment content pour vous.

Bliss s'est mordu les lèvres et m'a souri. Ses yeux étaient humides, et c'est d'une voix douce qu'elle m'a dit :

— Merci. Ça compte beaucoup.

Le temps s'est arrêté. C'était un de ces moments où le vent change, où les voiles se tournent pour que la vie puisse repartir dans une nouvelle direction. Je ne savais pas ce que ressentaient les autres, mais Bliss le comprenait.

C'est peut-être parce que nous étions des acteurs. Ou simplement parce que c'étaient nous. Mais je le lisais dans ses yeux. C'était la fin d'un chapitre.

Nos chemins s'écartaient et, à partir de maintenant, chaque minute nous séparerait un peu plus. Quels qu'aient été mes sentiments pour elle, nous avions vécu et partagé trop de choses pour revenir en arrière. J'avais cru qu'il suffirait que la douleur s'estompe pour que tout se remette en place. La douleur était partie, mais l'écart qu'elle avait creusé entre nous demeurait.

C'est drôle comme quatre ans d'amitié peuvent être anéantis en un seul instant. Bliss était le dernier morceau d'une époque à laquelle je n'avais pas renoncé en venant à Philadelphie. La fac avait été ma maison, la grande famille que je n'avais jamais eue. Mais c'était terminé. Et m'accrocher à cette époque à travers Bliss n'était bon pour personne.

Tous les souvenirs, toutes les émotions que nous avions partagés et qui nous avaient réunis s'étaient amenuisés pour ne laisser qu'un lien ténu. Cela me faisait penser à un théâtre après la représentation : le public est parti, le décor est rangé, et le dernier à quitter les lieux éteint les lumières, pour ne laisser qu'une veilleuse dans la salle qui, tout à l'heure, avait été si animée. Je sentais, aussi raide et aussi maladroit qu'elle, ce dernier lien, cette ultime lueur, s'effacer à son tour.

Elle a pris une courte inspiration et a pincé les lèvres, dans ce que je savais être un effort pour ne pas pleurer. Suivant l'exemple de Max, j'ai inspiré, puis expiré.

— Il faut qu'on aille débarrasser la scène, a dit Max. Tu nous donnes un coup de main, Cade ? Le batteur a dû partir.

— Bien sûr, ai-je répondu avant de revenir à Bliss et à Garrick. C'est sympa d'être venus. Encore une fois, toutes mes félicitations.

J'ai tendu la main à Garrick, et, cette fois, vraiment serré Bliss dans mes bras. Elle s'est blottie contre moi, puis s'est écartée. Elle avait beau cligner des yeux, les larmes perlaient au coin de ses paupières.

— Au revoir, Bliss.

Je me sentais étrangement engourdi, comme si j'étais anesthésié. J'aurais peut-être mal plus tard. J'apprenais que les souvenirs, même les meilleurs, restent ce qu'ils sont : des souvenirs.

— Au revoir, Cade.

Spencer est parti avec eux. Quand la porte s'est refermée, j'ai soupiré et me suis écroulé sur le canapé.

— Je n'ai aucune idée de ce qui vient de se passer, m'a dit Max en venant devant moi, mais je suis complètement déprimée.

J'ai éclaté de rire, ce qui, tout bien considéré, était la meilleure de toutes les réactions que j'aurais pu avoir.

— *C'était* déprimant !

— Ça va, Golden Boy ?

J'ai levé le menton et lui ai pris la main pour l'embrasser.

— Merci, tu n'étais pas obligée de faire ça. Eh oui, je vais bien. Il faut avancer, non ?

— C'est l'idée, *boyfriend*.

— On devient bon pour faire semblant. Tu devrais songer à être actrice.

Elle a éclaté de rire.

— Certainement pas ! Je n'aime pas montrer mes émotions, et le salaire est minable.

— Tu ne donnes pas l'impression de te cacher quand tu chantes.

Elle s'est détournée, mal à l'aise.

— Chacun son truc, j'imagine.

Il était temps de changer de sujet. Je me suis levé, en

essayant de chasser un peu de la mélancolie qui pesait sur mes épaules.

— Allons ranger tes affaires, Angry Girl.

— Tu n'es pas obligé, c'était juste un prétexte…

— Ne dis pas de bêtises, tu sais que je l'aurais fait.

— Oui, je sais.

Arrivée devant la porte, elle s'est retournée.

— J'ai autre chose à te demander. Ça te dit d'aller boire un verre quand on aura fini ?

— Un verre ?

Je n'ai pas pu m'empêcher de sourire.

— Vu ce que tu m'as proposé jusque-là, je suis un peu déçu. Serais-tu à court d'idées ?

Je croyais la faire rire, mais elle s'est contentée de hocher la tête.

— Attends de voir.

24
Max

Nos instruments rangés, j'avais convaincu Cade de nous rapprocher du centre-ville. Si nous rations le dernier métro, chacun pourrait rentrer chez lui à pied, et surtout, le trajet me laissait le temps de réfléchir à la façon dont j'allais lui présenter les choses.

— Bon, m'a-t-il dit en quittant le *Fire*, j'imagine que tu ne veux pas parler de ta dispute avec Mace.

Je lui ai décoché un regard avant de répliquer :

— J'imagine que tu ne veux pas discuter de la mariée.

Il a soupiré.

— Parlons musique, alors. Quand est-ce que tu as commencé ?

J'ai boutonné mon manteau pour me protéger du froid.

— Vers treize ans, à peu près à la mort de ma sœur.

Je me suis interrompue, stupéfaite d'entendre ces mots sortir de ma bouche et de la facilité avec laquelle j'évoquais avec lui ce dont je n'avais jamais parlé avec personne.

— Et quand est-ce que tu as su que tu voulais en faire ton métier ?

Cette fois, j'ai souri.

— La première fois que j'ai réussi à interpréter une chanson jusqu'au bout. C'était génial ! Tout à coup, j'étais ailleurs. J'oubliais tout, où j'étais, qui j'étais… Plus rien ne comptait que la musique.

— Je comprends ce que tu veux dire. J'éprouve la même chose sur scène. Le temps d'une pièce, je deviens quelqu'un d'autre. Quelqu'un dont les problèmes se résolvent beaucoup plus vite et beaucoup plus facilement que les miens.

Je n'avais jamais eu d'ami avec lequel j'aurais pu parler aussi librement. Je m'étais si bien coupée des autres, et si longtemps, que j'avais oublié que ça pouvait être agréable.

— Il t'arrive de ne plus te supporter, Golden Boy ?

— Parfois, oui. Et toi ?

Son honnêteté me donnait envie de me confier, moi aussi.

Inspirer.

Expirer.

— Oui, tout le temps.

Nous avons continué de marcher en silence, et, bizarrement, c'était confortable. Je regardais les façades des immeubles, les trottoirs inégaux, les lumières dans les appartements… Je connaissais bien ce chemin, c'était pourtant la première fois que je faisais vraiment attention à ce qui m'entourait.

C'était surprenant.

— Tu crois que tout le monde est comme ça, ai-je repris, ou c'est nous qui avons un problème ?

Il n'a pas répondu tout de suite.

— Personne n'en parle, mais je crois que tout le monde est comme ça, même les gens heureux. C'est dur de vivre, et plus le temps passe, moins c'est facile. Alors on s'arrête, on ferme les yeux, on va faire un jogging, ou on prend une longue douche. Ça permet d'oublier qui on est, ce qu'on doit faire tous les jours.

Il parlait en regardant le ciel, et le froid créait un petit nuage de buée devant ses lèvres. Il croyait ce qu'il disait, et sa tranquillité m'aidait à y croire aussi.

J'aurais dû lui répondre, mais je me sentais si bien que je voulais faire durer ce moment le plus longtemps possible. Alors je n'ai rien dit.

Sur le quai du métro, nous avons attendu dix bonnes minutes, sans parler davantage. Je n'avais pas envie de m'enfuir, de combler le vide ou de faire autre chose.

Nous partagions le silence, et c'était bien.

Quand le train est arrivé, nous sommes montés dans le wagon en même temps et, sans avoir besoin de nous consulter, comme si nous le faisions tous les jours, nous nous sommes assis côte à côte.

Je me suis alors décidée.

— J'ai quelque chose à te demander, mais je n'en ai pas du tout envie.

Il s'est tourné vers moi, et nos genoux se sont frôlés.

— Ça m'a l'air intéressant.

— C'est surtout complètement débile.

Il a attendu, et j'ai vraiment tenté, sous son regard, de lui dire les choses simplement, mais je n'y arrivais pas, alors, de rage, j'ai enfoncé mon visage dans mes mains.

— Je déteste l'argent, ça gâche tout !

— À qui le dis-tu ! J'ai promis à ma grand-mère de venir à Noël, mais je suis tellement fauché que j'aurais de la chance si je peux me payer le voyage en bus !

Je me suis redressée, en gardant les yeux baissés.

— Et si je pouvais t'aider à passer Noël chez toi ?

— Désolé, mais je doute que ton boss apprécie de me voir danser à ta place !

J'ai éclaté de rire si fort que tous les regards se sont tournés vers nous.

— Je serais la première à payer pour voir ça !

Il m'a donné un coup d'épaule.

— Eh, je suis bon danseur.

— Si tu le dis !

— Tu veux que je t'emmène en boîte ?

J'étais tentée de dire oui, de le laisser m'emmener au *Garage*, ou ailleurs, pour me perdre dans le rythme de la musique, mais je préférais rester lucide.

— On verra, Golden Boy. En attendant, je suis sérieuse pour Noël. Mes parents tiennent tellement à te revoir qu'ils sont prêts à te payer tous tes billets depuis Philadelphie.

Il continuait de sourire, mais je lisais sa confusion dans ses sourcils froncés.

— On n'était pas censé rompre ?

— Si, mais… Oh ! Et puis zut !

Au point où j'en étais, autant tout lui raconter.

— Tu sais que je fais de la musique. Mes parents, évidemment, n'apprécient pas. Même s'ils me donnent un peu d'argent, ce qui me permet de jouer et de composer, ils n'ont jamais apprécié. En fait, ils sont venus me voir pour me dire que c'était terminé, qu'il était temps que je trouve un vrai job, et qu'ils allaient cesser de m'aider. Et ils t'ont rencontré. Apparemment, ta présence les a convaincus que leur fille n'est pas une ratée totale, et ils sont prêts à continuer à me soutenir. Si je leur annonce qu'on a rompu, ils me coupent les vivres. Autrement dit, je ne pourrai plus m'occuper du groupe. Alors, je te demande, lâchement, pour faire plaisir à mes parents, de continuer à faire semblant de sortir avec moi, et de venir à Noël.

— Max…

Il s'était un peu écarté.

— Je sais que c'est fou, ai-je repris en me tournant vers lui, mais je te promets que ce ne sera pas long, juste quelques jours, le temps de faire une apparition, et tu pourras partir fêter Noël chez toi. Tu viens de me dire que tu as besoin d'argent pour le voyage… Mes parents paieront.

Il a plongé son regard dans le mien.

— Je ne peux pas les laisser faire, Max.

Je lui ai pris la main pour la serrer.

— Ce n'est rien pour eux, Cade, je te le jure. Si tu voyais à quoi ils gaspillent leur argent, je préfère qu'ils le dépensent pour toi.

Il a posé sa main sur les miennes.

— Tu sais que je veux t'aider, Max, mais c'est une très mauvaise idée. Tu ne peux pas continuer à jouer la comédie. Tu ne fais que repousser le problème et sans doute l'aggraver. Ta première chanson, ce soir… C'est toi qui l'as écrite, n'est-ce pas ? Elle ne t'a rien appris des faux-semblants, du piège dans lequel on se retrouve à force de se mentir à soi-même et aux autres ?

Je me suis sentie subitement mise à nu, comme s'il m'avait disséquée et que tout le monde pouvait venir me triturer le cœur et l'âme. J'avais écrit ce texte juste avant de laisser tomber la fac. Et il avait raison.

Je n'avais pas changé.

J'avais cru, en arrêtant mes études, cesser de faire semblant. J'avais cru me débarrasser de mes vieux oripeaux et commencer une nouvelle vie. J'avais cru que me déguiser à l'occasion des vacances, ou des visites de mes parents, était insignifiant. Mais c'était faux.

J'étais restée la même.

Et je détestais qu'il s'en rende compte.

Je lui ai arraché mes mains et je me suis levée.

— Je ne suis pas aussi parfaite que toi, Golden Boy, et je le regrette, mais je n'ai pas besoin d'un psy. Oublie.

Le métro arrivait dans la station, et je suis allée de l'autre côté du wagon, attendre que les portes s'ouvrent. Je l'ai entendu m'appeler au moment où je descendais sur le quai, mais je ne me suis pas retournée. Il m'a rattrapée dans l'escalier.

— Max… attends !

Alors que je déboulais dans l'air glacial, sa main s'est refermée sur mon coude.

— Laisse-moi !

— Non.

— Comment ça, non ?

Il m'a saisie par les épaules et serrée contre lui.

— On ne va pas se disputer à cause de ça ?

— Si tu crois que tu peux décider à cause de quoi on se…

— J'accepte, Max.

J'ai levé les yeux, stupéfaite.

— Mais, tu viens de dire…

— Que tu dois arrêter de faire semblant, pas que je refusais de t'aider. Je suis prêt à venir avec toi chez tes parents, si tu y vas telle que tu es, pas en version col roulé.

Mon cœur battait si fort que j'avais l'impression qu'il allait exploser, j'étais complètement déboussolée.

— Je mentirais toujours sur toi. Je serais…

— C'est un détail, Max. Et c'est le premier pas qui

compte. Tu laisses tes parents s'habituer à celle que tu es et, quand ils s'y sont faits, tu frappes un second coup, avec Mace.

Au milieu du chaos, j'ai éclaté de rire.

— Si tu savais le nombre de fois que j'ai voulu les frapper à coup de masse !

Son demi-sourire me faisait un drôle d'effet ; comme si j'étais plus forte, un peu moins détraquée. C'est peut-être pour ça que ses doigts sur ma joue ne me faisaient pas complètement paniquer.

— Alors ? a-t-il demandé. On lance le commando « Révélation » ?

— Parle plutôt du commando « Attaque cardiaque »... D'accord. On y va.

— Formidable.

Son pouce a suivi le contour de mon menton, et un frisson m'a traversée. Je me suis humecté les lèvres.

— Merci, lui ai-je dit la gorge un peu trop nouée à mon goût. Pour tout, la balade, la discussion, et heu, tu sais... de bien vouloir faire semblant de sortir avec moi.

Il s'est immobilisé un instant.

— Je crois me souvenir que tu m'as promis un vrai rendez-vous, l'autre jour.

Mon cœur a fait un bond. Il me plaisait, il m'avait tout de suite plu, et ça ne faisait qu'empirer. La soirée avait été parfaite, il avait su trouver les mots justes, me faire réfléchir, et il m'encourageait à être moi-même. Autant de raisons pour lesquelles je ne devais *pas* sortir avec lui. J'étais nocive, et il était le dernier que je voulais contaminer. Nous pouvions, en revanche, être amis. J'avais toujours rêvé d'un ami comme lui. Il m'obligeait à regarder mes erreurs, et en même temps, il me rassurait.

Mais quand il me regardait de cette façon, et qu'il me touchait, ce n'était pas du tout de l'amitié que je ressentais…

Mon téléphone a vibré.

Profitant de la diversion, je me suis écartée. J'allais répondre, quand j'ai vu le nom sur l'écran.

Mace.

Parler avec Cade m'avait apporté une paix que je ne voulais pas briser, alors j'ai appuyé sur IGNORER. Mais le charme avait dû se rompre, car la fatigue de la journée m'est brutalement tombée dessus.

J'avais peut-être seulement besoin de sommeil ; j'étais épuisée, tout à coup. Cade a proposé de me raccompagner et j'ai accepté, parce que sa présence m'aidait à oublier… le reste. La tournure, par exemple, que prenait ma relation avec Mace. Elle était devenue houleuse et menaçait le groupe, ce qui était préoccupant.

Cade a retenu la porte de mon immeuble.

— Le propriétaire n'a toujours pas réparé la serrure ? a-t-il demandé en me suivant dans l'escalier. Tu dois insister, Angry Girl. C'est dangereux.

Je lui ai souri par-dessus mon épaule.

— C'est vrai, un sadique pourrait s'introduire dans mon appartement et me surprendre pendant que je dors… toute nue.

— Moi, par exemple.

J'ai éclaté de rire et voulu lui donner une bourrade, mais il m'a retenue par le bras. Je l'ai regardé, en tâchant de maîtriser l'emballement de mon cœur.

— Je suis sérieux, m'a-t-il dit, si tu ne l'obliges pas à changer la serrure, je m'en charge.

Son air grave m'a donné des frissons que j'ai chassés en plaisantant.

— À vos ordres, Maître. Il y a autre chose que je puisse faire pour vous plaire ?

Son regard s'est assombri. J'étais à deux doigts de me jeter sur lui, quand j'ai entendu quelqu'un m'appeler.

— Max ?

Le nœud qui s'était formé dans ma gorge s'est resserré. Cade m'a lâchée, et je me suis tournée.

Mace, assis sur mon paillasson, se levait péniblement pour avancer vers nous.

Il était défoncé.

Je me suis écartée de Cade.

— Mace, qu'est-ce que tu fais là ?

— Je m'amuse en tout cas moins que toi. Tu n'as pas perdu de temps, hein ?

Son visage, d'habitude si beau, était tordu par une horrible grimace.

— Je te présente, Cade, un *ami*. Il est venu au concert et m'a raccompagnée.

— C'est ça, a-t-il répliqué en triturant le piercing de son sourcil. Tu crois vraiment que je suis con à ce point ?

— Non, Mace, je crois seulement que tu n'es pas dans ton état normal.

Il a titubé vers moi.

— Et moi, je crois que tu n'es qu'une salope.

Cade s'est aussitôt interposé.

— Du calme, vieux, on est amis. C'est tout.

Je l'ai écarté.

— Laisse tomber, Cade. Il n'est bon ni pour le groupe ni pour moi. Considère que tu es libéré des deux, Mace.

Je l'ai regardé approcher en chancelant. Il avait les

yeux rouges et les pupilles minuscules. « C'est drôle, me suis-je dit, comme l'attirance peut disparaître aussi vite qu'elle est née. » Je ne ressentais plus rien de l'embrasement qui, d'habitude, crépitait entre nous. Il était là, hargneux et défoncé, et tout ce que j'éprouvais, c'était du soulagement. Je l'ai dévisagé. Il m'a regardée de la tête aux pieds avant de lâcher un ricanement.

— De toute façon, j'en avais marre.

Plutôt que la colère, c'est le dégoût qui m'a envahie.

— Va te chercher d'autres pilules, connard.

En passant devant Cade, il lui a donné un coup d'épaule.

— Bonne baise, *vieux*.

Cette fois, mon sang n'a fait qu'un tour, et je me suis jetée sur lui, les poings serrés.

— Espèce de…

Les bras de Cade se sont fermés sur moi.

Il me tenait toujours, serrée contre lui, bien après le départ de Mace. J'étais plus calme, mais je lui étais reconnaissante de ne pas me lâcher. Je me sentais comme un oiseau brusquement remis en liberté.

Quand je me suis retournée, il avait l'air plus furieux que je ne l'avais été.

Ce type avait le stoïcisme d'un saint.

Je lui ai souri.

— Il paraît que tu sais danser ?

J'étais libre. Et j'avais très envie de m'envoler.

25
Cade

J'étais déchiré. D'un côté, je voulais lui dire qu'elle avait tort, que la nuit porte conseil et qu'elle verrait plus clair demain. De l'autre, j'avais envie de céder et de l'emmener danser. Même si, tout au fond de moi, j'aurais préféré entrer chez elle pour lui prouver à quel point elle n'avait rien dont je puisse, contrairement à l'abruti qui venait de disparaître, me lasser.

Comme d'habitude, ma raison l'a emporté.

— Max, la journée a été longue. Tu es sûre que tu ne veux pas…

Elle m'a coupé.

— Je veux danser, Golden Boy. Et je vais le faire, que ce soit avec ou sans toi. Mais à ta place, a-t-elle ajouté avec ce petit air de défi que je trouvais irrésistible, je ne me laisserais pas toute seule.

Elle a battu des cils et m'a souri. Elle savait déjà que j'avais cédé.

— D'accord, mais tu ne viendras pas te plaindre quand mon style éblouissant t'aura aveuglée.

Elle m'a pris la main et entraîné en riant dans l'escalier.

— Attends un peu avant de te vanter. On va voir qui va éblouir qui.

Quand le taxi s'est arrêté devant ce qui ressemblait à un hangar abandonné, je me suis tourné vers Max. Je connaissais l'endroit – j'habitais à deux pas et je passais devant tous les jours –, et j'étais sûr que c'était un squat.

— Tu veux danser ou te faire égorger ?

Elle a éclaté de rire et, me laissant à peine le temps de régler la course, elle m'a pris la main pour m'entraîner avec elle.

— Relax, Golden Boy ! Ça va te plaire.

Elle me plaisait, alors je me suis laissé faire.

À dix mètres de l'entrée, je sentais les pulsations de la musique. L'intérieur était à la hauteur. Il y avait des canapés un peu partout, et les murs étaient couverts de graffitis. C'était un curieux mélange ; j'avais l'impression d'être à la fois dans l'appartement d'un copain et au coin d'une rue abandonnée.

— Bienvenue au *Garage*, m'a dit Max.

L'endroit lui ressemblait ; il vibrait de la même énergie. Alors oui, elle avait raison, il me plaisait.

On était loin des boîtes habituelles, pleines à craquer et au design dépourvu de caractère. Ici, il y avait une âme.

Une des fresques représentait des chanteurs et des danseurs. Elle était toute simple, en noir et blanc, mais son réalisme était saisissant.

— C'est le patron du salon de tatouage où je travaille qui l'a dessinée, m'a dit Max à l'oreille. Il a fait ça aussi.

« Elle travaille dans un salon de tatouage », me suis-je dit en la regardant tirer sur le col de son T-shirt.

— Le veinard.

— Max !

Elle s'est retournée pour s'envoler vers le bar et le type, derrière le comptoir, qui l'appelait.

— Désolé d'avoir loupé le concert, lui disait-il quand je l'ai rejointe, mais…

Il lui a montré le verre qu'il essuyait.

— Tu sais ce que c'est, a-t-il conclu avec un haussement d'épaules.

— C'était formidable, ai-je dit.

Il m'a regardé, un peu surpris, et s'est tourné vers Max. Le sourire radieux qu'elle m'adressait l'a fait hésiter, et il avait l'air encore étonné quand il a continué :

— Je me débrouillerai pour venir la prochaine fois.

Sur cette promesse, il nous a servi deux verres – sur le compte de la maison – et nous a souhaité bonne soirée.

Max s'est hissée sur le bar pour l'embrasser sur la joue. Elle n'avait pas l'air de quelqu'un qui venait de rompre.

Mais j'étais plus intéressé par ses longues jambes.

Elle s'est retournée et a surpris mon regard. Au lieu de se renfrogner, son sourire s'est élargi.

— Prête au choc de ta vie, Angry Girl ?

Si j'en jugeais à son sourire, j'allais devoir lui trouver un autre surnom. Elle m'a entraîné, sans un mot, à l'étage. J'avais du mal, en la suivant dans l'escalier, à garder la tête froide. Au-dessus de ses talons aiguilles rouges, ses courbes étaient absolument divines. L'abruti qui l'avait plaquée ce soir ne méritait pas la chance qu'il avait eue.

Il y avait plus de monde à l'étage, mais l'ambiance, au milieu des canapés dépareillés, était toujours la même, chaleureuse et décontractée. Il y avait deux pistes de danse. Sur la seconde, plus petite et surélevée, des danseurs de hip hop se livraient à des acrobaties incroyables sous les applaudissements d'un cercle d'admirateurs.

Max a fermé les yeux et lâché un soupir. Entre celui, frémissant, qui annonçait une explosion de colère, tous ceux qui étaient liés à sa mère, et mon préféré, celui qui lui échappait, presque imperceptible, juste après un baiser, je commençais à bien les connaître. Celui-là me rappelait sa façon de chanter.

Légère et détendue, elle s'est avancée sur la piste et, les bras levés et ondulants, elle s'est mise à danser. Son T-shirt me laissait entrevoir le creux de ses reins. Les écorchures que j'avais nettoyées avec soin n'étaient plus qu'un souvenir. Les pansements avaient disparu, et je devinais, au creux de ses hanches, la douceur de sa peau.

Plusieurs danseurs nous ont séparés. Elle m'a fait signe de la rejoindre.

Ce geste m'a fait l'effet d'un électrochoc et j'ai compris, tout à coup, que je n'avais jamais été amoureux de Bliss. Parce que, à cet instant, rien, strictement rien, ne m'aurait empêché d'aller vers elle – pas même Bliss, justement.

Je me suis frayé un chemin jusqu'à elle, qui dansait en fredonnant les paroles de la chanson qui passait. L'encolure de son T-shirt avait glissé sur son épaule, et ses mains descendaient le long de sa taille.

— Alors, Golden Boy ? J'attends !

J'étais fasciné. Elle était plus troublante que la musique qui pulsait entre nous, et je n'ai pas pu résister à l'envie de la toucher. Ses hanches se sont mises à onduler et je l'ai imitée. Nos corps se sont frôlés, et elle s'est mordu les lèvres.

Comme tous les étudiants d'art dramatique, j'avais suivi des cours de danse à l'université ; notre professeur, en guise d'échauffement, nous faisait travailler différents mouvements de façon désynchronisée. Ce n'était pas exactement de la danse, mais ça convenait parfaitement au rythme de la musique.

Max dansait comme elle chantait, avec tant de naturel qu'il me suffisait de la suivre.

Quand la musique a changé, pour un rythme plus lent, je l'ai prise par la taille et attirée vers moi. Comme elle se laissait faire, j'ai resserré notre étreinte. Nous ne pouvions pas être plus proches, ni plus en phase, et danser de cette façon si intime, nos corps suivant les méandres de la musique, était ensorcelant. Elle s'est inclinée vers l'arrière et voir son buste tendu, la ligne parfaite de sa gorge, m'a inspiré des sensations fulgurantes. Mais je préférais la sentir contre moi. Alors je l'ai redressée et, une main au creux de ses reins, j'ai limité nos gestes au minimum.

Son souffle caressait ma gorge, je me sentais tellement bien que j'aurais voulu figer cette seconde, ou être ailleurs, seul avec elle. Je ne pouvais pas m'empêcher d'y penser. La première fois que je l'avais vue avec Mace, j'avais compris qu'ils n'étaient rien l'un pour l'autre. Il n'y avait pas cette attirance que je ressentais entre nous. Nous pouvions faire semblant de l'ignorer, elle était là.

Et j'étais en train de m'apercevoir que, contrairement à ce que j'avais toujours cru, je ne l'avais jamais éprouvée avec Bliss. Nous nous serions très bien entendus, elle correspondait à l'idée que je me faisais de la vie à deux, mais ce n'était pas d'elle que j'étais amoureux, seulement de ce qu'elle représentait, et que j'avais cru vouloir : une vie faite de tendresse partagée et de sécurité.

Max, elle, me terrifiait.

Et c'était tellement mieux.

Je pouvais enfin me dire que la page était tournée, que le passé était derrière moi.

J'ai glissé la main dans ses cheveux. Son bras s'est resserré sur mon cou et ses lèvres m'ont effleuré.

J'ai retenu mon souffle, inquiet de prendre une mauvaise décision.

Comme si elle avait senti mes doutes, et voulu les faire taire, elle m'a mordillé le cou en se serrant davantage contre moi.

Si c'était une erreur – et j'étais sûr que c'en était une –, c'était la plus agréable de toutes celles que j'aurais pu m'apprêter à commettre.

26

Max

J'ai fait comme lui et, dès que mes doigts se sont posés sur son cou, il a glissé la main sous mon T-shirt. La décharge que j'ai ressentie m'a aussitôt rappelé le soir où il m'avait soignée et où j'avais tellement voulu qu'il me caresse.

Il s'est penché.

— Max, a-t-il lâché dans un souffle.

À son hésitation, j'ai tout de suite compris ce qu'il allait dire. Il allait se montrer chevaleresque, prétendre que ce n'était pas une bonne idée, que j'avais besoin de prendre mon temps, de réfléchir, ou me donner n'importe quel conseil du même genre. Il se compliquait tellement la vie.

Alors j'ai décidé de simplifier.

Je me suis dressée sur la pointe des pieds et je l'ai embrassé.

Ses bonnes résolutions devaient être hyper-fragiles, parce que, à la seconde où nos lèvres se sont touchées, il m'a plaquée contre lui et répondu. Un gémissement m'a échappé.

Il embrassait divinement bien, à la fois avec ferveur

et sans aucune précipitation, comme s'il me savourait et qu'il voulait prendre tout son temps. J'avais toujours sous-estimé les baisers tendres et paresseux. Celui-ci me consumait, mais il me consumait avec une telle lenteur, et si bien, que j'étais prête à le supplier de m'achever. Il s'est interrompu, le temps de me mordiller la lèvre, puis sa bouche s'est écrasée sur la mienne pour m'embrasser à nouveau, cette fois de façon dévorante.

Quand je me suis écartée, étourdie et à bout de souffle, j'étais complètement électrifiée. Je ne sentais plus que ses lèvres sur mon cou et son corps, pressé contre le mien. Je ne tenais plus sur mes jambes. Pour la deuxième fois, il m'a empêchée de m'écrouler.

La première fois que j'avais failli tomber, c'était à cause de la souffrance.

La seule que j'éprouvais, à présent, était liée à mon impatience. Je ne voulais pas m'arrêter là. J'en étais incapable et je n'en avais aucune envie. Je lui ai redressé le menton et, en me demandant si j'avais les pupilles aussi dilatées que les siennes, j'ai plongé dans son regard.

J'avais toutes les chances de me faire jeter, mais j'étais prête à prendre le risque. J'étais même prête, au point où j'en étais, à le supplier.

— Il paraît que tu habites à côté ?

Il a scruté mon regard puis, après quelques secondes, des secondes qui m'ont paru interminables, il a opiné.

Je me suis dressée sur la pointe des pieds, en pensant l'embrasser rapidement, mais il m'a saisi le visage à deux mains et m'a embrassée avec une telle passion que j'ai prié, accrochée à sa chemise, pour qu'il habite vraiment tout à côté.

— Je suis incapable de te dire non, m'a-t-il dit d'une voix rauque en me relâchant.

— Tant mieux.

Le seuil de Cade franchi, j'ai fermé la porte et me suis laissé tomber contre lui. J'avais le cœur qui battait à tout rompre et l'impression que des jets d'adrénaline pure couraient dans mes veines. Coincée entre la porte glaciale d'un côté, et le regard de Cade, brûlant, de l'autre, je frissonnais de la tête aux pieds.

Je n'avais jamais été aussi nerveuse.

De toute ma vie. Même pour ma première fois.

D'ailleurs, quand il est venu vers moi, j'ai bien cru quc j'allais m'évanouir.

Je me suis heureusement accrochée à son regard. Ce que j'y ai lu était plus fort que mes doutes ou la panique. Je n'avais pas seulement l'impression d'être belle – ce que pouvait me faire croire n'importe quel type qui me sifflait dans la rue –, je me sentais… unique au monde. C'est risible tellement c'est mièvre, mais c'est vrai. Dans son regard, je ne voyais plus mes défauts, ni mes doutes, ni ma peur, ni ma colère. J'avais l'impression d'être importante, d'être la mélodie et pas seulement l'accompagnement.

— Tu es sûre ? m'a-t-il demandé.

Son expression était un peu déconcertante. Comme s'il ne savait pas, alors que son regard brûlait de désir, s'il voulait que je lui réponde oui ou non. Je n'ai eu aucun mal à l'éclairer : j'ai saisi mon T-shirt à deux mains pour le passer au-dessus de ma tête.

Il l'a regardé tomber par terre avant de relever lentement les yeux. Heureusement que la porte était là pour me soutenir quand il s'est avancé. J'ai attendu, frémissante, mais il s'est arrêté à quelques centimètres pour saisir la bretelle de mon soutien-gorge. Il a commencé à la faire glisser, avant de changer d'avis. Sa main s'est alors posée sur la porte, ses yeux sont revenus sur les miens et il m'a dit avec un petit sourire en coin :

— Enlève-le.

Il était si près de moi qu'en me cambrant pour dégrafer mon soutien-gorge, le frôlement de mes seins contre son torse m'a coupé le souffle. C'était une véritable torture, d'autant que je n'arrivais pas à détacher l'agrafe et qu'il ne faisait strictement rien pour m'aider. Finalement, les bretelles ont glissé sur mes épaules. Je me suis adossée et j'ai laissé, dans un soupir, mon soutien-gorge rejoindre mon T-shirt par terre. La porte était glaciale, et la pointe de mes seins, sous son regard brûlant, s'est durcie.

Il a posé un doigt sur mon ventre et, du bout de l'index, a commencé à suivre le tracé de mon tatouage. Il prenait tout son temps, et sa caresse, en redessinant chaque racine, était si légère que j'en frissonnais. S'il continuait de cette façon, j'allais m'écrouler à ses pieds. Heureusement, il a fini par s'intéresser au tronc d'arbre qui remontait entre mes seins. Je me suis cambrée, désespérée qu'il me touche vraiment, mais, de deux doigts fermes sur mon sternum, il m'a forcée à reculer contre le mur.

— Patience, Angry Girl.

Mon gémissement plaintif l'a fait sourire.

— Tu n'imagines pas le temps que j'ai passé à imaginer ce tatouage. Je veux l'apprendre par cœur, pour me souvenir, chaque fois que je ferme les yeux, de la façon parfaite dont il embellit chaque partie de ton corps.

Durant une brève seconde, il a pressé mes seins entre

ses mains. J'ai gémi, mais il les a lâchés pour me repousser contre la porte.

— Ne t'inquiète pas, m'a-t-il dit en m'embrassant sur le front. Je te promets de prêter autant d'attention à chaque centimètre carré de ton corps.

Le laisser suivre chaque branche sans bouger était une torture. L'arbre s'étirait sur mon buste, mais s'arrêtait toujours à quelques millimètres des endroits que j'aurais vraiment voulu qu'il touche. Je lui aurais bien saisi les mains, pour les déplacer moi-même, mais j'adorais me sentir aussi entièrement à sa merci.

Quand son doigt s'est immobilisé, suspendu à l'extrémité de la dernière brindille du dernier rameau, j'étais pantelante, les mains plaquées contre la porte.

Nos regards se sont croisés. Il avait les paupières lourdes, les pupilles dilatées, et je me sentais complètement intoxiquée. Tout était flou, cotonneux, sauf lui.

— Tu es magnifique, a-t-il murmuré.

— S'il te plaît, ai-je lâché dans un souffle.

J'étais tellement submergée de désir que je n'aurais pas pu lever le petit doigt.

Il a exaucé ma prière en m'attirant contre lui. C'était bien, mais il était toujours habillé. Alors j'ai commencé, les mains fébriles, à m'attaquer aux boutons de sa chemise. Il s'en est débarrassé et s'est penché vers moi. Il avait les épaules larges, la peau bronzée, et des abdos à faire mourir d'envie le plus splendide des top-modèles. Mes mains sont pourtant descendues… plus bas.

Un doigt dans la ceinture de son jean, je l'ai attiré à moi.

J'avais beau m'y attendre, le premier contact de sa peau sur la mienne a provoqué une déflagration dont le souffle s'est immédiatement propagé entre nous. Après, la lenteur n'a plus été qu'un concept.

Mon dos a heurté le mur et, tandis que sa main s'enfonçait dans mes cheveux, sa bouche s'est écrasée sur la mienne. Ce baiser n'avait plus rien de délicat. Le garçon qui avait suivi le contour de mon tatouage avec tant de douceur tout à l'heure venait d'être remplacé par une brute affamée, dont les mains me clouaient au mur alors que sa bouche me dévorait. Je me suis abandonnée, accrochée à son cou, avec la même voracité.

J'ai protesté quand il s'est écarté, avant de comprendre que c'était pour me hisser à sa hauteur. J'ai aussitôt noué les jambes autour de lui et, d'un coup de reins, il m'a plaquée contre la porte. J'ai enfoncé les mains dans ses cheveux.

Ses lèvres ont glissé sur ma gorge, mais je n'étais pas assez haut pour qu'elles atteignent l'endroit que nous espérions tous les deux. Alors il a pivoté et, après m'avoir allongée sur la table que j'avais aperçue en entrant, il s'est penché pour s'emparer d'un de mes seins.

Je me suis cambrée ; du coup, il a glissé les mains sous ma taille et, maintenue dans cette position, offerte à ses caresses, et son regard, une vague de plaisir, d'une rare intensité, m'a transpercée.

— S'il te plaît ! l'ai-je supplié en essayant de l'attirer.

Il a continué, comme si je n'avais rien dit, à me parcourir de baisers. Je lui ai soulevé le menton.

— Je croyais que tu ne pouvais pas me dire non ?

Il m'a embrassée encore une fois avant de répondre :

— Je n'ai pas fini d'explorer cet endroit.

Cette fois, je l'ai obligé à rester à ma hauteur.

— Tu l'exploreras plus tard.

Son sourire était à tomber.

— J'aime bien quand tu me supplies.

J'ai tiré son visage au-dessus du mien.

— Et moi, ai-je commencé contre ses lèvres, j'aime bien quand tu craques.

Il m'a redressée, et nous nous sommes retrouvés au milieu de son salon. Les jambes autour de lui, je le dominais, pour une fois, d'une tête. J'ai repoussé les mèches qui tombaient sur son front et plongé mon regard dans le sien.

Il était beau, vraiment très beau. J'étais sortie avec beaucoup de beaux mecs, dans ma vie, mais il les surpassait tous. Il avait l'air d'une star de cinéma. Éblouissant. Inaccessible.

Juste pour me prouver qu'il ne l'était pas, j'ai posé les doigts sur ses lèvres. Il était à moi, au moins cette nuit, et j'étais décidée à en profiter.

— J'ai envie de toi, ai-je murmuré sans le quitter des yeux. Combien de fois vas-tu m'obliger à te supplier ?

Il s'est dirigé vers une porte que j'espérais être celle de sa chambre.

— Celle-ci suffira.

27
Cade

Elle était allongée sur mon lit, tellement magnifique que j'aurais pu l'embrasser jusqu'à l'aube, si nous avions été capables d'en rester là ; mais j'étais aussi impatient qu'elle. Alors, je me suis écarté pour faire glisser son short le long de ses jambes. Ses hanches étaient parfaites, ses cuisses étaient parfaites, et le minuscule slip de dentelle noire assorti à son soutien-gorge disparu était aussi parfait.

Ma tâche achevée, au lieu de me laisser revenir vers elle, elle m'a obligé à me mettre debout au pied du lit. À genoux devant moi, elle s'est alors mise, avec une lueur malicieuse dans les yeux, à déboutonner mon jean. Je me suis efforcé de garder la tête froide, mais quand mon pantalon et mon boxer se sont retrouvés par terre, j'ai compris que c'était perdu. Sa bouche était divine, et j'avais beau me réciter toutes les tables de multiplication, j'avais la tête qui tournait.

— Mon Dieu, Max !

Avec un grognement sourd, j'ai enfoncé les mains dans ses cheveux. Je ne savais pas ce que je désirais le plus. D'un côté, je rêvais de prendre tout notre temps, et de l'autre, je n'avais qu'une seule idée en tête. Nous n'aurions qu'à tout reprendre de zéro… ensuite.

Elle était tellement belle que j'avais du mal à respirer. Elle s'est assise sur le lit et a reculé vers les coussins. J'étais prêt à la rejoindre, mais je me suis obligé à prendre un préservatif dans le tiroir de ma table de nuit. Je l'ai enfilé, puis je suis venu au-dessus d'elle. Sachant la déflagration qui allait nous emporter, je me suis immobilisé. Elle a fermé les yeux. Je me suis penché et, embrassant la lèvre qu'elle mordillait, je me suis laissé guider au paradis.

J'ai commencé doucement, parce que je voulais graver dans ma mémoire chaque sensation. Je lui ai pris les mains et, alors que nos doigts s'enlaçaient, je me suis enfoncé un peu plus. Elle a ouvert la bouche, dans un cri silencieux, et rejeté la tête en arrière. Et j'ai recommencé, un peu plus fort.

Elle s'est mordu la lèvre, laissant échapper un infime soupir. À chaque mouvement, ses réactions étaient un peu moins contenues. Lorsqu'elle a crié mon prénom, j'ai failli lâcher prise et je me suis forcé à ralentir.

— Max.

Elle a ouvert les yeux et m'a regardé à travers ses cils. Je l'ai embrassée sur le front, et ses paupières se sont refermées.

— Max, regarde-moi.

Elle a gémi, mais accepté, et, à partir de là, elle a gardé les yeux ouverts.

Il y avait tant de plaisir, de désir, de beauté dans son regard que j'avais l'impression que l'univers s'étirait pour accueillir un peu plus, un peu mieux, toute la puissance de ce que nous partagions.

J'ai vu dans son regard l'émerveillement que j'éprouvais.

Puis j'ai vu, presque aussitôt, la peur.

Devinant ce qui pouvait la rassurer, j'ai basculé pour qu'elle soit au-dessus de moi.

Quand elle a ouvert les yeux, sa peur avait disparu. Elle a souri et, les deux mains à plat sur mon ventre, elle s'est mise à bouger.

— J'ai rêvé de toi, une fois, exactement comme ça.

Nom de Dieu !

J'ai dû la prendre par les hanches pour l'obliger à s'arrêter.

Elle s'est penchée pour m'embrasser, puis elle s'est remise à bouger.

Elle me faisait penser aux nymphes qui peuplent les pièces de Shakespeare. Elle m'offrait aussi, libre et d'une beauté presque surnaturelle, le tableau le plus érotique que j'aie jamais vu. J'étais sûr de ne jamais l'oublier et je n'allais plus tenir très longtemps.

Ses mains sont revenues sur mon torse, ses ongles m'ont éraflé, et j'ai bondi vers elle. Elle a jeté la tête en arrière et, en même temps que son cri, mon univers s'est désintégré avec le sien.

Elle est retombée sur moi, le regard voilé. Je l'ai serrée dans mes bras, et, tandis que les derniers frissons de plaisir nous traversaient, je me suis assis sans la lâcher.

Je ne sais pas combien de temps nous sommes restés enlacés, front contre front, les yeux dans les yeux. Quelques secondes, des heures ou des années, tout ce que je sais, c'est que je n'avais plus envie de bouger. Nos corps s'emboîtaient parfaitement, comme deux morceaux d'un puzzle. Comme deux moitiés d'un tout enfin réuni.

Je l'ai embrassée tout doucement. Je ne voulais penser qu'à la douceur de sa peau, à l'odeur de ses cheveux. Puis je l'ai attirée contre moi, et nous nous sommes allongés, serrés l'un contre l'autre.

28
Max

Je baignais dans un nuage de béatitude, jusqu'au moment où celui-ci s'est... fissuré.

Toutes les réflexions que j'avais tenues à l'écart m'ont assaillie. Cade me tenait dans ses bras, et je me sentais tout à la fois en sécurité, détendue, et... prisonnière.

Le sexe ne m'avait jamais fait cet effet-là. C'était d'habitude une équation simple de sensations physiques et de réactions chimiques. Le sexe avec Cade était... troublant. C'était comme additionner un et un et obtenir un autre résultat que deux. Ça ne collait pas, ou ça collait, au contraire, ça collait trop bien. Et ça me perturbait.

Il s'est levé pour aller dans la salle de bains. J'en ai profité pour enfiler mon slip et partir à la recherche de mon soutien-gorge. Son appartement n'avait rien à voir avec le mien. Il y avait des photos encadrées sur les murs et les étagères étaient pleines de livres, de souvenirs et de bibelots. Cet endroit était chaleureux, confortable et accueillant. Exactement comme lui.

Et tout le contraire de moi.

Un sentiment de malaise m'a envahie. Je l'ai repoussé

et je suis retournée dans la chambre sur la pointe des pieds. Mais là, mes nerfs ont recommencé à flancher. Les yeux sur le lit défait, j'étais incapable de me résoudre à y retourner.

Cade était merveilleux, incroyablement merveilleux, et cette soirée avait été l'une des plus intenses, pour ne pas dire la plus intense, de toute mon existence.

C'était tout le problème.

On se connaissait depuis dix jours et personne ne m'avait jamais regardée comme ça, après l'amour. Je n'étais même pas capable de dire ce que ce regard m'avait fait.

Sinon qu'il m'avait anéantie, complètement.

Il était si sincère, et tellement… profond, qu'à côté de lui, tout le reste de ma vie semblait artificiel et dérisoire. Tout changeait trop vite. Encore maintenant, j'ai le vertige rien que d'y penser. Comme si quelque chose en moi s'était désintégré trop rapidement.

J'ai sursauté quand ses bras se sont refermés sur ma taille, et j'ai frémi quand il m'a serrée contre lui en m'embrassant dans le cou. Ce contact n'a pas suffi à balayer mes angoisses ; je les sentais encore, tapies, prêtes à me sauter à la gorge. Pourtant, j'étais bien dans ses bras, alors je me suis laissée aller contre lui.

— Je t'ai dit à quel point tu es belle ? a-t-il murmuré à mon oreille.

Ma gorge s'est nouée.

— Pas depuis quelques minutes.

— Mmm…

Sa barbe naissante me chatouillait la nuque.

— Tu es merveilleuse, et ce qui compte, a-t-il continué, c'est que tu le saches.

Il était trop bien pour moi. C'était d'une clarté aveuglante. Attentif, tendre, généreux, il ne manquait jamais une occasion de me rassurer, de me faire un compliment, ou de me toucher. Je n'avais pas l'habitude de ce genre d'attentions. En général, je les fuyais. Mais de sa part, elles me faisaient l'effet d'une pluie miraculeuse sur une terre desséchée.

Fatiguée de réfléchir, je me suis tournée pour me lover contre lui. Il avait passé un pantalon de pyjama. La taille, un peu lâche, flottait sur ses hanches et l'ourlet, d'où dépassaient ses orteils, traînait par terre. Voir nos pieds nus face à face m'a tout à coup serré la gorge. L'intimité de notre étreinte me faisait paniquer, alors que l'idée de m'en arracher m'était insupportable.

Il m'a entraînée dans son lit et a tiré la couette sur nous. Je me suis efforcée, pendant qu'il passait un bras autour de ma taille, de respirer normalement. Puis il a éteint la lumière et, dans le noir, il m'a embrassée derrière l'oreille. J'ai frissonné.

J'avais envie de pleurer.

Parce que ce n'était pas ça, ma vie. Ces choses-là ne m'arrivaient jamais, et si elles m'arrivaient, elles ne duraient pas. Les filles comme moi ne restent pas avec des garçons comme lui.

Il me faudrait peut-être une semaine, ou deux, mais je finirais par tout gâcher. J'étais très douée pour la démolition. La seule chose que je faisais bien, c'est chanter. Et vu ce qui s'était passé avec Mace, aujourd'hui, j'étais en passe de détruire ça aussi.

Je ne me faisais aucune confiance. Deux semaines plus tôt, j'étais encore complètement dingue de Mace, en tout cas assez mordue pour échafauder ce scénario ultra-compliqué dans le seul but d'empêcher mes parents de le faire fuir. Et tout d'un coup, comme après un rêve anodin, je me souciais de lui comme d'une guigne.

C'était comme ça que je fonctionnais ou, plus exactement, que je ne *fonctionnais pas*.

Je ne pouvais pas faire ce plan-là à Cade. Que se passerait-il si je sortais avec lui, qu'on s'installait, et qu'un beau jour, parce qu'une lubie m'aurait prise, j'avais envie de tout plaquer ? Étant donné l'estime que j'avais pour lui, j'étais capable de sacrifier mon bonheur et ma liberté pour éviter de le faire souffrir. Ce serait comme toutes ces années où j'avais joué à être Alex pour éviter de faire souffrir mes parents. Mais au lieu d'une couleur de cheveux ou d'un rôle de pom-pom girl, cette comédie-ci impliquerait des gosses et un pavillon de banlieue.

Je me connaissais assez pour savoir que j'étais capable, si je m'autorisais quoi que ce soit avec Cade, de ruiner ma vie pour ne pas gâcher la sienne.

À moins que je ne sabote tout, parce que j'en étais, tout simplement, capable aussi.

À moins que je n'aie rien à ruiner ? Cade se remettait de son histoire malheureuse avec cette Bliss ; je n'étais, après tout, qu'une phase de transition, un lot de consolation, destiné à lui faire oublier cet échec.

Dans combien de temps allait-il s'apercevoir que je n'étais pas celle qu'il voulait ? Et quand il le verrait, jusqu'à quel point en souffrirais-je ?

J'avais envie de vomir.

J'ai attendu et, quand j'ai été sûre qu'il dormait, je me suis glissée hors du lit.

Je croyais avoir seulement besoin d'un peu d'air, mais à la seconde où il ne m'a plus touchée, mon pouls s'est emballé. *Fuis, fuis, fuis*, me disait-il. Je me suis tournée vers Cade et, après un dernier regard sur son beau visage endormi, c'est exactement ce que j'ai fait.

Je me suis habillée, j'ai attrapé mes chaussures, mon sac à main, et je me suis glissée dehors aussi silencieusement que possible.

Sauf que, sur le palier, je me suis rendu compte qu'il était presque quatre heures du matin. Je ne pouvais pas sortir toute seule dans ce quartier.

Alors j'ai appelé Spencer pour qu'il vienne me chercher. Il n'habitait pas loin et il avait une voiture. Malgré l'heure matinale, il a tout de suite décroché. Au son de sa voix, j'ai soupiré de soulagement, et les larmes me sont montées aux yeux.

Merde.

— Je suis désolée de te réveiller, Spence, mais j'ai besoin de ton aide. Tu peux venir me chercher ?

Il n'était pas bien réveillé, mais il n'a pas hésité une seconde.

— Oui, bien sûr. Où es-tu ?

Je lui ai donné l'adresse, il m'a dit qu'il arrivait dans dix minutes et j'ai raccroché.

C'était ignoble de partir sans un mot, mais si c'était pour éviter pire, était-ce vraiment si grave ?

Je devais m'en tenir à ce que je savais. Cade méritait mieux que moi. Il avait besoin d'une fille capable de lui rendre toute l'attention, toute la tendresse et toute la générosité qu'il avait à lui offrir. Ce qui n'était pas mon cas. Je ne pouvais pas le rendre heureux. Je ne pouvais pas me donner aussi complètement à lui, parce que j'étais en mille morceaux et qu'il me manquait des pièces. Une en particulier était restée sur cette route et enterrée avec ma sœur. D'autres étaient semées un peu partout dans cette ville. Je ne voulais pas qu'il aille les ramasser.

Je me suis assise en haut de l'escalier et j'ai serré les jambes contre moi. Je ne voulais pas flancher, alors, la tête sur mes genoux, j'ai retenu mon souffle. Mais j'avais beau me raidir, je ne pouvais oublier la façon dont il m'avait tenue dans ses bras, cette nuit, et chez moi, quand j'avais tant eu besoin de réconfort.

Et j'ai craqué. Pour la première fois en neuf ans – la première fois depuis la mort d'Alex –, je n'ai pas réussi à retenir les larmes qui me brouillaient la vue. J'ai éclaté en sanglots et elles se sont mises à couler, couler. Des pans entiers de mon univers s'effondraient. J'ai bien tenté de me ressaisir, mais j'en étais incapable. Après tout, il était quatre heures du matin, et il n'y avait personne pour assister à mon naufrage. Si je m'interdisais de pleurer maintenant, quand le ferais-je ?

Alors, envahie de chagrin, j'ai dit adieu aux instants merveilleux que j'avais vécus pendant quelques heures ; des instants d'autant plus magiques que je n'aurais jamais dû les vivre.

La porte de l'immeuble a claqué et des éclats de rire, suivis de pas précipités, sont montés jusqu'à moi. Je n'ai pas eu le temps d'essuyer mes larmes. Au pied de l'escalier, Milo et une jolie fille, levaient les yeux vers moi.

J'ai baissé la tête et me suis poussée contre le mur pour les laisser passer. La fille ne s'est pas arrêtée, mais Milo s'est assis à côté de moi.

J'ai pincé les lèvres et tâché de respirer normalement.

— Max, c'est bien ça ?

J'ai opiné et il m'a dévisagée. Je devais avoir l'air d'une vraie loque, car il a soupiré.

— Tu lui as laissé un mot, au moins ?

J'ai écarquillé les yeux.

— Ben quoi ? Tu es là, à quatre heures du matin, en train de pleurer, tes chaussures à la main. Comme Cade ne ferait pas de mal à une mouche et qu'il ne laisserait jamais personne, en pleurs ou pas, sur son palier, pas besoin d'être Einstein pour comprendre que tu files en douce. Je te demande seulement si tu lui as dit pourquoi.

Et dire que je pensais avoir touché le fond...

Je m'étais trompée.

Mon téléphone a bipé. Spencer.

C'était ignoble, et je le savais, mais je n'allais pas changer d'avis.

— Dis-lui que je suis désolée.

Puis je me suis levée et j'ai dévalé l'escalier, laissant derrière moi la meilleure chose qui pouvait m'arriver.

Il n'a pas téléphoné.

Je ne voulais pas qu'il le fasse, mais j'avais cru... Qu'est-ce que j'avais cru ?

Il ne retenait pas les gens. Il me l'avait dit. Il ne s'était pas battu pour Bliss, il ne se battrait pas pour moi. Si j'étais parfaitement sincère, une partie de moi avait compté là-dessus. Parce que, s'il était venu me chercher, je ne suis pas certaine que j'aurais pu résister.

C'était donc mieux comme ça.

Je devais m'en convaincre. Sinon, je n'avais aucune raison de me lever.

Je nous rendais service. À tous les deux.

C'est de cette façon, en me répétant ce discours, et en m'occupant le mieux possible, que j'ai laissé le temps passer.

Je n'avais rien dit à mes parents de ma « rupture » avec Cade. De toute façon, ça n'aurait pas changé grand-chose. Le temps que je trouve la force d'appeler ma mère, elle avait déjà pris nos billets.

Je me suis dit que je trouverais une excuse en arrivant chez eux. Je raconterais qu'il était malade, qu'il avait eu un empêchement, ou trop de travail. Je pouvais aussi leur dire la vérité, au point où j'en étais...

Tout s'écroulait. Noël approchait, nous n'avions plus de batteur, et mes parents allaient me couper les vivres.

Le plus important était de remplacer Mace et de caser un maximum de répétitions avant les fêtes.

Il n'y avait plus que la musique qui comptait.

29
Cade

Quand j'ai ouvert les yeux, elle n'était plus à côté de moi. Et la place qu'elle aurait dû occuper était froide. J'ai compris tout de suite. Quand on s'était couché, déjà, sa docilité m'avait paru étrange. Sans parler de la façon dont elle s'était blottie contre moi, juste avant. Elle avait beau être dans mes bras, je l'avais sentie ailleurs ; et maintenant, elle s'était envolée. J'avais beau en être sûr, je me suis quand même levé pour vérifier dans la salle de bains.

Elle n'y était pas.

Ni dans le salon ni dans la cuisine.

Je l'ai appelée, comme si son prénom avait eu le pouvoir de la faire réapparaître.

Raté.

Je suis retourné dans ma chambre, un peu sonné, mais pas vraiment surpris. J'aurais dû écouter mes intuitions. Il suffisait de la regarder pour comprendre à quel point nous étions différents. J'avais été naïf de croire qu'elle pouvait se contenter d'un type comme moi, et je l'étais encore plus d'essayer de me convaincre qu'il ne s'agissait que d'une attirance physique. C'était bien plus. Et j'en avais assez de brader mon cœur pour le récupérer ensuite en bouillie.

J'ai fini par arracher les draps de mon lit. Ils avaient gardé son odeur et je refusais de revivre ce que je m'étais infligé avec Bliss. Max ne voulait pas de moi ? Parfait.

J'évitais probablement le pire.

J'ai refait mon lit posément, j'ai vidé mon panier à linge pour y mettre les draps, puis j'ai regardé mon réveil.

Sept heures vingt et une du matin.

Le Lavomatic était ouvert.

Tant mieux. Plus vite elle serait hors de ma vie, mieux ce serait. Je devais avancer. Il suffisait de poser un pied devant l'autre.

Mais où était passée ma fichue lessive ?

Pas dans la salle de bains, à sa place habituelle.

Ni dans la cuisine.

J'ai fouillé les placards de ma chambre, le dos et la nuque de plus en plus raides, pour finir par regarder sous mon lit et découvrir… les collants de Max.

Je les ai ramassés et regardés bêtement. Ma colère flanchait, tout à coup. Et moi avec. Je voulais les jeter à la poubelle, je voulais les lui rendre, les garder ; je voulais, je voulais… un million de trucs, tous inutiles, parce qu'*elle* ne voulait *pas* de moi.

Ma lampe de chevet a fait les frais de ma rage. Je l'ai regardée exploser contre le mur en regrettant de ne pas être à sa place. Au moins aurais-je su *où* ça faisait mal, tandis que là… je n'éprouvais aucun soulagement. C'était même pire.

Je me sentais complètement perdu et, au fil des heures, encore plus seul qu'avant.

J'ai passé la semaine suivante à fuir mon appartement. Chaque fois que je posais la main sur ma porte, que j'approchais de la table, ou que j'entrais dans ma chambre, je la voyais. Si j'essayais de m'allonger, je sentais, malgré les draps propres, son odeur sur mon oreiller, à moins – ce qui revenait au même – que son souvenir soit si bien incrusté dans ma mémoire que j'avais *l'impression* de la sentir ; et si je tentais de dormir, son image me hantait dès que je fermais les yeux.

Une nuit avait suffi à rendre mon appartement invivable.

Alors je passais des heures à la bibliothèque, je traînais à la fac longtemps après les cours et j'étais le premier à me porter volontaire dès qu'on avait besoin d'un coup de main au département théâtre.

Tu cherches quelqu'un pour trier ces archives que personne n'a touchées depuis un siècle ? Pas de problème !

Besoin d'aide pour rédiger ce rapport ? Je suis là !

Il suffirait que je m'occupe suffisamment pour ne pas penser à elle, c'était en tout cas l'idée. Car Max ne se laissait pas facilement évincer. Malgré tous mes efforts, elle surgissait à l'improviste dans mes pensées. Et les vacances approchaient. Et je n'aurais bientôt plus rien pour me distraire. Je préférais ne pas y penser.

Un soir, tandis que je rentrais chez moi après l'une de ces journées déprimantes, j'ai découvert Milo, affalé sur mon canapé, en train de vider un de mes paquets de chips. Je ne lui avais rien dit de mon fiasco avec Max.

— Je ne t'ai pas donné mes clefs pour que tu viennes piocher dans mes placards, lui ai-je dit.

Il a englouti les dernières miettes et froissé le paquet dans sa main.

— Ça fait une semaine que tu as disparu, Winston. Qu'est-ce que tu fiches ?

J'ai jeté mon sac sur un fauteuil et me suis débarrassé de mon manteau. S'il avait l'intention de me traîner en boîte, ou ailleurs, il perdait son temps.

— Rien de spécial, ai-je répondu en haussant les épaules.

Il s'est levé, mais il ne m'a pas suivi dans la cuisine.

— Ça va ?

J'ai sorti un verre du placard.

— Oui. Pourquoi cette question ?

— Je l'ai vue, Cade.

J'ai failli en lâcher mon verre.

— Qui ? ai-je feint bêtement, caché par la porte du frigo que je venais d'ouvrir.

— Cesse de jouer la comédie avec moi, *hermano*.

J'ai sorti la carafe d'eau et me suis servi un verre, les mains tremblantes.

— Quelle comédie ? On a couché, elle est partie, c'est tout.

— C'est tout ? Tu te fiches de moi ?

J'ai soupiré.

— Ok. Qu'est-ce que tu veux savoir ?

J'ai bu une gorgée et posé mon verre sur le comptoir.

Il a haussé les épaules.

— Tu pourrais commencer par me raconter comment c'était ! Eh, je plaisante ! s'est-il empressé d'ajouter en se réfugiant sur le canapé.

J'avais bondi sur lui, et son bras tendu m'a arrêté. J'avais les oreilles qui bourdonnaient.

— Je crois que je viens de prouver que ce n'est pas tout.

Je l'ai regardé, un peu interloqué, et tout d'un coup, j'ai craqué.

— Tu veux que je te dise que je suis laminé ? ai-je presque hurlé. Parfait ! Je suis laminé. Mais si tu crois que tu vas me faire avaler tes foutus shots, tu peux te rhabiller !

— Enfin ! s'est-il exclamé, ravi. Il était temps que tu te mettes en colère, mon vieux.

Je me sentais, en effet, nettement mieux.

— Attends un peu avant de te réjouir, je pourrais avoir du mal à me contrôler.

Il a souri avant de se rasseoir, plus sérieux.

— Tu as cherché à la revoir ?

J'ai inspiré, puis expiré, mais ça n'a fait que me rappeler Max.

— Non. Pour quoi faire ?

— Pour quoi faire ? Pour lui dire d'arrêter ses conneries, par exemple. Comme je suis venu te dire d'arrêter les tiennes.

— Les miennes ?

J'ai secoué la tête.

— Son départ est assez clair, tu ne crois pas ?

Elle savait que je n'irais pas la chercher, je lui avais dit que ce n'était pas mon genre. Et elle était quand même partie. Ce qui prouvait, de façon aveuglante, qu'elle ne voulait pas de moi.

La conversation, de mon point de vue, s'arrêtait là. Je suis retourné dans la cuisine terminer mon verre d'eau.

— Elle pleurait, Cade.

J'ai tout recraché.

— *Pardon ?*

Milo était devant moi, l'air grave. J'avais certainement mal compris.

— C'est pour ça que je suis là, a-t-il poursuivi. Je t'ai cherché toute la semaine pour te raconter que je l'avais croisée sur ton palier. Elle était là, assise par terre, et complètement en vrac. Elle avait l'air de pleurer depuis un moment, tu peux me croire.

J'ai senti ma gorge se nouer. J'avais, plus que jamais, envie de la revoir, de la consoler, tout en sachant que c'était moi, son problème.

— Elle t'a dit quelque chose ?

— Seulement qu'elle était désolée.

Je me suis effondré sur mon canapé, le visage entre mes mains.

— Je ne sais pas ce qui se passe entre vous, a continué Milo, mais ce n'est pas rien. Les filles comme elle ne pleurent pas pour des broutilles.

Je sentais tous mes espoirs renaître, mais je refusais de les encourager.

Si je me battais pour elle et que je perdais… je ne pourrais pas le supporter. Rester avec moi était au-dessus de ses forces. Aller la chercher était au-dessus des miennes. Nous étions prisonniers de nous-mêmes, de nos histoires, et, pour une fois, je devais penser à moi.

— Tu réfléchis trop, m'a dit Milo. Je ne suis pas en train de te dire que tu dois tatouer son nom sur ton derrière ou la demander en mariage. Tu dois seulement lui parler, ou tu le regretteras toute ta vie.

Si j'avais réfléchi un peu plus avant de l'amener chez moi, je n'en serais peut-être pas là. Et puis, ses larmes ne voulaient pas dire qu'elle avait des sentiments pour moi. Elle pleurait peut-être parce qu'elle se sentait coupable. Si me quitter lui avait fait tellement mal, elle serait revenue. Elle aurait appelé, envoyé un texto. Elle aurait fait… *quelque chose.*

— Je dois partir, Milo. Les gosses m'attendent.

C'était l'antidote parfait. La plupart de ces gamins avaient des problèmes bien plus graves que les miens et ils se battaient pour s'en sortir. Leur énergie allait me tirer de l'auto-apitoiement dans lequel je m'enfonçais. Il était temps que je me secoue, moi aussi, au lieu de rêver l'impossible avec Max. Que j'affronte, comme eux, la vraie vie.

— Tu es complètement stupide, *hermano.*

Au contraire, c'était la seule bonne décision.

30
Max

C'était du grand n'importe quoi.

J'avais réussi à me convaincre du contraire, mais arrivée devant sa porte, je me suis *vraiment* demandé ce que je faisais là.

J'avais une bonne raison de venir : les billets que venaient de m'envoyer mes parents ; je m'étais dit que je pouvais lui donner le sien. Sauf que ce n'était qu'un prétexte. En vérité, j'étais obnubilée par l'envie de le revoir. Et j'avais, du même coup, oublié un détail. Je ne m'étais même pas demandé comment ça risquait de se passer.

Mal, évidemment.

Je n'avais pas non plus pris le temps de téléphoner. Il allait m'en vouloir et je n'étais pas douée pour les disputes. Les cris, c'est bon quand on se sent concerné ; je m'étais fait une règle de ne jamais l'être.

Alors pourquoi la possibilité qu'il puisse ne *pas* être en colère – qu'il s'en fiche même carrément – m'inquiétait-elle tellement ?

J'ai levé la main et, avant de changer d'avis, j'ai frappé.

Mon cœur cognait comme un sourd, et j'avais la bouche desséchée.

J'allais le voir.

J'en avais les jambes flageolantes. À croire que je l'avais dans la peau. Je revoyais son sourire, son regard, ses mains, comme si on s'était quitté la veille. Pas une semaine plus tôt.

Une semaine au cours de laquelle j'avais complètement perdu les pédales. Je n'arrivais même plus à savoir ce que je voulais.

Penser à lui était la seule activité qui m'apaisait.

J'avais besoin de le voir. Pour passer à autre chose. Si j'étais sûre qu'il allait bien, j'arrêterais de me sentir coupable et de me demander si j'avais fait une erreur.

Au bout de quelques secondes, j'ai recommencé à frapper.

Pas de réponse, et aucun bruit derrière la porte.

Il n'était pas chez lui.

Toute ma tension s'est relâchée d'un coup.

J'hésitais, partagée entre le soulagement et la déception, quand j'ai entendu des pas dans l'escalier. Je me suis retournée si vite que j'ai failli tomber.

C'était son voisin. Milo. Celui qui avait assisté à ma débâcle, une semaine plus tôt.

Je l'ai regardé, bêtement.

— Je… heu…

Il a levé la main.

— Tu n'as pas besoin de t'expliquer.

Heureusement, parce que je ne savais pas quoi dire. Je n'avais rien préparé. Je m'étais dit qu'en voyant Cade, les mots viendraient tout seuls ou que je me contenterais de lui donner son billet et de détaler. Et je m'apercevais, soudain, que je ne savais même pas ce que j'attendais de cette rencontre.

Je me suis éclairci la gorge et, en évitant de croiser son regard, je me suis lancée.

— Il est… Heu… Comment va-t-il ?

Milo s'est appuyé contre le mur.

— Bien. *Très bien*, en fait.

— Ah !

Qu'est-ce qui m'avait pris de venir ici ? J'étais tellement mal que j'avais envie de disparaître. J'ai avancé vers l'escalier, mais Milo m'a barré le passage.

— Tu devrais le lui demander directement. Il est sur le campus, au centre de loisir.

Je ne pouvais pas y aller.

— Pas grave, je le verrai une autre fois.

Il a éclaté de rire.

— Ça m'étonnerait ! Si tu n'y vas pas maintenant, tu n'iras jamais.

— Qu'est-ce que tu en sais ?

— J'en sais assez pour savoir ce que ça t'a coûté de venir jusqu'ici. Tu ne recommenceras pas.

Son sourire avait quelque chose d'agaçant.

— Tu peux me croire, a-t-il repris, je suis déjà passé par là.

Il était tellement sûr de lui que j'étais surprise de ne pas le voir gonfler d'orgueil et éclater.

— Parle pour toi, ai-je répliqué. J'étais seulement venue lui apporter un truc qui lui appartient.

Il avait l'air d'en douter, et je n'étais pas certaine de me croire moi-même.

— Je repasserai.

Je suis passée devant lui et j'ai dévalé l'escalier.

Pourtant, dans la rue, au lieu de partir vers le métro, je me suis dirigée vers le campus. J'avais peut-être fait la maligne devant Milo, mais il avait raison. Si je n'y allais pas maintenant, je n'irais jamais.

De toute façon, j'avais tout le chemin pour rassembler mon courage ou bien… changer d'avis.

Le centre de loisir était facile à trouver. Dénicher Cade, en revanche, était une autre histoire.

Il y avait des milliers de gosses, de tous les âges, de tous les styles et de toutes les origines, répartis dans des dizaines de salles. Ici, ils jouaient aux échecs, ailleurs au basket ; plus loin, ils suivaient des cours de danse ou de kung-fu. Le bâtiment résonnait de rires et de cris. Un groupe de gamins m'a dépassée en hurlant, manquant de me renverser au passage. Je les ai suivis des yeux en souriant, pour découvrir que leurs pas tumultueux les conduisaient vers Cade.

Il se tenait au milieu d'une nuée d'enfants en compagnie d'une jolie blonde et portait, comme elle, un T-shirt rouge, au dos duquel était inscrit ANIMATEUR. Les gosses étaient suspendus à leurs lèvres.

Cade, un bras tendu en avant, étirait l'autre en arrière. Son T-shirt était juste assez moulant pour dessiner parfaitement ses épaules et son dos. Il avait l'air en forme, mais je ne m'attendais pas au choc que j'ai ressenti en le voyant. Je n'avais même pas besoin de fermer les yeux pour me souvenir de chaque détail de sa silhouette.

Il a baissé les bras.

— Bien, a-t-il dit, maintenant qu'on a bien étiré nos bras et nos jambes, passons aux muscles du visage. Un comédien doit être expressif. On commence par la tête de citron. Imaginez que vous venez de goûter le citron le plus acide de toute l'histoire de l'humanité.

Les gosses ont pincé les lèvres et plissé les yeux. Cade a fait le tour du groupe en faisant la grimace avec eux.

Il s'est arrêté devant un garçon d'à peu près sept ans particulièrement concentré sur son exercice.

— Il est vraiment acide, ton citron, hein, Jamal ?

Le gamin a hoché la tête en sautant d'un pied sur l'autre.

— Oh, oui, M'sieur Cade, drôlement acide.

J'ai retenu un éclat de rire.

— Bon, maintenant, vous êtes tellement énervés par l'acidité de ce citron que vous rugissez comme des lions.

Les gamins ont tous ouvert la bouche en même temps. Dans une clameur assourdissante, les yeux écarquillés et les poings serrés, ils avaient quelque chose d'effrayant, un peu comme dans un film d'horreur. L'effet était vraiment spectaculaire.

Cade, couvrant leurs voix, s'est alors mis à crier : « Citron ! Lion ! Citron ! », et les enfants, suivant ses ordres, ont enchaîné les mimiques, de plus en plus vite, en essayant de ne pas se tromper.

Cade s'est tourné vers sa coéquipière, un sourire amusé aux lèvres. Elle lui a répondu avec cet air qu'ont toutes les filles quand un garçon leur plaît, avant de lui donner un coup d'épaule complice.

J'ai senti le sol se dérober sous mes pieds.

Milo m'avait dit qu'il allait bien. *Très bien* même.

C'était peut-être à ça qu'il pensait quand il avait insisté pour que je vienne.

J'ai regardé la blonde en me demandant comment elle pouvait bien s'appeler.

Et puis j'ai compris que j'avais eu tort de venir. C'était son univers, lumineux, plein de rires et d'enthousiasme, et je n'y avais pas ma place. C'était pour cette raison que j'étais partie de chez lui. Qu'est-ce que j'avais cru en venant ici ?

Que nous redeviendrions amis, comme s'il ne s'était rien passé ?

Que nous tomberions dans les bras l'un de l'autre ? Que toutes nos différences, nos casseroles, disparaîtraient, parce que… Parce que quoi, au juste ? Parce qu'il me manquait ?

J'étais vraiment stupide.

J'ai reposé les yeux sur lui. Son sourire était si beau que j'en avais mal. J'allais faire demi-tour quand il m'a aperçue.

Il a cligné des yeux, comme s'il avait la berlue, et son sourire s'est effacé. C'était le signal que j'attendais, la preuve qu'il n'avait pas envie de me voir. Je me suis détournée au moment où il disait :

— Tu peux me remplacer une minute, Amy ?

J'ai foncé entre deux tables de joueurs d'échecs.

— Max !

J'ai franchi, sans ralentir, les grandes portes qui donnaient sur l'avenue.

— Max !

Au lieu de traverser, j'ai tourné sur Broad Street et, parce qu'il y avait du monde, j'ai continué d'un pas plus calme.

Quand il a répété mon prénom, juste derrière moi, la proximité de sa voix m'a fait frissonner.

— Max.

J'allais le regretter, mais je n'avais pas la force de me remettre à courir. Alors, me forçant à faire bonne figure, je me suis tournée.

— Salut, Cade.

— Qu'est-ce que tu fais là ?

En plein dans le mille.

J'ai fouillé dans mon sac, soulagée d'avoir au moins cette réponse.

— Je suis venue te donner ça. Milo m'a dit que tu étais là.

Je lui ai tendu l'enveloppe en retirant ma main.

— Mes parents ont acheté les billets d'avion. Ils ne sont pas remboursables, mais ils sont échangeables, alors je me suis dit que tu pourrais changer le tien pour aller directement chez toi.

Il a à peine regardé l'enveloppe. Il s'est contenté de me dévisager, les mâchoires serrées.

— C'est tout ?

J'ai revu la blonde se coller à lui. C'était la deuxième blonde avec laquelle je le voyais – des filles beaucoup plus son genre. Ce détour prouvait au moins que j'avais raison.

— C'est tout, ai-je répondu.

— Alors pourquoi es-tu partie en courant ?

J'avais couru, vraiment ? Quelle idiote !

Seulement, j'étais sur le point de faire quelque chose de plus idiot encore : me dire que j'avais fait une erreur, par exemple, ou croire que j'avais une chance.

— Parce que tu étais occupé, ai-je répondu. J'allais m'acheter à boire au kiosque et revenir plus tard.

M'acheter à boire en courant comme une dératée ? *Bravo, Max.*

— Mais je ne veux pas te retenir, les jeunes t'attendent.

Et Amy. Que j'aurais volontiers étranglée.

Le silence s'est étiré, et je ne voyais pas quoi dire pour me dépêtrer des lianes qui s'enroulaient autour de nous. J'aurais dû partir avant qu'il soit trop tard, mais j'en étais incapable.

C'était peut-être la dernière fois que je le voyais.

— Je ferais mieux d'y aller, ai-je avancé sans pour autant bouger.

Mes pieds avaient dû prendre racine dans le macadam.

— Heu… c'était sympa de te revoir.

Il me dévisageait, et je n'avais aucun mal à lire la méfiance dans son regard – comme s'il se demandait jusqu'à quel point j'étais sincère.

Je ne pouvais pas lui en vouloir.

J'étais, les trois quarts du temps, la première à mentir.

N'empêche qu'il se méfiait, et qu'il se méfiait *de moi*. Je ne l'avais jamais vu comme ça – et je détestais lui inspirer ce sentiment-là. Pourtant, je devais me rendre à l'évidence : quel que soit le lien qui nous avait rapprochés, il avait disparu.

Je devais simplement l'accepter.

Alors, j'ai affiché un grand sourire et lui ai dit :

— Au revoir, Cade.

31
Cade

— Max, attends !

Je ne savais pas ce que j'allais dire jusqu'au moment où je me suis entendu demander :

— À quelle heure on décolle ?

Elle s'est retournée, un drôle d'éclat au fond des yeux. Je faisais de mon mieux pour ne pas me laisser affecter, mais je n'y arrivais pas.

Sa stupeur était le reflet de la mienne.

Je ne savais pas ce qui m'avait pris, je regrettais même ma question. Pourtant, quand elle m'a demandé « On ? », ses grands yeux bleus écarquillés, j'ai persisté :

— Si tu veux toujours que je vienne, j'en suis. Je t'ai fait une promesse, Max, j'ai l'intention de la tenir.

Même si j'en crevais.

Elle a croisé les bras et m'a dévisagé. Je me suis forcé à rester neutre. Je ne voulais pas qu'elle pense que c'était une ruse pour la récupérer. J'étais sincère. Si elle jugeait avoir besoin de moi pour affronter ses parents, je n'allais pas la laisser tomber.

— Tu es prêt à faire ça pour moi ?

Au lieu de réfléchir à tout ce que j'étais prêt à faire pour elle, j'ai répondu :

— On a passé un marché. J'en ferais autant pour n'importe qui.

Elle a cillé, et j'ai dû me mordre la langue pour ne pas lui dire la vérité. Que je n'avais aucune envie de la laisser tomber. Ni maintenant ni… jamais.

— Oh ! Alors dans ce cas… d'accord. Et, heu… merci. On décolle dimanche matin à onze heures.

— Je viendrai tôt, on prendra un taxi jusqu'à l'aéroport.

— D'accord. À dimanche, alors.

Je l'ai regardée s'éloigner, puis disparaître au coin de la rue, avant de retourner à mon poste.

Qualifier ce que je venais de faire de « grand n'importe quoi » était un euphémisme.

Les jours suivants, j'ai passé mon temps à sortir mon billet de son enveloppe. Parfois, je me contentais de contempler les chiffres – la date, l'horaire, le numéro de vol. Parfois, je m'efforçais, les yeux fermés, de deviner, rien qu'en le touchant, les intentions de Max.

N'était-ce qu'un billet ou était-ce un message ?

Et si c'était un message, quelle signification lui donner ?

J'étais sur mon canapé avec mon billet quand le téléphone a sonné.

Le nom sur l'écran m'a arraché un sourire. Rien de tel qu'un bon copain pour me changer les idées.

— Salut, Rusty. Je te préviens, si tu m'appelles pour me dire que tu regrettes tes dix ans, ne compte pas sur moi pour te remonter le moral.

Son éclat de rire a effacé tous les kilomètres qui nous séparaient.

— Pff, ne m'en parle pas ! Si j'avais su, j'aurais demandé aux profs de nous faire redoubler deux ou trois fois, on serait encore à la fac !

— Eh, *je* suis encore à la fac !

— En doctorat, ça ne compte pas. C'est la fac 2.0, le boulot en plus, la rigolade en moins.

— Parce que c'est mieux de bosser à plein temps ?

— Ah ! non. Hier, un client s'est étranglé et m'a craché son café en pleine figure. Tu parles d'une vie !

Il a éclaté de rire avant de reprendre :

— Bon, maintenant que je t'ai déridé, je tranche dans le vif... J'ai appris que Bliss allait se marier. Je suis désolé, vieux.

— Oui, j'ai reçu un tas de messages sur Facebook. Ce n'est quand même pas un enterrement.

— Comment tu le vis ?

J'ai ramassé le billet d'avion.

— Bien.

C'était vrai. J'étais bien, en tout cas côté « Bliss ».

— Cade...

— Je vais bien, Rusty, je t'assure. Je les ai vus, il y a une ou deux semaines. C'était super-bizarre, et surtout déprimant, parce que je suis quasi certain que mon amitié avec elle est passée de vie à trépas. Mais ça va. En fait, j'ai rencontré quelqu'un.

Je n'avais parlé de Max à personne en dehors de Milo. Elle était comme un trésor – un trésor si précieux que je ne voulais pas le partager. Cependant, elle me mettait dans un tel état que j'avais besoin d'en parler.

— Une autre, hein ? À quoi elle ressemble ?

— À une mine antipersonnel.

— Je l'aime déjà !

Je n'étais pas surpris.

— Vous sortez ensemble ?

— Pas vraiment.

— Vous allez sortir ensemble ?

J'ai regardé mon fichu billet.

— Heu… pas sûr.

— Vous êtes sortis ensemble, alors ?

— Si on veut.

— Attends, je suis un peu perdu, là. Tu veux ou tu ne veux pas sortir avec elle ?

— Je n'en sais rien, vieux. Je veux et je ne veux pas. Elle est incroyable, vraiment, mais elle trimballe un sacré lot de casseroles. En fait, elle réussit à me démolir encore mieux que Bliss.

— Voilà pourquoi je préfère les hommes !

— Chacun son truc, Rusty.

— En tout cas, ton truc à toi, ce n'est pas cette fille. J'ai l'impression que tu sais déjà qu'elle n'est pas faite pour toi.

Je le savais, mais ça ne m'empêchait pas de penser tout le temps à elle. Je devais sans cesse me rappeler ce que j'avais ressenti en me réveillant tout seul pour ne pas l'appeler.

— Tu as raison, Rusty. Je voudrais seulement que la vie redevienne facile.

C'était ça qui m'avait fait rêvé, chez Bliss. Je le savais, maintenant : une vie simple, agréable, sans complication.

— Mauvaise nouvelle, Winston. La vie n'a rien de simple, sauf dans la tombe.

Nous avons enchaîné sur la possibilité de réunir toute la bande pour le Nouvel An, mais j'avais l'esprit ailleurs.

Je me disais que j'avais passé des années à courir après la vie que j'imaginais vouloir. Une vie tranquille, sans imprévus. Mais qui continuait de m'échapper. J'avais atteint les objectifs que je m'étais fixés depuis que j'étais gosse : des études, un job, des amis..., mais ça rimait à quoi ?

En vérité, rien n'empêche jamais les gens de partir. Rien ne peut retenir quelqu'un qui ne veut pas rester. La seule question est de savoir ce qu'on est prêt à faire, ou à risquer, pour le retenir. Ce que *j'étais* prêt à faire ou à risquer.

Comme Rusty devait partir travailler, nous nous sommes promis de nous rappeler rapidement.

Je ne savais toujours pas ce que je voulais. Alors que j'avais compté sur cette conversation pour m'éclairer un peu, j'ai raccroché plus confus que jamais.

32
Max

Je ne voulais pas penser à Cade ni à la perspective de passer quelques jours avec lui. J'avais trop de soucis pour me laisser perturber. Sauf qu'il rôdait en permanence dans mes pensées.

Il me minait.

Avant, j'étais solide, imperturbable, froide et indépendante. Maintenant, je me sentais faible, hésitante et vulnérable. Je détestais ça.

Surtout à moins de vingt-quatre heures de la fin du monde – autrement dit, Noël en famille.

Chez moi, mes blessures se raviveraient, parce que c'était là-bas qu'elles étaient nées. J'avais, plus que jamais, besoin de mon armure.

Et la soirée pour retrouver ma détermination.

Ma mère m'avait déjà téléphoné une bonne dizaine de fois – son dernier appel avait duré si longtemps qu'il comptait pour cinq.

Mon frère et sa femme, Bethany, étaient arrivés la veille. Leurs commentaires, en fond sonore, avaient suffi à me donner la nausée. Ils suintaient la vanité et l'arrogance.

Je n'avais toujours pas bouclé ma valise. J'avais préparé deux piles de vêtements : d'un côté, ceux que je mettais d'habitude pour mes parents, une collection de pulls à col roulé et d'écharpes ; de l'autre, ceux que je portais ici tous les jours. Je voulais faire plaisir à Cade et rester moi-même, mais ce n'était pas une décision facile. C'était même une révolution, de celles qui provoquent des cataclysmes.

Arrivée devant chez moi, après ma journée au salon de tatouage, j'ai été surprise de trouver la porte verrouillée. Je me suis demandé, en cherchant parmi mes clefs celle qui correspondait, ce qui avait décidé le propriétaire à intervenir. Je me suis figée, la clef devant la serrure. Cade s'en serait-il chargé ? Bien que nous soyons… Oui, bon, la question n'était pas de savoir ce que nous étions ou pas, mais qui avait réparé la serrure. Entre mon propriétaire, notoirement désobligeant, et Golden Boy, la réponse n'était pas difficile à trouver.

Mon cœur s'est mis à cogner.

Ça ne voulait rien dire. En plus, ce n'était peut-être même pas lui.

Mais si c'était lui ?

Cette éventualité me minait un peu plus.

J'ai secoué la tête et me suis concentrée sur ma clef. Quand j'ai enfin réussi à ouvrir – parce que j'avais les mains qui tremblaient –, je suis montée affronter mon autre problème, ma valise.

Finalement, j'ai pris quelques cols roulés, au cas où, mais surtout mes vêtements habituels, ceux que Cade approuverait, et que je serais peut-être capable de porter.

C'est en pensant à lui, et les nerfs en pelote, que je suis allée me coucher. La seule chose que j'espérais, c'était ne pas craquer… quoi qu'il arrive.

Ma tête explosait, j'avais l'impression d'être sous l'eau. Le monde me paraissait si loin et trop brillant ; les lumières me faisaient mal, comme si j'étais restée longtemps dans le noir. Un éclair m'a aveuglée et j'ai tressailli. Un visage flottait au-dessus du mien. Mon cœur s'est dérobé.

Alex.

C'était forcément elle.

J'ai essayé de l'appeler, en vain ; j'avais la langue plus lourde qu'une pierre et mes efforts pour parler me déchiraient la gorge ; je n'ai réussi qu'à proférer un murmure.

« N'essaie pas de parler, n'abîme pas tes cordes vocales. »

C'était la voix d'un homme, pas celle d'Alex. L'univers qui m'entourait a volé en éclats. J'avais la vue brouillée, mes lèvres, poisseuses, avaient un goût métallique.

Deux doigts se sont posés sur mon poignet, et l'homme a commencé à débiter des chiffres à quelqu'un que je ne voyais pas.

J'ai remarqué alors le grondement régulier d'un moteur, et ce sur quoi j'étais allongée s'est mis à bouger doucement.

J'étais dans une ambulance. On m'emportait.

Prise de panique, j'ai essayé de me redresser, mais mes épaules étaient bloquées. J'étais de nouveau prisonnière. J'ai essayé de me débattre, mais une violente douleur m'a transpercé la jambe. J'ai essayé de crier sans y parvenir.

Ma tête me faisait tellement mal que j'avais envie qu'elle explose pour de bon, pour ne plus sentir la douleur.

Je répétais le nom d'Alex, alors qu'aucun son ne sortait de ma gorge.

« Tu vas t'en sortir, m'a dit l'ambulancier, nous sommes arrivés juste à temps. »

Non, non, ce n'était pas vrai.

Ils étaient venus trop tard.

Je l'ai vu prendre une seringue, et ma vision s'est de nouveau brouillée. La panique s'est estompée, mais pas les images.

Il était trop tard

Je me suis réveillée en nage, suffocante dans mes draps trempés. Mes cauchemars étaient toujours pires et plus fréquents à l'approche des vacances. Mais c'était le premier depuis longtemps. J'avais été trop préoccupée pour que mes vieux démons montrent leurs visages, cette année. Ils ne m'avaient pas pour autant abandonnée.

J'ai tenté de me rendormir, mais le souvenir de l'accident était trop vif. Chaque voiture qui passait dans la rue, chaque reflet de phares sur ma fenêtre, me faisait redouter un nouveau cauchemar.

J'ai fini par me lever et, après une longue douche, je me suis mise à songer à mon séjour chez mes parents.

Mon seul objectif était la musique. C'était mon cap, ma constante, et la seule chose que je devais me rappeler. Si impatiente que je sois de revoir Cade, je ne pouvais me laisser distraire. Ni par lui, ni par le passé, ni par rien.

Je me suis lissé les cheveux. Je ne le faisais jamais, mais j'avais besoin de m'occuper. Ma mère m'a téléphoné deux fois, la première pour s'assurer que j'étais réveillée, la seconde pour vérifier que j'étais bien levée. La deuxième fois, je l'ai mise sur haut-parleur et l'ai laissée bavarder en limitant mes interventions à des « oui » et des « vraiment » occasionnels.

J'ai enfilé une chemise et me suis regardée dans le miroir. Mes tatouages n'étaient pas entièrement visibles, mais ils n'étaient pas non plus complètement dissimulés. J'ai fermé les yeux en essayant d'imaginer la réaction de mes parents.

Je prenais mon manteau et une écharpe quand on a frappé à la porte.

Cade.

J'ai dû me retenir au mur.

— Une seconde !

« Pense à la musique, me suis-je dit, pas à lui. »

J'ai pris une bonne inspiration et suis allée lui ouvrir.

Il était là, adossé au mur et tellement sexy que j'ai cru rêver.

Mais non.

Du coup, je me suis sentie flancher. Toutes les émotions que j'avais soigneusement évitées pendant la semaine me sont tombées dessus. J'ai bien tenté de les repousser, mais elles étaient trop fortes.

Je n'arrivais pas à déchiffrer son regard, ni à me faire à la réalité de sa présence. J'ai dû m'imposer un effort surhumain pour réussir à lâcher un « salut ». Après quoi, mon cerveau a semblé se liquéfier.

Il a poussé la porte et s'est avancé, les mains dans les poches. Mon regard est remonté de ses bras à ses épaules, puis de ses épaules à sa mâchoire, avant que je parvienne à le tourner ailleurs.

Si le seul fait de le voir me mettait dans cet état, comment allais-je survivre à sa présence pendant plusieurs jours chez mes parents ?

J'ai reposé prudemment les yeux sur lui. Il souriait, comme s'il n'y avait rien de compliqué, ou de douloureux, entre nous. Comme si ma présence ne le troublait pas. Je mourais d'envie de le toucher, et lui, il était là, complètement détendu.

Tandis que je le fixais, il a fini par s'éclaircir la gorge.

— Tu es prête ?

Ah ! non, même pas en rêve.

33
Cade

À l'instant où je l'ai vue, je me suis senti dévisser. Ses cheveux n'étaient plus bouclés, ni rouges, mais plus longs, magnifiquement lisses, et si blonds qu'ils en étaient presque blancs. Je me suis dit qu'elle les avait teints pour plaire à ses parents, et ça m'a serré le cœur. Mais quand elle s'est écartée pour me laisser entrer et que la lumière a joué dans ses mèches, j'ai vu qu'ils n'étaient pas vraiment blonds, mais d'un violet très pâle.

Elle souriait et semblait sincèrement heureuse de me voir.

— Tes cheveux sont magnifiques, lui ai-je dit.

Elle les avait légèrement relevés, de sorte que les oiseaux tatoués sur son cou étaient bien visibles. Sa tenue, sans être extravagante, lui ressemblait, et surtout, elle n'avait pas l'air déguisé.

— Tu m'as conseillé de rester moi-même, a-t-elle répondu, je t'ai écouté.

Je n'ai pas cherché à dissimuler mon sourire.

Elle est allée enfiler son manteau. Elle avait l'air crispé, sans doute à cause de ses parents.

De mon côté, partagé entre l'envie de l'embrasser et celle de déguerpir pour ne pas y succomber, je n'en menais pas large. J'ai opté pour la neutralité. Sauf que je ne voyais pas quoi dire. Alors, plutôt que rester les bras ballants, je me suis rendu utile en prenant son sac.

Nos mains se sont effleurées. Je me suis vite écarté, mais le mal était fait. Elle s'est raidie, et détournée.

— Tu es stressée ?

Elle m'a regardé, ses grands yeux bleus pleins d'interrogation.

— À cause de tes parents, je veux dire.

Elle s'est détendue.

— Oh ! non, seulement au point de me faire des trous dans l'estomac.

C'était bon de l'entendre rire.

— Rien de grave, alors.

— Je dois quand même te prévenir, m'a-t-elle dit en fermant sa porte à clef. En fait, sous ses airs de sainte Nitouche, ma belle-sœur, Bethany, est l'avatar de l'Antéchrist.

Elle s'est retournée si vite quand j'ai éclaté de rire, et elle semblait tellement surprise, que je me suis demandé à quoi elle s'attendait. À me voir effondré, après ce qu'elle m'avait fait ?

J'en avais marre de ce type-là.

Je n'avais aucune raison de ne pas me conduire normalement. J'étais comédien, après tout.

— Je suis sérieuse, a-t-elle repris. Elle a le cerveau d'une sauterelle, une langue de vipère, et son contact est aussi agréable qu'un gant de crin sur une peau de bébé.

— Tu exagères.

— Tu crois ? Le jour de son mariage, elle a fait un

caprice pour avoir un lâcher de colombes au moment du baiser. Un lâcher de colombes au beau milieu de l'Oklahoma, la patrie des chasseurs ! Elle a eu de la chance que personne ne sorte son fusil.

— D'accord, elle est un peu dingue, ai-je admis, mais qui ne l'est pas, le jour de son mariage ?

— Elle n'a pas voulu que je sois demoiselle d'honneur, a-t-elle continué comme nous débouchions dans la rue, parce que mon teint jurait avec la couleur des robes qu'elle avait choisies.

J'ai grimacé, mais elle n'avait pas fini.

— Il y a huit ans, elle a concouru pour le titre de Miss Oklahoma. Elle s'est fait éliminer en finale, eh bien crois-le si tu veux, mais aujourd'hui encore, elle continue de prétendre que le concours était truqué et qu'elle aurait dû gagner.

Je lui ai ouvert la porte du taxi qui nous attendait et l'ai laissée grimper.

— Compris, ai-je dit. Éviter de laisser Max en compagnie de l'Antéchrist Bethany, ou celle-ci risque d'y laisser un œil.

À partir de là, la conversation est devenue laborieuse. Il est moins facile de donner le change dans un si petit habitacle et sous le regard d'un chauffeur. Max se tordait les mains nerveusement. Quand elle a effleuré les tatouages sur son cou, je n'ai pas pu m'empêcher de lui demander :

— Pourquoi des oiseaux ?

Elle m'a regardé comme si elle m'avait complètement oublié – je ne pouvais pas, hélas ! en dire autant –, puis elle s'est mordillé la lèvre.

— Excuse-moi, me suis-je repris, tu n'es pas obligée de répondre.

— Non, ça va. En fait, ce n'est pas très original.

Elle a posé la main sur son cou.

— Je les ai fait faire quand j'ai quitté la fac. C'était la première fois que je brisais les barreaux de ma cage. J'avais décidé de m'envoler et ces oiseaux devaient me rappeler de rester toujours moi-même. Tu parles d'une réussite…

J'ai pris sa main et lui ai dit :

— Ça va aller, Max.

Elle a croisé les bras, comme pour se protéger.

— Ça te fiche tellement la trouille ?

— Tu n'as pas idée. Ma mère est un croisement entre Terminator et le Père Noël. Une vraie terroriste. Si tu as le malheur de manquer un tout petit peu d'enthousiasme, elle te gave de lait de poule, de cookies et de chants de Noël jusqu'à ce que tu la supplies… de continuer.

— J'aime bien le lait de poule, moi.

Elle a fait la grimace, mais sa contrariété a cédé la place à un nouveau sourire et je me suis fixé pour objectif de la dérider complètement. C'était du masochisme, parce que chacun de ses sourires me faisait un mal de chien, mais je préférais souffrir plutôt que la voir à la torture.

— Je, heu… j'aurais dû te le dire plus tôt, a-t-elle repris en se triturant les mains, mais… merci d'être venu. Je suis contente de ne pas être seule.

— De rien.

Elle a continué en rougissant :

— Et on n'est pas obligé de, heu… Enfin, si ça te gêne de faire semblant qu'on sorte ensemble, on n'est pas obligé de se comporter comme… un couple.

Je me suis forcé à sourire. Je n'avais pas cessé d'y penser, ces jours derniers. D'un côté, je voulais fuir tout ce qui, de près ou de loin, nous aurait fait passer pour un couple, et de l'autre, c'était une perspective que je n'aurais refusée pour rien au monde.

— Ça ne me gêne pas de faire semblant.

Le dire à voix haute était peut être une façon de m'en persuader.

— Ce n'est pas très difficile. Je suis comédien.

Elle a opiné.

— Oui, bien sûr, je voulais juste… te mettre à l'aise.

Durant le reste du trajet, son anxiété n'a cessé de croître, si bien qu'en montant dans l'avion elle avait l'air d'un animal traqué.

Elle m'a fait signe de m'asseoir près du hublot et, sans un mot, elle s'est installée côté couloir. Après le décollage, elle a ôté ses chaussures et remonté ses pieds sur le siège en évitant de me toucher. Quand nous avons eu le droit d'utiliser nos appareils électroniques, elle a sorti son téléphone portable et mis ses écouteurs.

Je me suis demandé, en entendant la musique, si le volume l'aidait à oublier ses peurs. Puis j'ai fermé les yeux et, la tête contre le hublot, j'ai essayé de penser à autre chose.

Je somnolais lorsqu'un poids sur mon épaule m'a tiré de ma torpeur. J'ai tourné la tête pour me retrouver nez à nez avec Max.

Blottie contre moi, les yeux fermés et le visage parcouru de crispations, elle respirait par à-coups, comme si elle souffrait. Elle a gémi et quand elle a murmuré « Alex », d'une voix étranglée, j'ai posé la main sur sa joue.

Je me suis penché sur elle pour murmurer :

— C'est un rêve, Max, réveille-toi.

Sa main s'est crispée sur ma chemise. J'ai passé un bras autour d'elle et je l'ai serrée contre moi.

— Chut, tu vas bien, je suis là. Réveille-toi.

Elle a ouvert les yeux et tressailli.

— C'était un rêve, Max.

Je l'ai répété plusieurs fois, parce que je n'étais pas sûr qu'elle m'entendait. Elle a regardé autour de nous, puis, ayant compris où nous étions, elle a relâché le poing qu'elle tenait serré sur ma chemise.

— Ça va ?

Elle a fermé les yeux et pris une longue inspiration. Quand elle les a ouverts, elle ne s'est pas écartée de mon épaule, ni du bras que j'avais laissé autour d'elle. Elle a seulement plongé dans mon regard.

34
Max

J'étais encore sous le coup de mon rêve, et sentir son bras sur mes épaules ne m'aidait pas à recouvrer mon calme. Pas plus que voir son visage penché sur moi, regarder sa barbe naissante que j'aimais tant, ou plonger mes yeux dans les siens, encore pleins d'inquiétude.

Son sourire me procurait une sensation agréable. Je me suis humecté les lèvres. Je n'arrivais pas à me détourner de ses yeux ; ça l'a visiblement rendu perplexe, mais il n'a pas rompu le contact. Je voulais lui dire dans quel état me mettaient ces cauchemars, mais je n'arrivais pas à mettre des mots dessus. De toute façon, je n'étais pas sûre que ça l'intéresse. Il a bougé. Son bras s'est un peu plus serré sur moi, et je me suis sentie, comme Alice au pays des merveilles, glisser dans un puits sans fond.

Je le regardais toujours quand une hôtesse m'a tapé sur l'épaule pour me proposer à boire. Je me suis redressée, et, le temps que je refuse, Cade avait repris son bras. Mes écouteurs pendaient autour de mon cou, la musique à plein volume. J'ai coupé le son et j'ai ouvert la bouche. Je n'avais aucune idée de ce que j'allais dire, mais si je restais silencieuse plus longtemps, j'allais exploser. J'ai repris mon souffle, mais il a réagi plus vite que moi.

— Le passé est le passé, Angry Girl.

Ça m'a tellement déconcertée que j'en suis restée bouche bée.

Il a bien tenté de me sourire, mais je voyais qu'il se forçait, et son regard était distant.

Cette fois-ci, j'étais certaine qu'il jouait un rôle.

Et la perspective de passer ces quelques jours avec lui m'a tout à coup paru d'une tristesse infinie. Il avait raison : le passé est le passé, et il y avait beaucoup de choses que je voulais laisser derrière moi. Mais j'étais sûre, maintenant, qu'il n'en faisait pas partie.

Dommage qu'il soit trop tard.

35
Cade

Je détestais la facilité avec laquelle j'arrivais à lui masquer mes émotions. Je la poussais à être elle-même, à assumer ce qu'elle était, et je faisais exactement le contraire. Alors que la seule chose que je désirais était de la prendre dans mes bras pour l'embrasser.

Mais je devais rester neutre, garder la tête sur les épaules. C'était le seul moyen de survivre à ce voyage, et aux quelques jours qui m'attendaient chez ses parents.

Ses yeux étaient remplis de terreur. C'était tellement bizarre de la voir dans cet état, elle qui était si sûre d'elle, que j'avais l'impression de regarder quelqu'un d'autre.

Alors je lui ai dit ce qu'elle avait besoin d'entendre :

— Le passé est le passé, Angry Girl.

Elle s'est détendue un peu, mais a continué à se triturer les mains et à regarder l'heure toutes les deux secondes.

Quand l'avion a amorcé sa descente, elle s'est raidie et, les mains crispées sur les accoudoirs, les yeux fermés, elle s'est enfoncée dans son siège. Elle respirait à peine. Ça me faisait tellement mal de la voir dans cet état que j'ai failli la prendre par les épaules.

— C'est l'atterrissage qui te fait si peur ou ce qui t'attend à terre ?

— Tu veux la vérité ?

— Oui.

— Les deux. J'ai toujours l'impression que je vais me mettre à hurler juste avant de toucher le sol, et pour ce qui est du reste, franchement, j'aimerais mieux qu'on n'atterrisse jamais.

Elle n'a pas été exaucée. À l'instant où l'avion se mettait à rugir sous l'effet des aérofreins, ses jointures sont devenues blanches et elle s'est mordu les lèvres jusqu'au sang. Je savais que c'était la peur, mais sa façon de se torturer les lèvres m'a fait penser à tout autre chose et j'ai détourné le regard.

Quand les roues ont touché le sol, elle a posé les mains sur le siège devant le sien et suivi le ralentissement de l'avion avec une longue grimace douloureuse. Quand il s'est complètement immobilisé, elle a soupiré et s'est adossée brusquement. J'ai attendu qu'elle ouvre les yeux, mais elle ne l'a pas fait, ses mains sont restées agrippées aux accoudoirs.

— Tu vas prendre racine, Angry Girl.

Au lieu de sa repartie habituelle, du style « Et toi, tu vas prendre mon poing dans la figure, Golden Boy », elle est restée muette.

Quand elle a ouvert les yeux, pour les poser sur les passagers qui se levaient pour prendre leurs affaires, elle n'avait plus l'air paniqué. Elle n'exprimait d'ailleurs aucune émotion. Elle était même si complètement fermée que je me suis demandé si je n'avais pas eu tort de la pousser à faire ce voyage.

J'allais franchir les portes du terminal, nos sacs à la main, quand je me suis rendu compte que Max, qui avait pris son téléphone pour prévenir ses parents, n'était plus à côté de moi. Je me suis retourné.

Figée au milieu du flot de passagers, elle regardait droit devant elle, comme si elle allait se mettre à hurler ou s'évanouir.

— Oh ! non, l'ai-je entendue gémir en revenant près d'elle. Pas eux.

— Qui ? Max, qu'est-ce qui se passe ? ai-je insisté en lui touchant le bras.

Son regard m'a transpercé et, tandis que nous restions silencieux, j'ai compris que j'avais franchi la ligne jaune. J'ai reculé et son visage s'est radouci.

— Je suis désolée.

Je croyais qu'elle parlait de sa réaction quand elle s'est cachée derrière moi pour boutonner le col de son manteau, nouer son écharpe par-dessus et enlever la barrette qui retenait ses cheveux.

Elle était toujours aussi belle, mais je savais ce qu'elle faisait.

— Max… que se passe-t-il ?

Elle se dissimulait, avec la même dextérité que le jour où je l'avais rencontrée. J'ai regardé derrière moi, mais ses parents n'étaient pas là.

— Max, on avait dit que tu…

— Je sais.

Son regard n'était plus vide du tout, ni paniqué. Seulement furieux.

— Ils ont envoyé Michael et Bethany nous chercher.

Je ne peux pas commencer par elle. Je n'aurais plus la force d'affronter mes parents, ensuite.

À l'instant où elle s'était transformée, toute sa nervosité s'était envolée, et j'ai eu le sentiment que je ne reverrais plus *ma* Max de tout le séjour. Enfin, c'est une façon de parler, parce qu'elle n'était plus à moi. À supposer qu'elle l'ait été un jour.

— Je le ferai, Cade, je te jure, mais pas maintenant.

J'ai soupiré.

— Comme tu veux. Allez, viens me présenter l'Antéchrist.

Elle a redressé les épaules, comme si elle se préparait au combat, et j'ai suivi son regard.

De l'autre côté du hall, un couple tiré à quatre épingles se dirigeait vers nous. J'ai reconnu la version plus âgée du frère de Max que j'avais aperçu dans l'album photo de sa mère.

Le bomber avait laissé la place à un costume cravate. Sa femme, Bethany, portait une robe rouge et des talons aiguilles noirs, plus adaptés à un cocktail ou à une soirée de campagne électorale, qu'à un passage à l'aéroport. Ses longs cheveux blonds me faisaient penser à la Belle au bois dormant et son immense sourire, accompagné d'un petit salut de la main, aurait convaincu n'importe quel jury d'un concours de Miss.

Max semblait prête à se défouler sur un punching-ball en robe rouge. J'ignorais quelle distance nous séparait de la maison, mais j'étais sûr qu'il y avait mille kilomètres de trop.

— Mackenzie chérie ! s'est exclamée Bethany à dix mètres. Quel plaisir de te revoir ! J'ai tellement entendu parler de ton petit ami que j'ai insisté pour qu'on vienne vous chercher nous-mêmes. Je-n'-y-crois-pas !

Je me suis penché vers Max pour lui murmurer à l'oreille :

— Respire.

Bethany était l'affectation incarnée, de ses ongles manucurés à ses anglaises parfaitement symétriques. Son mari et elle se sont arrêtés en même temps, comme si leurs gestes étaient chorégraphiés, pour examiner Max de la tête aux pieds.

— Oh ! le voyage t'a *vraiment* fatiguée, a gloussé Bethany.

Max s'est fendue d'un sourire sombre. En la voyant ouvrir la bouche, je me suis dépêché d'intervenir.

— Quel plaisir de vous rencontrer, ai-je lancé en tendant la main.

Michael me l'a serrée en premier. Il semblait se moquer complètement de ce à quoi pouvait ressembler sa sœur ; il était bien plus intéressé par son BlackBerry.

— Je m'appelle Cade, mais vous le savez déjà.

Bethany m'a souri.

— Oui, Betty et Mick ne cessent de parler de l'*excellente influence* que tu as sur notre Mackenzie. Dieu sait qu'elle a besoin de quelqu'un pour la discipliner. J'ai essayé pendant des années, mais il aurait fallu un miracle.

Je me suis rapproché de Max, en me demandant si je pouvais la toucher. Ses poings étaient tellement serrés que j'ai renoncé.

Bethany a continué :

— Ta teinture est complètement ratée, Mackenzie, mais ne t'inquiète pas, je suis sûre que ma coiffeuse pourra arranger ça.

J'ai regardé Max respirer très doucement plusieurs fois. Comprenant qu'elle n'avait pas encore repris le dessus, j'ai songé à la prendre à l'écart.

— Écoute, Be…

Je l'ai interrompue avant de l'entendre dire « Belzebuth ».

— Tu n'aimes pas sa couleur blond lavande, *Bethany* ? Je la trouve très réussie, au contraire.

Max s'est raidie.

— Oh ! c'est très gentil de ta part, m'a répondu Bethany en souriant, mais tu n'as pas besoin de voler à son secours. Notre Mackenzie est coriace. Elle se défend très bien toute seule.

En voyant Max faire un pas, j'ai cessé de me demander si j'avais tort ou raison de vouloir la toucher. Je l'ai retenue par l'épaule.

— On peut y aller ? Je ne sais pas ce qu'en pense Max, mais le voyage a été long, et j'ai hâte de me poser.

— Vous n'avez pas de valises ? s'est étonnée Bethany en regardant les sacs que je portais en bandoulière. Ne me dis pas que tu as fourré ta robe *là-dedans* !

Max a pâli.

— Quelle robe ?

— Pour le bal de charité ! Ta mère n'arrête pas d'en parler. Elle ne t'a pas dit de prendre une robe ?

— Elle m'en a parlé, mais elle n'a pas précisé qu'on était *obligé* d'y aller.

— Eh bien si.

J'étais peut-être partial, mais Bethany semblait franchement se réjouir du malheur de Max. Elle a secoué la tête et soupiré.

— Bon, eh bien, on va devoir caser une virée shopping en plus du rendez-vous chez le coiffeur. Je ne sais pas comment tes parents faisaient avant que j'arrive.

Elle s'est tournée vers son mari.

— On y va, chéri ?

Celui-ci a relevé les yeux de son BlackBerry.

— Si tu es prête, chérie.

Ils ont échangé un baiser, que même moi j'ai trouvé écœurant, puis Bethany s'est mise en marche au pas de charge, ses anglaises rebondissant derrière elle, en nous disant de les suivre.

— Je vais la tuer, a soufflé Max. Je te préviens, tu vas retrouver son corps en petits morceaux éparpillés dans le jardin.

J'ai souri, mais son intonation m'a donné des frissons.

— Arrête, tu me fais peur.

Nous les avons suivis sans que je lui lâche l'épaule. Je ne suis même pas sûr qu'elle s'en soit rendu compte. Elle était trop occupée à décocher des flèches imaginaires dans le dos de sa belle-sœur.

— Elle est tout ce que je déteste chez mes parents, a-t-elle repris. Elle me rend malade.

Je ne pouvais pas prétendre que j'appréciais le personnage, mais la violence de Max m'inquiétait.

— Chaque famille a sa bête noire, ai-je répondu. Dans quelques jours, ce sera fini, tu ne la verras plus.

— Tu ne comprends pas, a-t-elle objecté sans détourner le regard de Bethany. J'ai l'impression de me voir. J'étais exactement comme elle, au lycée. Aussi superficielle, prétentieuse et…

Je l'ai obligée à s'arrêter.

— Tu ne l'es plus, Max. Tu n'arrêtes pas de te faire des reproches, sur celle que tu étais, celle que tu n'es pas, celle que tu devrais être et même celle que tu es. Ça suffit !

Elle m'a regardé, interloquée, et j'ai compris que j'avais réussi, même brièvement, à la déstabiliser. Bethany s'est retournée au même moment.

— Il va falloir nous pardonner le choix de la voiture. Il y a eu un micmac avec l'agence de location, et celle qu'on avait réservée est allée à quelqu'un d'autre. On n'a pas pu faire mieux.

Je m'attendais à découvrir une épave, mais elle s'est arrêtée devant une grosse voiture neuve qui devait coûter au moins dix fois ce que j'arriverais jamais à gagner en un an.

Michael lui a ouvert la portière et, après lui avoir déposé un court baiser sur les lèvres, il est venu nous ouvrir le coffre.

J'ai jeté nos sacs et tenu la portière pour Max.

— Quel gentleman ! a remarqué Bethany. Tu fais vraiment des progrès, Mackenzie.

Ça allait finir dans un bain de sang, si elle continuait comme ça. Max, toute raide sur son siège, serrait les poings sur ses genoux. Le mieux que je pouvais faire était de pousser Bethany à parler d'elle.

— Alors, ai-je commencé tandis que nous quittions le parking, depuis quand êtes-vous mariés ?

— On fêtera nos trois ans en juin prochain. C'était un mariage magnifique, tout était absolument *parfait.*

— Pas aussi parfait que toi, a précisé Michael en s'engageant sur l'autoroute.

Bethany s'est tournée vers lui avec béatitude, et ils se sont une fois de plus bécotés.

— La route ! a lancé Max, les dents serrées.

— Et vous, a repris Bethany, à quand la noce ?

Je ne me suis pas tourné vers Max. J'ai joué mon rôle, concentré sur mon personnage :

— On n'est pas pressé.

— Oh ! a répliqué Bethany avec une moue déçue avant de tourner un regard de pitié sur Max. Bien sûr.

J'ai suivi son regard pour voir Max poser le front contre la vitre et fermer les yeux. Elle m'a aussi repris sa main.

— Nous sommes loin de la maison ? ai-je demandé.

— À peu près une demi-heure de route, m'a répondu Michael.

— S'ils ne nous fichent pas dans le fossé avant, a murmuré Max.

36

Max

Dès qu'elle nous a vus arriver, ma mère s'est précipitée dehors en poussant des cris de joie. Mon sourire devait ressembler à celui du Joker, en pire. Quand mon père est apparu sur le perron, Cade m'a prise par la taille et ses doigts m'ont fait l'effet de cinq poignards enfoncés au plus profond de mes doutes.

C'était trop dur. J'étais dévastée, comme un pays en guerre.

Mon père a tendu la main à Cade, et ma mère nous a serrés tous les deux dans ses bras.

— Entrez ! Entrez ! Nous sommes tellement heureux de vous avoir, Cade !

Elle m'a attirée contre elle, et comme il ne m'avait pas lâchée, je me suis retrouvée à moitié coincée entre eux. Nous devions ressembler à une espèce de monstre. Elle est ensuite revenue vers moi pour écarter, avec un petit claquement de langue, une mèche de mes cheveux sur mes yeux.

— Oh ! chérie, a-t-elle commenté en fronçant les sourcils.

Comme elle ne disait rien de plus, j'ai pensé qu'il y avait peut-être un espoir qu'elle supporte le reste.

Peut-être.

J'ai croisé le regard de Cade qui s'est tourné vers ma mère.

J'ai pris une bonne inspiration.

— Maman ?

— Oui, chérie ?

Elle m'a regardée comme elle ne l'avait pas fait depuis des années. D'habitude, elle se dépêchait de détourner les yeux pour les poser ailleurs. Là, elle a battu des cils et attendu les mots que je n'arrivais pas à prononcer.

— Dans quelle chambre va dormir Cade ? ai-je demandé finalement.

— Nous lui avons préparé la chambre d'ami au premier, juste à côté de la tienne.

J'ai regardé Cade, qui m'a fait un petit sourire tendu.

— Allez vous installer, a dit ma mère. Le dîner est prêt, ne traînez pas !

J'ai opiné et voulu prendre la main de Cade, mais il s'est écarté et m'a fait signe de lui montrer le chemin. Son geste était encore plus raide que son sourire. Le seuil franchi, il s'est arrêté derrière moi pour regarder le haut plafond voûté de l'entrée décorée à outrance par ma mère.

— C'est par là, lui ai-je dit.

Dans l'escalier, j'ai eu l'impression que ses pas étaient de plus en plus lourds. Quand j'ai ouvert la porte de la chambre d'ami, au fond du couloir, son accablement m'a donné l'impression de peser trois tonnes. Il a jeté nos sacs sur le lit et s'est retourné.

J'adorais, d'habitude, la façon dont il me regardait… Quand je chantais, quand on marchait dans la rue et qu'il me lançait des coups d'œil à la dérobée, quand j'étais allongée sur son lit. Mais le regard qu'il m'adressait maintenant n'avait rien à voir avec ceux-là. Il avait surtout l'air triste. Et déçu – une expression que j'avais l'habitude d'inspirer. Ce que j'avais toujours vu dans ses yeux, ce quelque chose d'indéfinissable, avait disparu.

J'ai fermé la porte et le bruit de la serrure a résonné dans la pièce.

— Je suis désolée, Cade.

Ça devenait une habitude. J'allais finir par le lui répéter plus qu'à n'importe qui. N'importe qui, à l'exception d'Alex.

— Je t'avais dit que je leur parlerais… que je ne ferais plus semblant…

— Tu as dit beaucoup de choses.

J'ai eu un mouvement de recul.

— Cade.

— Je ne te comprends pas.

Il s'est passé la main dans les cheveux et s'est mis à faire les cent pas devant le lit.

— Je te croyais courageuse.

Un bruit étranglé, entre rire et sanglot, m'a échappé.

— Eh bien, tu t'es trompé.

— Non, Max. Tu te mets à nu devant des centaines de personnes quand tu chantes, tu interdis à quiconque de te marcher sur les pieds, tu vas au bout de ce que tu veux, tu es incroyable, et ici… c'est comme si tu étais quelqu'un d'autre.

— Arrête ! C'est un style que je me donne, un masque, ou un rôle, appelle ça comme tu veux. J'ai l'*air* d'être courageuse, et tu *as* l'air d'être parfait, ça ne veut pas dire que nous le sommes.

Il s'est arrêté de déambuler pour venir vers moi. J'ai dû lever le menton pour le regarder tellement il était près.

— Qu'est-ce que tu t'imagines ? a-t-il repris. Que tu vas garder le secret toute ta vie ? Tu vas faire quoi ? Porter des cols roulés chaque fois que tu viendras, ne jamais venir en été, ne pas les inviter à ton mariage ?

J'ai dégluti.

— Je vais leur dire, Cade, seulement j'ai besoin d'un peu de temps. Je ne veux pas les choquer. Je te rappelle que je dépends d'eux financièrement.

Il a haussé les épaules.

— Et alors ? On est tous tributaires de quelqu'un, Max ! C'est la vie.

— Ce n'est pas aussi simple. Et depuis quand est-ce que tu me juges ?

— Depuis que je te connais !

Il ne me connaissait pas. Pas du tout. S'il avait su qui j'étais, il ne serait pas là. Il ne se serait même jamais intéressé à moi. Mais je ne pouvais pas le lui dire, alors j'ai reculé en secouant la tête. Cette conversation était absurde, et je ne voulais pas continuer. Seulement, il n'avait pas terminé.

— Je crois que tu as peur, c'est tout.

— *Évidemment que j'ai peur !*

J'avais crié si fort que je me suis couvert la bouche à deux mains. J'ai continué d'un ton plus calme.

— J'ai toujours peur.

J'étais terrifiée à l'idée de ne jamais y arriver, de me réveiller un matin et de constater que mes parents avaient raison, que j'avais tout misé sur une carrière qui ne débouchait nulle part… que j'avais gâché la vie qui aurait dû être celle d'Alex.

— De quoi as-tu peur, Max ?

— De tout, d'absolument tout.

Inutile de préciser qu'il était compris dans le lot, j'étais sûre qu'il le savait.

— C'est ça que tu veux entendre, Golden Boy ?

Il a soupiré et baissé la tête. J'avais l'habitude d'inspirer la déception, mais je n'avais pas cherché la sienne.

— Non, Max, pas du tout.

— Eh bien, désolée de te décevoir.

Oh ! oui, j'étais désolée, tellement désolée !

Il a fait un pas en avant, j'en ai fait trois en arrière.

— Je vais poser mes affaires dans ma chambre. Il y a une salle de bains dans le couloir. Fais-moi signe quand tu seras prêt.

Et je me suis enfuie.

Arrivée dans ma chambre, je me suis adossée à la porte pour me concentrer sur ma respiration.

Je me détestais d'être aussi terrorisée. Je détestais la façon dont la peur pouvait me ronger au point de me faire douter de la réalité de la terre sous mes pieds, de la vie, du monde qui m'entourait.

Elle me rendait pathétique et minable, mais j'étais incapable de la surmonter.

Ce n'était pas seulement l'argent ou le fait de choquer mes parents qui m'interdisaient de leur montrer mes tatouages ou mes piercings.

C'était une épine que j'avais plantée dans le cœur, une épine qui me disait que je n'étais pas à la hauteur, qu'il y avait un minimum requis pour valoir quelque chose et que j'étais loin, très loin, du compte. Tant que j'étais la seule à le savoir, je pouvais faire bonne figure – ça restait une blessure secrète.

Parler à mes parents, c'était retourner le couteau dans la plaie, provoquer une hémorragie que je ne pourrais pas endiguer.

J'ai enlevé mon manteau, puis ma chemise, et j'ai ouvert mon sac sur mon lit pour en sortir un col roulé noir.

J'étais en train de l'enfiler quand la porte s'est ouverte.

J'ai pivoté aussi vite que possible, tout en essayant de faire glisser mon pull sur mon ventre, mais le col était beaucoup trop serré.

— Une seconde, maman...

Il n'y avait qu'elle pour entrer sans frapper. Ma tête a émergé au moment où j'entendais :

— C'est Cade.

J'ai pris le temps d'ajuster mon pull avant de me retourner, le cœur battant. Beaucoup d'émotions se lisaient dans son regard : la colère, la tristesse, le désir, et je n'arrivais pas à savoir laquelle l'emportait.

— Je suis prête.

J'avais la gorge nouée.

Il n'a pas fait un geste, et je suis restée longtemps clouée par son regard. Il était si intense que j'en avais les genoux qui tremblaient. J'allais céder à tout ce qu'il m'inspirait, quand il a reculé.

— À table ! a crié ma mère.

Je me suis ressaisie pour rejoindre Cade dans le couloir, et, alors qu'on descendait l'escalier, il a posé la main au creux de mes reins ; j'ai été tellement surprise, et sur les nerfs, que j'ai failli louper une marche. J'étais sur le point de tout perdre : ma famille, son soutien financier, la vie que je m'étais construite, et pourtant, la seule chose qui m'obsédait était cette main, et cette sensation qui m'avait tellement manqué.

37
Cade

Tout le monde était à table quand nous sommes arrivés. C'était la première fois que je me trouvais dans une maison pourvue d'une véritable salle à manger. Ses parents étaient assis à chaque extrémité, Michael et Bethany d'un côté, en face de deux chaises vides. J'ai tiré celle de Max et me suis installé à côté d'elle.

Le dîner n'était pas aussi élaboré que le repas de Thanksgiving, mais il n'en était pas loin. Je ne pouvais qu'imaginer à quoi allait ressembler celui de Noël.

— Mick, tu récites le bénédicité ? a demandé Mme Miller.

Je baissais la tête sur mon assiette quand Max a demandé :

— Je peux le dire ?

Même Michael a eu l'air étonné.

Sa mère a cligné plusieurs fois des yeux, mais elle a souri.

— Bien sûr, chérie.

Elle m'a tendu la main, et je l'ai prise.

Je me suis tourné vers elle, et j'ai soutenu son regard tandis que je lui enlaçais les doigts. J'ai baissé la tête avec les autres, tout en gardant les yeux posés sur elle.

Elle fixait son assiette, comme si les mots qu'elle allait prononcer s'y trouvaient.

— Merci, Seigneur, de nous réunir en famille pour ce repas. Apporte-nous la joie et le pardon, et donne-nous…

Elle s'est tue, comme si elle cherchait comment poursuivre, puis elle a fermé les yeux pour achever, en soupirant :

— Et donne-nous la force de pardonner, malgré nos peurs. Amen.

Un chœur d'« amen » hésitants a fait écho au sien, et Bethany, en dépliant sa serviette sur ses genoux, a pris la parole.

— C'est la première fois que j'entends ce genre de prière.

— C'était adorable, ma chérie, a dit sa mère.

Max a prononcé un « merci » à peine audible et n'a plus desserré les lèvres de tout le repas. Bethany, heureusement, n'était pas à court de sujets de conversation. Elle a parlé du travail de Michael, de leur maison et des enfants qu'ils se sentaient maintenant « presque prêts à avoir ». Je commençais à comprendre pourquoi elle était si mince : elle n'arrêtait jamais de parler assez longtemps pour avoir le temps de manger. Max, elle, passait le temps en tripotant ce qu'il y avait dans son assiette, et j'occupais le mien à la regarder.

Le dîner terminé, Mme Miller nous a envoyés au salon pendant qu'elle débarrassait. Nous étions privés de la distraction de nos assiettes, et le niveau de gêne a augmenté d'un cran. M. Miller m'a pris à part pour me montrer toutes les bestioles empaillées qui ornaient la pièce. J'avais grandi au Texas, où il y a presque autant de taxidermistes que d'églises, je n'étais donc pas dépaysé ;

mais en imaginant la tête de Mace devant celle d'un cerf empaillé, j'ai dû retenir un éclat de rire.

Nous nous trouvions devant un sanglier sauvage, dont M. Miller me racontait la chasse, quand j'ai entendu Bethany parler à Max sur le canapé.

— Ce n'est jamais bon signe quand les disputes commencent si tôt. Ce que je veux dire, c'est qu'entre les mots que vous avez eus en haut et le silence gêné entre vous à table, je vous donne une semaine, peut-être deux, avant la rupture.

Max, d'un calme olympien, regardait droit devant elle en triturant un fil qui dépassait de l'accoudoir.

— Heureusement que j'étais là pour faire la conversation, a repris Bethany, sinon tes parents s'en seraient rendu compte.

Max est resté muette.

— Je sais que c'est dur, a continué Bethany en la prenant par l'épaule, mais tu ne peux pas espérer retenir le premier garçon bien qui croise ton chemin. Tu te débrouilleras mieux la prochaine fois.

J'ignorais ce que Bethany avait contre Max, mais le frémissement de sa voix trahissait sa jubilation. Incapable d'en supporter davantage, je me suis tourné vers M. Miller.

— Excusez-moi un instant, monsieur.

Je suis allé vers Max et me suis laissé tomber à côté d'elle sur le canapé. Et, pour clouer le bec de Belzébuth, je me suis penché pour l'embrasser sur la bouche. Max s'est raidie, juste avant de fermer les yeux et de me rendre mon baiser.

Je me suis écarté pour passer un bras autour de ses épaules.

— Excuse-moi, lui ai-je dit en l'attirant, mais je commençais à me sentir seul.

J'ai souri avant de continuer :

— De quoi parliez-vous toutes les deux ?

Bethany a bredouillé, et un sourire beau comme un rayon de soleil s'est étiré sur les lèvres de Max.

— J'étais en train d'expliquer à Bethany à quel point tu es merveilleux.

— Vraiment ?

— Mais oui, tu es tellement *parfait*.

J'ai retenu mon éclat de rire.

— Mais non, c'est toi qui es parfaite.

Elle s'est serrée contre moi, et je me suis demandé si elle percevait la vitesse des battements de mon cœur.

— Disons qu'on est parfaits l'un pour l'autre, alors.

Je l'embrassais sur le front quand Bethany s'est levée.

— Excusez-moi, a-t-elle dit d'un air pincé. Je vais chercher Michael, je me demande bien ce qu'il fait.

Il profitait certainement de l'irremplaçable compagnie de son BlackBerry. Bethany a quitté la pièce sans se retourner et Max a enfoui son visage au creux de mon épaule pour étouffer son rire.

— Ce sera le meilleur de tous mes souvenirs de Noël, a-t-elle soufflé en s'écartant.

— Pourquoi te déteste-t-elle autant ?

Elle a levé le menton. Quand elle ne me regardait pas, je pouvais me dire que ce n'était qu'une comédie, un rôle comme un autre, mais quand ses yeux étaient plongés dans les miens… je perdais le fil.

— Je t'ai dit qu'elle était l'Antéchrist, non ?

— C'est un genre de combat entre le Bien et le Mal, alors ?

— Non, c'est un truc genre psycho.

— Je vois. C'est vrai qu'elle aime un peu trop s'écouter pour ne pas être un peu sociopathe.

Max a fermé les yeux et je me suis aperçu que ma main glissait dans ses cheveux. J'allais l'enlever, mais elle a posé la joue sur mon épaule et passé un bras autour de moi.

Si ce n'était pas une permission, je ne savais pas ce que c'était.

Bethany est bientôt revenue avec Michael. Mme Miller les suivait, un plateau de tasses de chocolat chaud dans les mains. J'en ai pris une, mais Max a décliné. Elle est restée contre moi, sa tête sur mon cœur, tandis que les autres s'asseyaient.

Je me suis efforcé de me raisonner, mais j'étais fatigué de me surveiller, de m'interroger sur le sens du moindre de nos gestes, alors j'ai profité de l'instant présent en lui caressant simplement les cheveux et le petit creux sous l'oreille. Je ne savais pas ce qu'elle pensait, ni même si elle pensait tout court ; mais c'était apaisant, comme un sursis loin du monde et de ses problèmes.

Bethany n'arrêtait pas de nous jeter des coups d'œil, mais, pour une fois, elle restait silencieuse. J'ai fermé les yeux et posé la joue sur la tête de Max. Nous avions tous les deux besoin de ce répit.

— Michael, a dit Mme Miller, pourquoi ne pas mettre à profit toutes ces années de piano et jouer un chant de Noël ?

Ah ! les fameux démons de Noël évoqués par Max.

Michael s'est levé docilement pour aller au piano et a soulevé le couvercle du siège capitonné dont il a sorti un livret rouge.

Il a tourné les pages et demandé :

— « Douce nuit » ?

Mme Miller a opiné, et il s'est installé pour commencer à jouer.

Max s'est légèrement redressée. Tout le monde s'est mis à chanter, mais je n'écoutais qu'elle.

Douce nuit, sainte nuit
Dans les cieux, l'astre luit
Le mystère annoncé s'accomplit
Cet enfant sur la paille endormi
C'est l'amour infini
C'est l'amour infini.

C'était stupéfiant comme une chanson que j'avais entendue des milliers de fois pouvait me sembler si belle, et si nouvelle, dans sa bouche. Il y avait quelque chose de légèrement différent dans son phrasé et dans sa tonalité. Sa voix était douce, fragile, et je n'ai pas pu m'empêcher de m'écarter un peu pour la regarder. Elle a levé la tête et m'a rendu mon regard. J'ai caressé sa joue, sans qu'elle s'esquive, et j'ai repoussé une mèche de ses cheveux.

Je sentais ses défenses tomber, sa peur s'envoler. La colère que j'avais éprouvée tout à l'heure n'existait plus. J'étais sûr que nous n'étions pas si différents que nous voulions le croire, sûr qu'elle éprouvait quelque chose pour moi, sûr que ça pouvait marcher.

Et j'étais sûr qu'elle le savait, elle aussi.

La musique s'est arrêtée et le charme s'est aussitôt rompu. Max s'est écartée et toutes mes certitudes se sont effondrées.

Je comprenais qu'elle puisse douter, seulement, j'avais de plus en plus de mal à jouer le rôle qu'elle m'imposait.

38
Max

J'ai gardé mes distances.

C'était le seul moyen de me protéger.

Je savais que je ne pourrais pas le repousser éternellement, mais j'y suis arrivée jusqu'à la fin du récital impromptu de ma mère.

Jusqu'au moment d'aller se coucher.

Il était dans sa chambre, j'étais dans la mienne, et j'avais besoin de dormir pour avoir la force, le lendemain, de tenir la promesse que je lui avais faite et dire la vérité à mes parents.

Que je sois toujours éveillée quand on a frappé à ma porte à deux heures du matin était de mauvais augure.

Je me doutais bien de l'identité de mon visiteur, mais il tambourinait si fort que je n'avais pas intérêt à le faire attendre. Tant pis pour mon vieux T-shirt et mes cheveux en bataille.

Dès que j'ai ouvert, il s'est engouffré dans ma chambre. J'ai regardé dans le couloir, un peu paniquée, mais toutes les lumières étaient éteintes ; il n'avait donc, pour l'instant, réveillé personne. J'ai refermé doucement derrière lui.

— Cade, qu'est-ce que tu fais là ?

Ses yeux flamboyants sont remontés de mes jambes nues à mon visage.

— Tu es en colère ? ai-je avancé, troublée.

— Oui, et sacrément.

— Je t'ai dit que j'allais leur parler, Cade. J'ai même l'intention de le faire au petit déjeuner. Je n'arrête pas d'y penser.

— Ce n'est pas à cause de ça.

J'allais lui demander pourquoi, mais il ne m'en a pas laissé le temps. À peine avais-je ouvert la bouche qu'il s'est précipité sur moi pour me prendre le visage à deux mains et se jeter sur mes lèvres.

Son baiser était violent, agressif et… foudroyant.

— Je suis en colère parce que tu passes ton temps à me repousser, alors que je sais très bien que ce n'est pas ce que tu veux.

Il s'est de nouveau emparé de mes lèvres, avec la même rage.

— Je suis en colère parce que tu m'as planté après la nuit la plus torride de toute ma vie.

Il m'a fait pivoter pour me plaquer contre la porte, exactement comme cette nuit-là.

Un gémissement m'a échappé.

— Et surtout, je suis en colère d'avoir dû attendre aussi longtemps pour t'embrasser encore.

Il s'est encore jeté sur moi pour déverser, cette fois, toute sa colère et toute sa frustration dans son baiser.

J'étais tellement stupéfaite que je ne savais pas si je devais le repousser ou lui répondre encore plus fiévreusement que je ne le faisais déjà. Je n'avais pas vraiment le choix, à vrai dire. J'étais à sa merci, et aussi enflammée que lui.

Il m'a saisie par les poignets, et, mes bras coincés au-dessus de ma tête, il s'est appliqué à traquer toute la frayeur que je pouvais éprouver, pour me laisser, faible et pantelante, gémissante de désir entre ses bras.

Quand il a voulu s'écarter, je l'ai agrippé par les épaules en me collant à sa bouche. Il m'a presque mordu les lèvres et là, j'ai complètement perdu la tête.

Toutes mes appréhensions carbonisées, je me suis pressée contre lui et, les mains fébriles, je l'ai poussé vers mon lit.

Son étreinte s'est resserrée, et son baiser était si dévastateur que je voulais hurler, mourir, ou les deux.

Il a heurté le bord du lit et s'est retenu pour ne pas tomber.

Il s'est écarté.

— Je ne sais pas pourquoi tu tiens tellement à me fuir.

Son regard était sombre, son souffle court.

— Mais quelle qu'en soit la raison, elle est stupide. Ça me prendra le temps qu'il faudra, mais je te le prouverai.

Et sur ce, il est parti.

Je me suis assise sur mon lit, si complètement sidérée que je suis restée un long moment, les doigts sur mes lèvres, à me demander si je n'avais pas rêvé.

Dès que j'ai entendu ma mère s'affairer au rez-de-chaussée, j'ai sauté hors du lit. Le jour n'était pas encore levé, et je n'avais pas beaucoup dormi, mais je me sentais en pleine forme. L'irruption de Cade et ses baisers m'avaient boostée. Je me suis débarbouillée rapidement et, pleine de confiance et d'espoir, j'ai enfilé un de mes pulls décolletés, puis je me suis attaché les cheveux sur le côté, laissant l'autre entièrement dégagé.

On ne voyait que le bout des branches de mon arbre dépasser de l'encolure, mais elles étaient visibles, comme les oiseaux sur mon cou.

J'ai terminé en remplaçant mes boucles d'oreilles par mes piercings habituels.

L'heure de vérité était venue.

J'avais passé une trop grande partie de ma vie à dissimuler ce que j'étais pour faire plaisir aux autres. C'était terminé. À partir d'aujourd'hui, rien ne serait plus comme avant, moi comprise.

Avant de changer d'avis, je suis allée frapper à la porte de Cade.

Il m'a tout de suite ouvert, déjà prêt à affronter la journée.

Ses cheveux humides bouclaient sur son front, et son parfum, viril et familier, me chatouillait les narines. La nuit précédente m'est aussitôt revenue en mémoire et j'ai dû me retenir pour ne pas me jeter dans ses bras.

— Bonjour, m'a-t-il dit avec prudence.

Je n'avais aucune raison de lui en vouloir. À vrai dire, je me sentais davantage sur le point… de flancher. Je ne savais pas pourquoi, mais, en le voyant, toute la sérénité que j'avais éprouvée au saut du lit s'était envolée. J'avais la gorge nouée. Il a dû s'en apercevoir, car il m'a attirée à l'intérieur avant de fermer la porte sur nous.

Je lui ai tourné le dos.

— Laisse-moi juste une seconde, s'il te plaît.

Je me suis comprimé les paupières pour tenter de contenir les larmes qui me brûlaient les yeux.

— Max…

— Ça va, ai-je lâché sans baisser les mains.

Je détestais perdre mes moyens, surtout devant quelqu'un. Même devant Cade.

Ses bras se sont fermés sur moi et je me suis blottie contre lui, les poings serrés sur ma bouche.

— Tu vas y arriver, a-t-il murmuré. Je le sais.

Comment pouvait-il en être si sûr ? Sa confiance me sidérait, il en avait tellement ! Bien plus que je ne m'en accordais moi-même. Je me suis un peu ressaisie. Si je perdais tout le reste aujourd'hui, j'aurais au moins gagné ça.

— Ça ne va pas être facile, a-t-il repris.

La bonne blague.

— Mais tes parents t'aiment, Max.

Ce n'était pas drôle ; pourtant, j'ai éclaté de rire, m'étranglant presque.

Il m'a soulevé le visage.

— Et s'ils ne voient pas à quel point tu es merveilleuse, c'est qu'ils sont aveugles.

J'ai tenté d'avaler la boule qui m'étouffait. Je ne savais pas ce que j'avais fait pour le mériter. Je ne savais pas pourquoi il se souciait de quelqu'un d'aussi néfaste que moi, mais je lui en étais reconnaissante.

Nous sommes restés un instant silencieux, puis il m'a tendu la main, et je m'y suis accrochée comme à une bouée de sauvetage.

— Je suis là, et je vais rester à côté de toi.

Un peu du poids qui m'écrasait s'est allégé.

— Merci, Cade.

— Je ne vois pas pourquoi tu devrais me remercier.

Cette fois, je lui ai souri.

— Merci d'être là, merci d'être venu, et surtout, merci de m'avoir parlé, hier soir. Je sais ce que ça t'a coûté de me dire tout ça. Alors, si tu as trouvé le courage de le faire, je dois pouvoir trouver celui de parler à mes parents.

Il m'a rendu mon sourire et serré la main.

— Allons-y, camarade.

J'étais loin d'être rassurée, mais savoir qu'il m'accompagnait, qu'il serait avec moi, me donnait un peu de la confiance et de la force qui me manquaient.

En bas, ma mère était à la cuisine, mon père devant la télé, et Michael pendu à son téléphone. L'Antéchrist, à table, feuilletait un magazine de décoration.

Voir – à l'instant où ses yeux se sont posés sur moi – sa mâchoire se décrocher et l'horreur se peindre sur son visage a eu quelque chose d'extrêmement agréable. Ça n'a malheureusement pas duré.

Elle s'est tournée vers la cuisine, puis, après avoir appelé ma mère, elle m'a contemplée avec un air si profondément suffisant que la question de Cade m'est aussitôt revenue à l'esprit. Pourquoi me détestait-elle autant ? Sans doute parce que, comme mes parents, elle n'aimait que ce qui est lisse, propre et net. Tout ce que je n'étais pas, avec ou sans mes tatouages.

Cade m'a donné une pression de la main et j'ai pris une profonde inspiration. Ma mère est arrivée, une casserole et un torchon dans les mains.

— Oui ?

Bethany m'a montrée du doigt. J'ai avancé pour être bien en vue au milieu du salon, Cade toujours à mon côté.

Ma mère m'a regardée, mais il lui a fallu quelques secondes pour vraiment me voir. La casserole lui est alors tombée des mains pour atterrir par terre avec fracas. Une multitude d'émotions, qu'en d'autres circonstances j'aurais trouvées très drôles, s'est succédé sur son visage. J'avais l'impression de voir tourner la Roue de la Fortune, sauf que je ne savais pas du tout sur quelle case elle allait s'arrêter et que toutes celles qui auraient pu me rassurer avaient été supprimées. Mon père a levé les yeux au moment où elle disait :

— Mackenzie Kathleen Miller, comment as-tu pu infliger de telles horreurs à ton corps ?

— Quelles horreurs ? a demandé mon père.

Il s'est tourné vers moi et j'ai vu, distinctement, la colère s'épanouir sur ses traits. Il s'est levé lentement, avec raideur, et, tandis que ses yeux passaient des tatouages sur mon cou à mes piercings, il m'a demandé :

— Qu'est-ce que tu as fait ?

Sa question était clairement articulée, tranchante. Et son immobilité comme le silence qui a suivi étaient plus effrayants que le calme avant la tempête.

Ma mère l'a rejoint et il l'a prise par les épaules. Elle larmoyait et se tapotait les yeux avec les coins de son torchon.

— Comment peut-elle nous infliger des choses pareilles ? a-t-elle gémi.

Toute mon angoisse, d'un coup, s'est muée en colère.

— Je ne vous inflige rien du tout ! Mon corps m'appartient, j'en fais ce que je veux. Ça n'a rien à voir avec *vous* !

— Tu te marques comme du… bétail ou une vulgaire *prostituée*, et tu voudrais que ça ne nous gêne pas ?

Il n'avait pas levé la main, mais ça revenait au même ; l'humiliation, pire que la douleur, était cuisante.

— Mick, est intervenu Cade d'un ton ferme.

Mon père l'a regardé, comme s'il ne s'apercevait que

maintenant de sa présence, et la gêne de voir un étranger assister à cette scène s'est ajoutée à sa fureur.

— Laisse-nous, fiston.

Prise de panique, je me suis accrochée à la main de Cade.

— Excusez-moi, monsieur, a-t-il répondu, mais avec tout le respect que je vous dois, je ne vais aller nulle part.

Ma mère en a eu un hoquet de stupeur, et mon père s'est étranglé. Cade n'y était pour rien, et comme je ne voulais pas qu'ils s'en prennent à lui, je me suis avancée.

— Je sais que vous n'appréciez pas ce genre de choses, mais…

— Ce *genre de choses* ? s'est exclamée ma mère au bord de l'hystérie. Nous t'avons élevée dans la religion, Mackenzie, nous t'avons enseigné, depuis toute petite, que ton corps est sacré… et tu… tu le saccages ! Tu *sais* ce que dit la Bible de ces abominations.

— La Bible dit aussi de renoncer à ses richesses, pourtant vous ne le faites pas. Et je ne saccage pas mon corps. Je n'ai pas de traces de piqûres dans les bras, je ne me drogue pas, je ne me prostitue *pas* non plus. Ces tatouages sont artistiques, ils représentent quelque chose d'important pour moi, quelque chose d'assez important pour que je veuille qu'ils fassent partie de moi.

— Tu veux me faire croire que ces gribouillages sont artistiques ? a aboyé mon père. Et que ces oiseaux représentent quelque chose d'important ?

— Oui, ils représentent la liberté ! Une chose à laquelle je tiens !

— Je suis heureux de te l'entendre dire, a répliqué mon père, parce que tu vas pouvoir en profiter. Si c'est ce que tu fais de l'argent qu'on te donne, te mutiler et ruiner toutes tes chances d'avoir une vie respectable, alors ne compte plus sur nous pour t'aider.

Cette nouvelle m'a nettement moins affectée que ce que j'avais imaginé. Je me fichais bien de leur argent, c'était même la moins importante de toutes les choses dont ils pouvaient me priver.

— Il y a longtemps que vous avez cessé de vouloir m'aider.

— Je suis sérieux, Mackenzie. Et j'espère que ta petite lubie musicale va marcher, parce que tu ne risques pas de trouver de travail dans cette allure.

— Je m'appelle Max, papa, ai-je répliqué, les dents serrées. *Max.* Et ma « petite lubie », comme tu dis, c'est toute ma vie. J'en ai assez de me plier à ce que *vous* voulez que je fasse ou que je sois. Je ne suis *pas* Mackenzie, et je ne suis pas Alexandria !

Ma mère a reculé comme si je l'avais giflée. Ce qui a décuplé ma fureur. Elle passait son temps à répéter le prénom de ma sœur, à me balancer des photos et des vieux souvenirs, mais dès que j'essayais de parler vraiment d'elle, elle se défilait.

J'ai foncé vers le guéridon sur lequel mes parents posaient leurs clefs, et j'ai attrapé celle de la voiture que j'utilisais avant de partir à Philadelphie.

— Où crois-tu t'en aller, jeune fille ? s'est écriée ma mère.

— Me changer les idées. Je reviendrai quand être ici ne me donnera plus la nausée.

Autrement dit, et très probablement, jamais.

Je savais exactement où j'allais : là où ma vie, avec celle de ma sœur, s'était brisée.

39
Cade

Je me doutais que cette conversation serait difficile, mais je n'avais pas prévu qu'elle puisse m'affecter autant. Et j'avais encore moins imaginé que les parents de Max puissent réagir avec une telle violence. L'amour filial n'est-il pas censé être inconditionnel ? Je m'étais dit qu'ils allaient s'énerver, peut-être pleurer, puis qu'ils se calmeraient pour parler tranquillement, comme des adultes. Au lieu de quoi, ils n'avaient même pas *essayé* de la comprendre, et quand son père l'avait traitée de prostituée, j'avais failli me jeter sur lui.

J'ai suivi Max par la porte de la cuisine qui donnait dans le garage. Ses parents ne se sont pas non plus précipités derrière nous.

Ils avaient trois voitures. En voyant les clignotants de celle du fond s'allumer, j'ai tenté de retenir Max. Mais elle ouvrait déjà la portière et me bloquait le passage.

— Max…

— Tais-toi et monte.

Je me suis dépêché de faire le tour de la voiture.

Heureusement qu'elle m'attendait, car je n'aurais jamais osé retourner dans la maison.

La porte électrique du garage était déjà ouverte, et j'étais à peine assis que Max appuyait sur l'accélérateur pour foncer dans la rue.

— Max, fais attention, s'il te plaît.

Elle a ralenti. Un tout petit peu.

— Je suis désolé, ai-je lâché en m'accrochant à la poignée.

Je me sentais pitoyable, parce que j'étais entièrement responsable.

— Je n'aurais jamais dû te pousser à leur parler. Je suis vraiment désolé.

Elle m'a souri, les yeux brillants de larmes.

— Inutile de t'en vouloir.

— Si, c'est ma faute. Tu avais peur et apparemment avec raison.

— Je trouve toujours d'excellentes raisons d'avoir peur, Golden Boy. Il est temps que j'arrête, tu ne crois pas ?

Si, j'en étais même convaincu, puisque j'étais le premier à l'avoir lancée sur cette voie. Cependant, j'étais encore trop secoué par la scène à laquelle je venais d'assister.

Je n'étais pas seulement responsable du clash avec ses parents. Je me rendais compte que j'étais aussi responsable, maintenant, de ses conséquences. Tout ce qui faisait pleurer Max m'était insupportable, et je refusais de la voir souffrir. J'avais… des sentiments pour elle, je le savais, mais, tout à coup, et pour la première fois, leur profondeur m'a fait peur.

J'avais besoin de temps. Il m'avait fallu des mois avant de reconnaître ce que j'éprouvais pour Bliss, et autant pour me rendre compte que je me trompais. Max avait déboulé comme une tornade dans ma vie. Je n'avais jamais rien ressenti d'aussi intense et j'étais complètement déboussolé.

Elle a pris un virage serré à gauche, puis à droite, et un autre à gauche. Nous étions dans une zone pavillonnaire, et j'avais l'impression de revenir toujours au même endroit. Elle a encore tourné à droite, et nous avons débouché sur une voie rapide qu'elle a prise en direction du soleil levant. Ses mains se sont desserrées sur le volant, et elle s'est un peu détendue.

— On va où ?

— Au seul endroit plus déprimant que chez mes parents.

Chaque fois que je croyais deviner ce qu'elle pensait, je me trompais.

— Pourquoi ?

Elle m'a regardé. Le soleil jouait dans ses cheveux, et ses yeux me faisaient l'effet d'un océan dans lequel je rêvais de me noyer. Durant une brève seconde, une seconde de perfection, le monde, le temps, l'angoisse du présent, celle de l'avenir, ont cessé d'exister, et elle m'a répondu :

— Pour tourner la page.

Cinq minutes plus tard, nous arrivions au pied d'une colline. La route, en ligne droite, s'élevait devant nous jusqu'au sommet. Elle était déserte et, tout en haut, sous la voûte des arbres, le soleil pointait ses premiers rayons. La scène était magnifique, de celles qui demandent qu'on s'arrête pour les prendre en photo. Max s'est d'ailleurs arrêtée au bord du fossé, juste avant la montée et l'orée des arbres. Elle a coupé le moteur et croisé les bras sur le volant. Son regard, fixé droit devant elle, était si intense que je n'ai rien voulu dire. Quoi que puisse représenter cet endroit pour elle, il signifiait bien plus qu'une jolie vue de carte postale.

Elle s'est secouée et a ordonné d'une voix douce :

— Viens.

Elle est descendue et s'est mise à marcher sur le bord de la route, vers le sommet de la colline. J'ai détaché ma ceinture de sécurité et me suis dépêché de la rejoindre. Elle avançait en silence, sur un minuscule sentier dont le tracé, à peine visible au milieu des herbes hautes, m'a fait penser que c'était elle qui l'avait créé.

Quand la côte est devenue plus raide, elle n'a pas ralenti. Elle n'a pas non plus parlé.

Arrivé au sommet, j'étais en nage et, malgré le froid, j'ai enlevé mon manteau. Max avait laissé le sien chez elle, mais elle ne m'a même pas répondu quand je lui ai proposé le mien.

Le sentier s'éloignait du bord de la route pour aller vers un petit promontoire rocheux. L'aisance de Max à le grimper m'a confirmé qu'elle avait l'habitude de venir ici. Je l'ai suivie en prenant garde à mettre mes pas dans les siens, puis je me suis assis à son côté, laissant, comme elle, mes jambes se balancer dans le vide. Nous étions sous les arbres. Les deux versants de la colline s'étiraient sous nos pieds, traversés par le ruban de la route qui serpentait au loin.

L'endroit était incroyablement paisible. On ne voyait pas la ville, ni une voiture, ni même une seule maison. Je comprenais qu'elle puisse venir se réfugier ici. Loin de l'agitation du monde, au milieu de nulle part, on pouvait se sentir réconforté.

Elle a pris une inspiration tremblante, désigné la route derrière et m'a dit :

— Ma sœur est morte ici, sous mes yeux.

J'ai eu l'impression de recevoir un coup de poing ; mes réflexions, l'instant d'avant si sereines, volaient en éclats. Elle avait parlé posément, sans la moindre hésitation, mais je voyais bien ce que ces mots lui coûtaient. Ses mains étaient nouées sur ses genoux. Elle était raide et complètement figée, à l'exception de ses efforts pour retenir ses larmes.

— J'avais treize ans. Ma mère m'avait obligée à aller à une stupide soirée pyjamas. Alors, comme je sais si bien le faire, je me suis conduite comme une imbécile et j'ai énervé la fille qui nous invitait. Ma mère a envoyé Alex me chercher.

Elle a levé les yeux sur le ciel matinal, pourpre et rose, et pincé les lèvres.

— Alex était bonne pour ce genre de missions. Aller chercher sa petite sœur, un samedi soir, aurait rendu hystérique n'importe qui d'autre, mais pas elle. Ce soir-là, pourtant, quelque chose la contrariait. Je n'arrêtais pas de l'embêter pour savoir ce que c'était. Elle a fini par me dire pourquoi elle était à la maison et pas de sortie avec ses amis. Nos parents avaient trouvé de l'herbe dans sa chambre ; elle était probablement punie jusqu'à la fin des temps. C'est une des raisons pour lesquelles mes parents sont tellement méfiants aujourd'hui.

Elle s'est interrompue pour faire glisser le bracelet de cuir qu'elle avait au poignet. Dessous, tranchant sur la peau claire, se trouvait un tatouage que je n'avais pas remarqué. C'étaient des chiffres, « 23:12 ». J'ai attendu, la gorge nouée, qu'elle continue.

— Il était vingt-trois heures douze.

Sa voix s'est brisée, et les larmes qu'elle s'efforçait de contenir se sont mises à rouler sur ses joues.

— Je le sais parce que je tripotais la radio pour trouver une station audible. Alex parlait de la réaction excessive de nos parents. L'herbe appartenait à Michael, mais elle n'avait pas voulu le dénoncer, alors elle essuyait l'orage. Nous étions presque au sommet de la colline, on ne faisait pas très attention, il n'y avait pas de circulation. Personne ne passe jamais par ici. Sauf cette nuit-là. Un type a débouché en face de nous, il s'était endormi au volant…

Elle s'est mise à trembler. Je savais que ce n'était pas à cause du froid, mais j'ai quand même posé mon manteau sur ses épaules. Elle a poussé un soupir et fermé les yeux. Ses larmes brillaient dans le soleil, et son visage, crispé de souffrance, était presque méconnaissable.

Elle a repris d'une voix tendue :

— Alex a braqué, mais pas assez vite, et l'autre voiture nous a heurtées sur le côté. On a commencé à tourner, puis on est parties dans les airs. J'ai l'impression de me souvenir de tout, et en même temps d'avoir tout oublié. J'ai crié en regardant par la fenêtre les arbres se précipiter vers nous. Je me suis retournée vers Alex, il y avait des morceaux de verre qui volaient et un trou dans le pare-brise. Elle n'était plus sur son siège, mais l'une de ses chaussures était coincée sur ce qui restait de la vitre. J'ai regardé cette chaussure pendant une éternité avant que le toit de la voiture ne heurte le sol. Ça n'a duré qu'une seconde, peut-être deux, mais je me suis vue, projetée dans le futur. Je voyais ce que j'allais devenir, ce que nous allions tous devenir, si Alex mourait. Je me voyais grandir sans elle, passer toutes nos vacances, toutes les fêtes sans qu'elle soit avec nous. J'ai vu défiler dix ans comme ça, dix années de cauchemar.

Elle s'est comprimé le cœur, comme si elle voulait l'empêcher d'exploser. Incapable de rester immobile, je me suis rapproché et j'ai posé la main sur la sienne. Elle m'a enlacé les doigts et les a serrés contre elle.

— Écrasée par le choc de la ceinture de sécurité, ma vision s'est obscurcie. Quand j'ai rouvert les yeux, j'avais la tête en bas et, à cause des éclats de verre, j'avais du sang partout. J'ai vu la chaussure et j'ai commencé à crier. Je ne me souviens pas si je prononçais des phrases ou si je poussais seulement des hurlements, mais ma sœur était quelque part, et moi, j'étais coincée. J'avais beau tirer, pousser, je n'arrivais pas à défaire ma ceinture. J'ai arrêté de lutter et je me suis contorsionnée pour tenter d'apercevoir Alex par l'une ou l'autre des fenêtres. Sur le côté, j'ai vu son sweat shirt rose fluo et la masse qui devait être son corps. Elle ne bougeait pas, et je l'appelais de toutes mes forces. Je criais son prénom, encore, et encore, et j'attendais qu'elle fasse un geste, que le type de l'autre voiture arrive près d'elle, ou que n'importe qui vienne nous aider. Mais il ne se passait rien. Je ne le savais pas, mais le type qui nous était rentré dedans avait atterri dans un arbre et il était mort sur le coup. Je n'avais pas mon téléphone portable, parce que ma mère me l'avait confisqué, et je ne savais pas où était celui d'Alex. J'ai continué de crier, de me débattre et de pleurer pendant je ne sais combien de temps, mais j'étais le seul être vivant à des kilomètres à la ronde. Je ne sais pas au bout de combien de temps quelqu'un est arrivé. J'avais la gorge déchirée, l'impression qu'on me serrait la tête dans un étau. Et je savais que ma sœur était morte.

Je l'ai prise dans mes bras, et elle a pleuré longtemps, jusqu'à ce que le présent reprenne doucement ses droits et que je sache que je ne pouvais plus vivre sans elle.

40
Max

Je me sentais vidée. Comme si tout ce que je retenais depuis des années, ces morceaux de vie brisés, déchiquetés, qui me déchiraient depuis si longtemps, m'avaient été arrachés. J'étais soulagée d'en être débarrassée, mais je me retrouvais aussi complètement… démunie.

Je n'avais jamais raconté cette histoire à personne. J'avais dit aux urgentistes ce qu'ils avaient besoin de savoir et aux thérapeutes ce qu'ils voulaient entendre. Je n'arrivais toujours pas à croire que j'aie pu tout dire à Cade. J'avais peur de le regarder, maintenant ; peur de lire dans ses yeux l'horreur et le dégoût que m'inspirait celle que j'étais ; celle qui, par ses caprices et son égoïsme, avait provoqué la mort de sa sœur. Alors, je me suis concentrée sur les battements de son cœur contre ma joue – des battements forts, calmes et réguliers. Tout ce que ma vie n'avait jamais été. J'avais besoin de quelque chose de stable, parce que je n'en avais pas fini. Si je voulais vraiment tourner la page, laisser le passé pour de bon derrière moi, je devais continuer à lutter.

Le silence des premières heures du jour avait laissé

la place au chant des oiseaux et au bourdonnement des insectes.

— J'aurais dû mourir à sa place, ai-je murmuré. Alex était la meilleure.

Il m'a saisie par les épaules et écartée pour me regarder droit dans les yeux.

— Ce qui s'est passé est atroce, Max, c'est une tragédie pour elle, pour toi, pour vous tous, mais ne redis jamais que tu aurais dû mourir à sa place. Tu as survécu, et malgré la souffrance qui aurait détruit beaucoup de monde, tu es devenue une fille magnifique, pleine de talent et courageuse.

Il n'avait pas compris. Je ne me disais plus que j'aurais dû mourir à la place d'Alex, enfin plus si souvent, mais je restais celle que j'étais, coupable et nocive pour les autres. Ses compliments n'y changeaient rien.

J'ai essuyé mes larmes, étiré mes muscles endoloris, et évité de le regarder.

Le soleil était monté. J'avais l'impression qu'il éclairait tous mes secrets, toutes mes tares, dont cette épine monstrueuse plantée dans mon cœur.

— Oui, j'ai survécu, mais tu comprends maintenant pourquoi je t'ai repoussé.

Le vent m'ébouriffait les cheveux ; il a repoussé une mèche derrière mon épaule.

— Je crois que je le sais depuis un moment, Max.

J'ai soupiré de soulagement. La suite serait peut-être moins dure que je ne l'avais imaginée.

— Tu comprends ? Tant mieux. Tu n'as qu'à changer ton billet pour le Texas. Tu pourras rejoindre ta famille plus tôt, pendant que j'essaie de recoller ce que je peux avec la mienne.

J'ai sauté du rocher, et il m'a imitée.

— Max, je n'irai nulle part, sauf si tu viens avec moi.

Et voilà, il se sacrifiait encore pour moi. J'avais peut-être eu tort de me montrer sous mon vrai jour. Il était tellement gentil qu'il ne pouvait pas s'empêcher de m'aider.

J'ai fait demi-tour vers la voiture, mais il m'a attrapée par le poignet.

— Ça ira, Cade. Je peux très bien me débrouiller avec mes parents.

Enfin, j'espérais.

J'ai tenté de me dégager, mais il m'a tournée vers lui. Je me suis sentie, malgré moi, glisser dans ses bras.

— Je ne reste pas parce que je pense que tu as besoin de moi. Je reste, parce que je *veux* rester. Je t'ai dit cette nuit que j'allais te prouver que tu avais tort de me repousser, et ça – il a désigné la colline – ne change strictement rien.

Son regard était brillant et sincère.

— J'aurais dû te courir après quand tu es partie de chez moi ; je ne commettrai pas la même erreur une deuxième fois.

J'ai fermé les yeux. Comment une seule phrase pouvait-elle me rendre aussi heureuse et aussi misérable à la fois ?

— Non, ai-je répondu sombrement, tu n'aurais pas dû.

Il a flanché, mais a continué :

— Il y a des choses qui méritent qu'on se batte pour elles, Max, et tu en fais partie.

— Cade…

— Je sais que nous sommes différents et que je ne suis pas ton genre, mais je sais aussi que je ne te laisse pas indifférente.

Il a posé la main sur ma joue, et mon corps lui a traîtreusement répondu.

— Je sais que tu me fais rire, a-t-il continué, je sais que j'aime le son de ta voix, particulièrement quand tu chantes. Je sais que tu me plais et que j'aime te regarder. Je sais aussi, et surtout, que je n'ai pas cessé de penser à toi depuis que tu t'es assise à ma table, dans ce café.

Je ne voulais peut-être pas l'admettre, mais c'était vrai pour moi aussi.

— Et je sais que je ne supporte pas de te voir souffrir.

— Cade… je ne peux pas.

J'ai tenté de m'écarter, mais il a pris mon visage à deux mains et m'a retenue fermement.

— Pourquoi ?

— Je te ferais mal.

— Je prends le risque.

Je me suis dégagée et, cette fois, il m'a laissée partir. J'en ai profité pour lui montrer l'endroit où nous venions de passer des heures.

— Tu ne vois donc pas qui je suis ? Ce que je provoque ? La seule chose que je sais faire, c'est détruire ! Je suis nuisible, Cade !

Il s'est, lui aussi, mis en colère.

— Non, Max. Tu n'es pas nuisible.

J'ai secoué la tête, excédée de sentir les larmes, une fois de plus, rouler sur mon visage.

— Si. Je détruis tout ce qu'il y a de bien dans ma vie et dans celle des autres. Ce sera exactement pareil avec toi.

— Tu te trompes, Max. Tout ce que tu es me rend meilleur. Tu me pousses à prendre des risques, à faire des choix. Grâce à toi, je me soucie moins d'être parfait que d'être réel. Tu me donnes envie de me dépasser, d'être courageux.

Plus il approchait, plus j'avais envie de fuir.

— Arrête de dire ça ! Je te l'ai déjà dit, je ne suis *pas* courageuse ! Je suis tout le contraire. J'ai tout le temps peur, et ça m'étouffe au point de ne plus pouvoir rien faire. J'ai l'impression d'être toujours coincée dans cette voiture, que le monde s'écroule autour de moi, *à cause de moi*, et que je ne peux rien faire pour l'empêcher.

Je n'arrivais pas à respirer. J'étais complètement exposée. Tout ce que j'avais construit pour me protéger s'était écroulé quand je lui avais parlé d'Alex. Je n'avais plus rien à quoi me retenir, rien pour bloquer les émotions qui me submergeaient.

— Je sais ce que tu ressens, Max, mais je ne crois pas que tu laisses la peur te dominer autant que tu l'imagines. Tu te bats pour réaliser ton rêve. Tu ne laisses personne te marcher sur les pieds. Tu es assez courageuse pour t'affirmer, même devant tes parents, même au risque de les perdre. Tu es la fille la plus passionnée, la plus belle, la plus talentueuse, que j'aie jamais rencontrée.

Il a glissé une main sous mon manteau pour m'attirer à lui.

— Ferme les yeux, m'a-t-il dit en posant le front contre le mien. Tu te rappelles ce dont nous avons parlé après ton concert ? Vivre est difficile. C'était difficile quand tu avais treize ans, c'est difficile aujourd'hui, et ça sera difficile demain. Alors ferme les yeux et respire. Respire avec moi.

Je ne voulais pas l'écouter, je tremblais de tous mes membres, mais je me sentais plus forte avec lui. Son souffle, léger sur mes lèvres, m'apaisait ; ses bras autour de moi me rassuraient. Alors j'ai respiré, doucement, jusqu'à ce que le monde me semble plus simple à supporter. Peut-être parce que je n'étais plus seule.

— J'ai tellement peur.

— Je sais, Max, mais la peur nous dit qu'on est vivant. Elle me dit aussi que tu te soucies de ce qu'il y a entre nous, parce que personne n'a peur de ce qui ne compte pas. Maintenant, ouvre les yeux, Max. Tu n'es pas nocive. Je ne suis pas mieux sans toi. Regarde-moi dans les yeux et dis-moi que tu n'éprouves rien pour moi.

Je l'ai regardé, mais je n'ai rien dit, parce que j'aurais menti.

Il m'a souri.

— Je n'ai pas besoin d'en savoir plus, Max. Nous avons nos problèmes, mais je ne veux plus laisser les miens me dicter mes choix. Tu as dit que tu venais ici tourner la page, je veux faire pareil. On a eu notre lot de souffrances et de déceptions, alors on ne sait pas comment faire quand les bonnes choses se présentent, on préfère tourner le dos, sortir les griffes. J'en ai assez de tout ça. J'en ai assez de laisser les gens partir.

J'étais contente de le voir surmonter ses problèmes et prendre de bonnes résolutions, mais j'affrontais les miens depuis le lever du jour, et je n'étais pas sûre de vouloir en affronter un de plus. Mais il m'y obligeait.

— Tu ne comprends pas, ai-je répondu. Oui, j'ai des sentiments pour toi.

Un sourire s'est dessiné sur ses lèvres. Je l'ai ignoré pour continuer :

— Te quitter était très dur, mais je me connais. Je sais comment je fonctionne, je ne me fais pas confiance, et c'est pour ça que je ne veux pas sortir avec toi. Je suis instable, inconstante, et terrifiée à l'idée de me réveiller un matin lassée de ta présence.

— Je crois que tu es surtout terrifiée à l'idée de ne pas te lasser, justement.

J'ai fermé la bouche. Il avait raison, une fois de plus.

— Et *si* tu devais te réveiller et vouloir me quitter, je me battrais pour toi comme je suis en train de le faire.

Il m'a reprise dans ses bras.

— Je te rappellerai chaque jour le miracle qui se produit chaque fois que nos corps se touchent. Je te rappellerai les bons moments, et je t'aiderai à oublier les mauvais. Je te rappellerai celle que tu es quand les coups durs t'en feront douter. Je viendrai te coincer contre ta porte au beau milieu de la nuit et je t'embrasserai jusqu'à ce que tu te souviennes que tes peurs ne sont que ça : des peurs, et qu'elles ne peuvent pas te dominer. Je prends le risque de voir ton cœur changer si ça veut dire qu'il est à moi.

Malgré tous mes doutes, j'étais en train de comprendre qu'il lui appartenait déjà. J'ai regardé la colline derrière lui. J'avais toujours associé cet endroit aux fins, mais il était peut-être aussi celui des commencements. J'ai pris une grande inspiration.

— Je te préviens, je vais t'en faire baver.

J'étais loin d'avoir son éloquence, mais ce genre de « oui » devait lui suffire, parce qu'un immense sourire s'est dessiné sur son visage, et j'ai senti mon cœur gonfler.

— Je croyais que tu avais déjà commencé.

Je lui ai rendu son sourire en haussant les épaules.

— Ce n'était qu'un début.

Nous avons ri, et la tension qui me comprimait la poitrine s'est un peu relâchée.

— Je ne te demande pas de ne plus avoir peur, a-t-il

repris. C'est même le jour où tu n'auras plus peur que je commencerai à m'inquiéter. Non, tout ce que je veux, pour l'instant, c'est le rendez-vous que tu m'as promis le jour où on s'est rencontrés.

— C'est dans mes cordes.

Il m'a embrassée et, pour la première fois depuis longtemps, le monde m'a semblé de nouveau cohérent.

41
Cade

Après l'avoir si longtemps tenue dans mes bras, j'hésitais à la lâcher, et encore plus à partir. Alors, nous avons pris les couvertures dans le coffre de la voiture et nous nous sommes emmitouflés sur la banquette arrière. Serrés l'un contre l'autre, nous avons continué à parler et à nous embrasser, comme si nous avions l'éternité devant nous.

J'espérais que c'était le cas, même si le siège était bien trop étroit pour que nous soyons vraiment à l'aise.

— Je trouvais les voitures plus confortables, quand j'étais au lycée.

Elle s'est redressée.

— Parce que tu as passé beaucoup de temps sur les banquettes arrière, Golden Boy ?

Je l'ai chatouillée, et elle s'est tortillée sur moi en riant.

— On n'a pas dit qu'on laissait le passé où il était ?

— Si, si, m'a-t-elle répondu en me prenant par les poignets.

Je me suis laissé emprisonner.

— Et pour être tout à fait sûre que tu ne penses qu'au présent…

Elle s'est penchée pour s'emparer de mes lèvres. Je l'ai d'abord laissée faire, trop heureux de céder à la lenteur qu'elle m'imposait, puis, n'y tenant plus, j'ai glissé les mains dans ses cheveux. J'adorais le brasier qui me dévorait chaque fois que nos lèvres se rencontraient. Elle pouvait penser ce qu'elle voulait, je ne voyais pas comment, un jour, nous pourrions nous en lasser.

Alternant les baisers et les moments de discussion, nous avons laissé le temps s'écouler, et quand le soleil a commencé à décliner, nous avions tous les deux sérieusement mal au dos.

— On se fait vieux, a-t-elle remarqué en riant.

— C'est vrai que tu n'as plus vingt ans, tu es sur la pente descendante.

Elle m'a donné une tape avant de m'embrasser.

— Je suis contente que tu ne m'aies pas laissée partir.

— Je suis content que tu m'aies laissé te retenir.

Le soleil était sur le point de se coucher quand nous sommes rentrés chez elle. Je lui avais proposé de trouver un hôtel ou de louer une voiture pour partir directement au Texas, mais elle m'avait assuré qu'elle se sentait capable d'affronter ses parents.

La voiture était à peine dans l'allée que sa mère se précipitait vers nous pour sangloter dans les cheveux de sa fille.

— Ton père a essayé de te suivre, mais tu roulais si vite qu'il t'a perdue, et quand on a voulu t'appeler, on s'est aperçu que ton téléphone était à la maison. Ne t'avise pas de nous refaire une telle frayeur.

Max, malgré son air un peu effaré, a rendu son étreinte à sa mère.

— Ton père était dévasté. Il est encore à ta recherche.

— Je vais bien, maman. J'avais besoin de faire le point, c'est tout.

Sa mère a reculé pour lui prendre le visage à deux mains. Elle l'a regardée, puis elle a tendrement repoussé une mèche de ses cheveux.

— Je regrette ce que je t'ai dit... Max.

Max n'arrêtait pas de déglutir, signe qu'elle était au bord des larmes.

— Ton père et moi sommes seulement terrifiés de ce qui pourrait t'arriver. Nous avons perdu ta sœur, et depuis, tout nous fait peur.

Max a fait un bruit entre rire et sanglot.

— Si ça n'avait tenu qu'à moi, a continué sa mère, tu n'aurais jamais passé le permis, ni quitté la maison, ni fait quoi que ce soit que je ne puisse surveiller de mes propres yeux. Nous voulions tellement te protéger que nous avons oublié que ce ne sont pas nos désirs qui comptent. Tu es grande, maintenant, il est temps que nous te laissions ouvrir tes ailes.

Max a pris sa mère dans ses bras et, sans doute pour la première fois en dix ans, l'a vraiment serrée contre elle ; Mme Miller a de nouveau éclaté en sanglots.

Ce ne serait pas facile. Max était trop écorchée et ses parents trop secoués pour qu'une bonne crise de larmes suffise à tout régler, mais c'était un début. Et, d'après ce que j'en voyais, un bon début.

Son père, prévenu par sa mère, est rentré à la maison et, après presque une heure de pleurs et de discussion entre eux trois, Max a semblé avoir besoin d'un break.

— Et si on allait te chercher une robe pour le gala ? ai-je proposé. C'est bien demain soir, non ? Les magasins sont encore ouverts ?

L'évocation de ces mondanités a semblé plonger Mme Miller dans la détresse, mais elle a répondu :

— Les magasins restent ouverts tard, ce soir, à cause des fêtes, mais nous ne sommes pas obligés d'aller au gala, chérie.

— Bien sûr que si, a répliqué Max, tu t'es beaucoup investie pour cette soirée.

Sa mère a souri, et je pouvais presque voir le lien brisé entre elles se renouer. Un lien fragile, mais un lien tout de même.

Sa mère lui a proposé sa carte de crédit.

— Non, maman. Ça ira, je vais trouver quelque chose.

— Ne sois pas ridicule. Tu détestes ce genre de sorties et tu n'y vas que pour moi, alors, laisse-moi payer. Et trouve aussi quelque chose pour Cade. Bethany a l'intention de lui donner un des vieux costumes de Michael. Je ne crois pas qu'il ait envie de ressembler à un collégien.

Max a pris la carte de crédit, mais a clairement précisé, surtout à l'intention de Bethany, qui écoutait à la porte du salon, qu'elle n'allait pas faire de folies.

Après deux ou trois magasins, qui n'étaient pas du tout du goût de Max, nous avons atterri dans une boutique vintage. La propriétaire, qui était sur le point de fermer, nous a gentiment accueillis et même encouragés, « dans l'esprit de Noël », à prendre « tout notre temps ». Max était radieuse.

J'ai vite trouvé mon bonheur : un costume taillé dans un tissu gris avec de très discrets carreaux rouges, vendu avec une paire de bretelles que Max a chaleureusement approuvées. Elle s'en est d'ailleurs servie pour m'attirer contre elle et m'embrasser.

Elle a essayé différentes tenues, comme cette petite robe de perles jaunes, qui s'arrêtait au milieu de ses cuisses et me donnait envie de la suivre dans la cabine d'essayage. Puis elle en a essayé une autre, vert foncé, dont le col très haut cachait tous ses tatouages.

— Elle est splendide, lui ai-je dit, mais ne t'avise pas de la choisir.

— Tu ne crois pas que je devrais les cacher ?

Je l'ai repoussée dans la cabine et j'ai fermé la porte sur nous.

— Je crois que tu ne devrais rien cacher du tout.

Elle a souri.

— Merci.

— Je suis sérieux. À mon avis, tu ne devrais jamais rien porter.

Elle a éclaté de rire.

— Oh ! c'est ton avis ?

— Oui, et j'y ai bien réfléchi.

— Tu m'étonnes, m'a-t-elle dit en me prenant par le cou.

Jugeant que c'était une permission, je l'ai pressée contre le miroir.

Ses ongles m'ont arraché un rugissement.

— Chut ! Ou on va avoir des ennuis.

— Les meilleurs ennuis du monde, ai-je répliqué en glissant les lèvres sur son cou.

Son gémissement m'a transpercé.

— C'est drôle, ai-je lâché d'une voix un peu rauque, mais je ne crois pas que c'était à ça que pensait la proprio quand elle nous a dit de prendre tout notre temps.

La caresse de mes lèvres, juste sous son oreille, lui a arraché un autre gémissement. Je me suis concentré sur cet endroit, et elle s'est agrippée à moi, comme si elle était sur le point de défaillir. Je ne valais guère mieux, et je n'avais pas eu l'intention d'aller si loin, mais elle me rendait complètement fou.

Je descendais sur sa gorge quand son col a bloqué ma progression.

— Ce n'est définitivement pas la robe qu'il te faut.

Elle m'a écarté, toute frémissante, et m'a chassé de la cabine.

À partir de là, je n'ai plus eu le droit d'entrer. Elle n'a même pas voulu me montrer la dernière robe, et comme elle voulait me faire une surprise, j'ai dû attendre qu'elle paie dans la voiture.

Je n'ai découvert son choix que le lendemain, juste avant de partir.

Elle se tenait dans l'encadrement de ma porte. Un corset de velours noir ceignait sa poitrine, juste en dessous de laquelle partait une longue jupe blanche. Le tissu était si aérien, et il y avait tellement de volants, qu'on aurait dit un nuage. Des douzaines de fines bretelles passaient de ses épaules à son dos. Les branches de son tatouage se confondaient si bien avec elles qu'elles semblaient faire partie du tissu. C'était exactement le genre de robe dans laquelle je l'imaginais le jour de son mariage.

Elle était si belle, et son sourire était si hésitant sur ses lèvres, que j'en ai été bouleversé. J'avais connu pléthore d'émotions dans ma vie, j'avais fait mon métier de les explorer et de les exprimer sur scène. Mais aucune n'approchait la puissance de celle que j'éprouvais devant elle.

J'ai alors su avec certitude que je l'aimais.

Épilogue

Trois mois plus tard

Max

Je ne lui avais pas encore dit que je l'aimais.

Nous venions juste de dépasser le record de ma plus longue histoire, et j'avais toujours peur de tout gâcher. J'attendais, comme dans le conte de fées, de voir arriver la seconde chaussure. Et je n'étais évidemment pas Cendrillon.

J'avais failli lui dire une bonne douzaine de fois, mais ces trois petits mots n'étaient pas de ceux qu'on prononce à la légère. Une fois qu'on les a lâchés dans l'univers, *tout* change.

J'attendais le moment propice.

J'ai mis un peu plus de blush sur mes joues et retouché mon rouge à lèvres carmin, ma signature de scène. Cade a frappé à la porte.

— Tu es prête, Max ? On est les prochains.

Ce soir, Cade et moi participions ensemble à une scène ouverte. Ensemble, parce que la chanson que j'avais choisie – la première de toutes celles que j'avais écrites – était particulière. Je me sentais enfin prête à la chanter, mais uniquement avec lui. Ce n'était pas une chanson que je voulais associer au groupe, elle n'était pas faite pour gagner de l'argent ni pour simplement passer le temps.

Elle comptait trop pour moi.

— Tu es stressée ?

J'ai souri.

— Oh ! non, seulement au point de me faire des trous dans l'estomac.

Il a éclaté de rire.

— Rien de grave, alors.

Quand nous sommes montés sur scène, la salle était presque pleine. Cade m'a embrassé la main avant de prendre la basse. En parfait Golden Boy qu'il était, il avait appris à jouer en un mois pour pouvoir m'accompagner pendant que je composais. J'ai pris ma guitare et ajusté le micro.

Les lumières me permettaient tout juste de deviner les silhouettes dans l'obscurité. Je me suis approchée du micro et je nous ai présentés :

— Je m'appelle Max et voici Cade. Ce soir, nous allons interpréter un texte que j'ai écrit il y a très longtemps. Je ne l'ai jamais chanté en public, mais ce soir, j'ai décidé qu'il était temps.

J'ai pris une bonne inspiration.

— Ça s'appelle *Ten Years*.

Dès les premiers accords, sentant toutes mes vieilles sensations remonter à la surface, je me suis demandé pourquoi je prenais ce risque. Mais la réponse était évidente : parce que ce texte me hantait depuis que je l'avais écrit, et qu'il était temps de m'en libérer.

J'ai pris une autre inspiration et j'ai commencé à chanter. La voix de Cade, grave et solide, s'est élevée en même temps que la mienne. J'avais bien fait de lui demander de m'accompagner, il était comme une ancre.

In one second, I see ten years
I picture a future of all my fears
One blink, and I think
Losing you is like losing me.

J'ai croisé le regard de Cade et je me suis dit que, d'une certaine manière, cette chanson parlait aussi de nous. Cela faisait trois mois que nous sortions ensemble, et nos vies étaient déjà si bien imbriquées… Je me suis obligée à refouler mes larmes. Si je continuais comme ça, j'allais finir par dire tous les trucs ringards que je trouvais tellement débiles au cinéma.

Lights flash, the car spins
Every time I close my eyes I see
Broken skin, my life stretched thin
Every time I close my eyes I see
Broken skin and broken kin
The end of you feels like the end of me.

There's a scream in my soul
'Cause I'll never feel whole
I'm stuck in the moment. My mind's on repeat
Trapped in an instant I can't delete.

Time unravels, my life unspools
The future has made us all into fools

You're lying there, and I'm stuck in my chair
All I'm allowed to do is stare.

À la fin de cette strophe, j'étais tellement bouleversée que ma voix s'est brisée. J'ai dû jouer quelques accords de plus avant de pouvoir reprendre. Cade m'a suivie, sans la moindre hésitation. Sa façon de me deviner ne cessait de me stupéfier.

We're all slaves to the grave
Helpless to save
So we close our eyes to shut it out
Instead it becomes what we're all about.

J'ai fermé les yeux et j'ai revu toutes les images qui m'avaient traversée en un éclair, le soir de la mort d'Alex. Tous les moments qu'elle ne pourrait pas partager avec moi, la façon dont, sans elle, rien ne serait plus jamais comme avant. Cela faisait neuf ans, maintenant, et même si rien n'était pareil sans elle, la vie n'était pas aussi insupportable que je l'avais cru.

Je me suis tournée vers Cade.

La vie n'était pas insupportable du tout.

In one second, I see ten years
Can't hold it back any more than the tears
I see black dresses, life's stresses
Imagine the grief, loss of belief
My life unfold as yours is untold

Every time I close my eyes.

Cade a répété le dernier vers tout seul, et, en entendant sa belle voix grave et posée, j'ai eu l'impression que mes fantômes avaient pris le large.

Les gens ont commencé à applaudir, je me suis tournée vers lui et j'ai articulé :

— Je t'aime.

Composé par Nord Compo Multimédia
7, rue de Fives, 59650 Villeneuve-d'Ascq

Achevé d'imprimer en août 2014
par Normandie Roto Impression s.a.s.
Dépôt légal : octobre 2014
N° 112034-1 (1403010)

Imprimé en France